四川大学哲学社会科学出版基金资助

中国符号学丛书 ○ 丛书主编 陆正兰 胡易容

叙述是人类的本能，是人保存生活经验和促进文明发展的重要手段。认知叙述学研究叙述文本的认知过程和认知规律，响应了当前的回归语境化热潮。

认知叙述学
Cognitive Narratology

云燕 著

四川大学出版社

项目策划：徐　燕
责任编辑：吴近宇
责任校对：陈　蓉
封面设计：墨创文化
责任印制：王　炜

图书在版编目（CIP）数据

认知叙述学 / 云燕著． — 成都：四川大学出版社，2020.9
（中国符号学丛书）
ISBN 978-7-5690-3400-4

Ⅰ．①认… Ⅱ．①云… Ⅲ．①叙述学－研究 Ⅳ．① I045

中国版本图书馆CIP数据核字（2020）第162436号

书　名	认知叙述学
	Renzhi Xushuxue
著　者	云　燕
出　版	四川大学出版社
地　址	成都市一环路南一段24号（610065）
发　行	四川大学出版社
书　号	ISBN 978-7-5690-3400-4
印前制作	四川胜翔数码印务设计有限公司
印　刷	郫县犀浦印刷厂
成品尺寸	170mm×240mm
插　页	1
印　张	13.5
字　数	233千字
版　次	2020年9月第1版
印　次	2020年9月第1次印刷
定　价	52.00元

◆版权所有◆侵权必究

◆ 读者邮购本书，请与本社发行科联系。
　电话：(028)85408408/(028)85401670/(028)86408023　邮政编码：610065
◆ 本社图书如有印装质量问题，请寄回出版社调换。
◆ 网址：http://press.scu.edu.cn

扫码加入读者圈

四川大学出版社
微信公众号

序　观者为王

赵毅衡

四川大学符号学—传媒学研究所

几千年来，凡谈论文学艺术创作者，谈的是创作若有神启，谈的是作品绝妙好辞。至于文学读者、艺术观者，他们的任务是仰慕作者的才华，读佳作时叹而观之，观剧时击掌欢呼。艺术离不开读者，他们是复数，给艺术做一面镜子，让艺术家照见自己的光彩。他们虽必须懂风月、有情趣，但依然是无名无面目的芸芸众生中的一员。

在数字时代，他们的重要性增加了。他们是点赞者，是"烂番茄"或"豆瓣"分数的创造者，他们是流量，是酷评者，是气氛的制造者。艺术家被他们捧上王座，或打入地狱。他们是舆论的兴风作浪者，作品社会价值的制造者，不过他们依然是有绰号无身份的芸芸众生中的一员。

这就是为什么自古以来人们常常讨论文学艺术创作者，很少说到观者读者。实际上他们能参与文学艺术已经不简单：要有资格、有水平、有眼光、有教养、有心情。但是培养探究这种能力，不是文学艺术的任务，而是社会文化教育的一部分。一旦观者读者的组成发生了重大变化，例如宋元时期市民社会发达，"俗文化"听众读者壮大，就会产生新的消费需要，然后有了话本小说，有了元杂剧。如此变化，依然是社会性的，作为观者读者，他们只是赶了一下街头时尚潮流，买票听书看戏而已，怪不得文学史写他们至多提上一句。至于观者是如何看懂一场戏，读者是如何读懂一本书的，似乎是自然而然、不必深究的事，也没有人问过这些问题，更不用说仔细研究了。

首先说清人的心灵并非白纸一张的，可能是18世纪的康德。康德强调，人具备先天的能力，才能理解感性的经验材料，这种先验的认识框架，可以称为"图式"(schema)。但是在19世纪浪漫主义影响下的西方理论，重视的依然是对创作的研究；现代形式理论的出现，极端细化了对作品结构的分析。20世纪初批评理论的大爆发，产生了重要的转向：读者的理解方式，在文学艺术过程中起决定性作用。文本本身并不是决定性的，要靠接收者的理解才能完成作品。

这股潮流，看起来是19世纪下半叶心理学勃兴引导的，尤其是格式塔心理学的启示：回顾批评理论产生的日子，我们看到皮尔斯在孤独的思考中提出了符号学的基本原则。索绪尔符号学的重点在于符号文本的形成，皮尔斯与在他之前大红大紫的索绪尔不同，他分析符号意义，将重点放在"解释项"上，放在意义如何落实并且衍变上。无怪乎他的符号学被后世称为"阐释符号学"(interpretative semiotics)，也无怪乎理论界进入"后结构主义"时期，皮尔斯符号学取代了索绪尔符号学。

理论界的另一个重大变化，就是阐释学的兴起。阐释学的胚胎是中世纪的"解经学"，在20世纪初，狄尔泰提出了"解释循环"理论。他的后继者伽达默尔提出解释不可能完备，只能在经书成形的历史语境与解读者的当下语境之间实现"视界融合"；海德格尔提出前理解与理解循环，理解不得不受先前理解的限制。伊瑟尔和姚斯发展出"接受美学"，而费什等推导出了"读者反应论"。

由此可见，整个20世纪文学艺术理论界的大趋势，是逐渐把落脚点移到观者读者身上：作者固然凭借一定的修养，用一定的方式进行创作。文本本身是"有语法"的，无规矩不能成方圆。而读者恐怕更是如此：阅读是由很强烈的"语法"控制的。这种"阅读语法"并不是写作语法的镜像，不是对创作语法的对应，而是一种具有创造性的独立方式。与其说读者不得不迎合作品的结构需要，不如说创作不得不了解并且尊重读者的阅读语法，循此而进，才能展开叙述。无怪乎叙述学从文本分析、叙述语法与叙述修辞分析，转向了认知叙述学。以上是文学艺术理论的大势所趋，作为符号学形式论分支的叙述学，不可能逆向而行。所谓"后经典叙述学"，关于"叙述自然化"与"非自然叙述"的讨论，正是这个大潮中的波浪。

这是几千年未见之大变局，是整个人类认识的角色颠倒。近年"认知学"强势崛起，正是所有这些努力整合起来，以便面对数字时代人类意义行为的再一次沧海桑田大变革。认知学,并不是谈玄,而是讨论极具体的认知法则。为了读懂叙述,读者首先必须读懂自己,明白我们是如何明白叙述中的各种变形的。《认知叙述学》的讲解让人豁然开朗:我们作为读者,原来是这样读书的!

云燕的这本《认知叙述学》生动而仔细地讲解了一系列我们心中自觉或不自觉就具有的"语法",诸如"认知地图""路线与边界设置""情绪与移情"以及"五种基本认知活动"。作者是研究认知学的专家,她说清了理论,更说清了这些理论是如何在每个人的读书实践中运作的。我读了以后,明白了我为什么会"读懂"某一些书,为什么会"读不懂"另一些书,这是意想不到的大收获。细读这本书,已经不是为了"开卷有益",而是"理解自己"之必需。

叙述是观者的游戏,胜利属于心里明白的观者。为此,我们感谢云燕这本指点迷津的好书。

前 言

叙述是人类的本能，是人类保存生活经验和促进文明发展的重要手段。认知理论是从人的心智能力出发，研究人如何认识世界的理论。叙述与认知的结合天然具有合理性。从认知理论的角度观照叙述学，可以更加深入地理解叙述的本质、理解叙述学这门学科的意义所在。认知叙述学是叙述学发展的一个必然结果，也是叙述学作为人类文明的一个重要继承者和推进者在新时代下的必然发展。

首先，本书追溯了认知叙述学的起源，论证了认知理论和叙述学结合的合理性，确定了认知叙述学的人文学科定位。认知叙述学是对经典叙述学的继承和发展，与相近学科如认知诗学、认知文体学等具有不同的独立研究方向。本书研究叙述文本的认知问题，以广义叙述学理论为基础，针对所有种类的叙述文本，尤其着重对小说和电影等文学艺术叙述文本进行分析，力求创立能够广泛应用的认知叙述学理论。

本书绪论确立的研究目的有两个层面。一是以叙述文本的认知图式为基础，为叙述文本建立一个包含经典叙述学理论范畴的理想认知模型，即一个比较全面的认知模型集合，为文本接收者解读叙述文本提供适用的认知策略。二是对叙述文本接收者的认知机制展开研究。

第一章是对叙述文本情节的认知策略研究，主要分为四个方面。第一节的主要内容是为广义叙述学的"底本/述本"理论提供一个认知基础，从认知图式的角度讨论了底本的构成元素，从可能世界理论出发讨论了底本的边界，以原文本和改编文本的关系为对象，以认知图式和范畴原型理论讨论了"底本/述本"是如何变化的。第二节从可能世界理论的角度讨论了叙述文本的改编文本可能具有的各种情况，首先从认知图式分析了叙述文本的改编在不同图式上的变化，接着将可能世界理论和虚构人物理论结合，以《红楼梦》及其众多改编文本为对象，进行了分类研究，揭示了叙述文本蓬勃的生命力和变化的可能性。第三节比较了叙述学理论原有的叙述分层理论和认知视野下的文本世界理论，二者有不少相通之处，但是侧重点不同。相对而言，文本世界理论更符合人的认知特点。叙述文本的时间、空间、人物等要素变化时，文本接收者能够敏锐地感知到，文本世界理论是以人的感知特点为分类标准的。用文本世界理论分析叙述学的"回旋跨层"理论，可以从认知的角度进一步将其分为不同的类型。第四节是对叙述文本中的非自然元素应该采取什么认知策略的分析。本节分析了叙述文本中的非自然元素，并借鉴性地采用了概念整合理论，为理解叙述文本中的非自然元素提供了合理的认知策略。

第二章是对叙述文本中主体认知策略的研究，分为五个方面。第一节从认知图式出发为隐含作者提供了一个认知角度的定义。这个定义清晰地解释了隐含作者和真实作者的关系、认知图式如何贯穿文本内外，并提供了几种特殊情况下推求隐含作者的方法，之后从多媒介时代的特点出发指出了隐含作者概念的相对稳定性和动态发展性。第二节从认知角度探讨电影叙述者构成问题。第三节从认知图式的角度讨论了不可靠叙述的判断原则。不可靠叙述一直是叙述学研究领域的热门议题，在详细分析了众多学者从不同角度对不可靠叙述的讨论之后，该节从认知图式的角度细致分析了不可靠叙述的各种类型。第四节从认知的角度考察了叙述文本的聚焦问题，聚焦也是叙述学研究的热门议题，该节对记录类叙述的聚焦和演示类叙述的聚焦进行了综合分析，考察学者们的聚焦理论，并从认知的角度提出一个形象化的"城堡聚焦模型"方法。第五节从原型范畴理论扩展了福斯特的人物分类理论，对人物类型做了分类和研究，通过研究不同叙述文本中原型人物的范畴之间的关系和同一叙述文本中不同人物原型的范畴之间的关系，发展了人物类型研究。第六节是从认知的角度考察文本接收者如何理解人物思维，主要从以下三个角度进行：一是考察叙述文本的话语形式，二是考察人物的行动，三是考察人物特征和空间表征如何转喻性地构建人物思维。这三个方面互相配合，有时也会产生冲突，要靠文本接收者对其进行综合理解。

第三章考察叙述文本的空间和时间的认知策略。第一节分析了叙述文本四个不同层面的空间,将认知地图理论引入叙述文本的空间认知研究,分析了文本接收者理解叙述文本空间的认知特点,并研究了叙述空间的设置对文本接收者构建认知地图的影响。第二节分析了实在世界的时间和叙述文本的时间表现方式之间的关系,探讨了文本接收者对时间不同层面的感知的特点,并研究了文本接收者构建叙述文本的时间认知模型。第三节从概念隐喻的角度研究了叙述文本中的空间隐喻和时间隐喻。空间隐喻是其他隐喻的基础,本节从叙述文本的文本世界中的空间及其设置的两个层面考察了叙述文本空间隐喻的不同意象图式,并在此基础上进一步考察了叙述文本的时间隐喻。

第四章从文本接收者的角度考察了叙述文本接受的认知过程。第一节从知觉和记忆两个层面考察了叙述文本的信息加工的特点,知觉研究体现了文本接收者对信息的选择,记忆研究体现了文本接收者对信息的构建和理解。第二节着重考察了情绪对认知的影响,叙述文本尤其是文艺作品常常会影响文本接收者的情绪,情绪伴随着认知的过程,对文本接收者关于叙述文本的接受、感知、解读方面都有重要影响。第三节从关联理论讨论了叙述文本和文本接收者之间需要遵循哪些交际原则,才能使叙述文本被接受并得到有效解读;并讨论了文本接收者如何从认知的角度整合叙述文本的意义。第四节讨论了解读叙述文本作为一种认知活动,可以从元认知知识、元认知管理和元认知体验三个层面锻炼人的认知能力。文本接收者通过元认知整合,可以提高自己的认知能力。

本书四个章节互相配合,分别从叙述文本和文本接收者两个层面彼此对照考察,进而深化对叙述文本认知问题的理解。

目 录

绪 论 ……………………………………………………………………（1）
  第一节　认知叙述学的学科定位 ………………………………………（1）
  第二节　认知叙述学研究综述 …………………………………………（13）
  第三节　研究对象、研究目的及创新之处 ……………………………（18）

第一章　叙述文本情节的认知策略 …………………………………（31）
  第一节　认知理论对"底本/述本"理论的推进 ………………………（31）
  第二节　从可能世界理论看叙述文本的改编 …………………………（38）
  第三节　叙述分层理论与文本世界理论比较 …………………………（49）
  第四节　非自然叙述元素的认知策略 …………………………………（57）

第二章　叙述文本中主体的认知策略 ………………………………（68）
  第一节　从认知图式的角度重新定义隐含作者 ………………………（68）
  第二节　多媒介叙述者的构成——以电影叙述者为例 ………………（77）
  第三节　从认知图式推求不可靠叙述的判断原则 ……………………（89）
  第四节　认知叙述学视野下聚焦研究 …………………………………（98）
  第五节　原型范畴理论与人物类型分析 ………………………………（109）
  第六节　从认知的角度分析人物思维 …………………………………（118）

第三章　叙述文本的空间和时间认知 ………………………………（128）
  第一节　叙述文本空间与认知地图的构建 ……………………………（128）
  第二节　叙述文本的时间认知模型 ……………………………………（138）

第三节　叙述文本中的时空隐喻……………………………（145）
第四章　叙述文本接受的认知过程…………………………………（154）
　第一节　叙述文本信息加工的过程…………………………（154）
　第二节　情绪对叙述文本接受心理的影响…………………（157）
　第三节　从关联理论看叙述文本的接受及有效解读………（168）
　第四节　元认知：叙述作为认知工具的工具………………（178）
参考文献……………………………………………………………（185）
后　　记……………………………………………………………（203）

绪 论

第一节 认知叙述学的学科定位

一、认知科学的起源和发展

认知科学是 20 世纪中后期以来继物质的结构、宇宙的起源、生命的本质三大问题研究取得重大突破之后,现代科学关注的第四大问题:人类心智的本质。① 认知科学家丹·诺曼在 1981 年对认知科学的定义颇具代表性:"认知科学是将从不同观点对认知进行研究的成果综合起来而创建的新兴学科。认知科学的关键是探讨对认知的理解,不论其是真实的还是抽象的,是关于人的还是关于机器的。认知科学的目标是理解智能和认知行为的原理。认知科学有望通过研究更好地理解人的心智、理解教与学、理解人的精神能力、理解智能装置的发展,而这些装置能通过重要和积极的方式增强人类的能力。"②

第一代认知科学主要是将人类的认知活动理解为基于某种规则的符号表征的计算活动,认为人通过生物大脑实现的认知活动,可以实现于不同的物理装置中。这种看法被称为认知主义(Cognitivism)。认知主义可以追溯到 20 世纪 50 年代的控制论研究,控制论将数理逻辑用于意识神经系统的活动,发明了信息加工机器,为人工智能发展奠定了基础,在心理学领域促使人们抛弃行

---

① 刘晓力、孟伟《认知科学前沿中的哲学问题》,金城出版社,2014 年,第 1 页。
② Norman, D. "What is cognitive science?" in Norman, D ed. *Perspective on Cognitive Science*, Norwood. Ablex, 1981, p.1. 本书中所引外文文献,如未标明译者,均为本书笔者所译,后不赘注。

为主义和内省的传统方法而建立认知主义框架。① 认知主义研究的主要成就在于对人的心灵计算模型的研究，这种数字计算心灵理论（The Digital Computational Theory of Mind，DCTM）影响了大脑科学和心理学研究，也长时间支配着人工智能和语言学等学科的相关研究。认知主义将人的认知活动与数字计算机运行进行类比，认为人的认知活动的基本成分以符号表征的形式存在，人的认知活动是符号表征的规则转换或计算。

在认知主义之外，联结主义（Connectionism）框架更倾向于通过对人类大脑神经网络联结活动的模拟来研究人类的认知活动。联结主义思想源于1949年加拿大神经心理学家，被誉为神经网络理论之父的唐纳德·赫布（Donald Hebb）提出了"赫布规则"（Hebbian Rule）②，认为人的认知活动可以通过神经系统中神经细胞突触的联结的变化而得到解释。联结主义虽然和认知主义诞生于同一时期，但是认知主义的实践性更强，尤其是在人工智能领域；所以联结主义从诞生起就在和认知主义的竞争中处于弱势地位，直到20世纪80年代，认知主义由于其机械性遇到了理论瓶颈，联结主义才再度兴起。联结主义提出了联结计算心灵理论（The Connectionist Computational Theory of Mind，CCTM），主导理论是模拟人类生物大脑神经网络活动，克服了以符号计算为主要特征的认知主义的形式化处理困难。

韦勒（Michael Wheeler）将认知主义和联结主义分别称为第一代认知科学和第二代认知科学，并将之后的认知科学进一步发展，形成第三代认知科学。③ 但是拉考夫（George Lakoff）和约翰逊（Mark Johnson）将认知主义和联结主义统称为非涉身心灵（Disembodied Mind）的第一代认知科学，认为它们在认知框架的建构上存在分歧，但是其理论基础都建立在心灵和外物、主客体二元对立的立场上，都将认知活动看作一种符号表征的转换和计算。第一代认知科学把人类等有机体的心智比喻为计算机，将其认知过程看作通过输入输出信号进行信息加工的过程。他们将涉身心灵的（Embodied Mind）认知科学

---

① Varela, F. Thompson, E. and Rosch, E. *The Embodied Mind：Cognitive Science and Human Experience*. The MIT Press, 1991, p. 38.

② Hebb, D. *The Organization of Behavior：a Neuropsychological Theory*. Wiley-Interscience, 1949, p. 52.

③ Wheeler, M. *Reconstructing the Cognitive World*. The MIT Press, 2005, p. 11.

研究称为第二代认知科学，第二代认知科学理论家对第一代的批判点主要在于：认知主义和联结主义体现的是一种计算能力，而不是理解能力。但第二代认知科学并未完全摒弃计算机隐喻，而是将第一代关注可计算性和算法的趋势转向了对系统架构的交互作用的研究。①

第二代认知科学是在20世纪八九十年代对第一代认知科学的批判继承和与现象学等涉身理念（Embodiment）的互动中产生的。涉身认知科学的研究源于20世纪初，主要是生物学家和心理学家关于身体活动对人的认知活动影响的研究，注重身体运动和周围情景之间的密切关系。20世纪下半叶，心理学家皮亚杰（Jean Piaget）也认为要将认知活动的过程看作一种主体图式与客体对象不断同化和顺应的建构主义（Constructivism）过程。第二代认知科学超越了第一代认知科学主客体二分的立场，尝试用非表征计算的方式来建构人工智能，以身体和情境共同构成的认知生成系统为基础来研究认知活动。不过第二代认知科学也分为激烈的完全反表征（Anti-representational）立场，和温和的批判和修正第一代表征计算立场。激进派提出要以非线性的涌现理论即认知动力假设来彻底取代表征计算理论，将认知活动看作动力学系统，认为智能是由系统多个部分之间以及与情境的交互作用产生的，并不限于计算装置本身。温和派的主张正如克拉克（Andy Clark）所说，"把表征植根于涉身认知的互动框架中"②，承认不必完全摒弃表征计算，而是将交互和计算结合起来研究，使认知研究具有灵活性。

认知科学作为一门交叉学科，"是对心智（mind）和智能（intelligence）的跨学科的研究，包括哲学、心理学、人工智能、神经科学、语言学和人类学"③。这六大核心学科是1978年斯隆（Sloan）基金会的研究报告提出的，并得到了认知科学界的公认，该报告还进一步提出了以这六大核心学科为基础的研究扩展方向。认知科学作为对人的心智认知能力的研究，具有强大的理论生命力，目前还在蓬勃发展。

---

① Lakoff, G. Johnson, M. *Philosophy in the Flesh: The Embodied Mind and Its Challenge to Western Thought*. Basic Books, 1999, p. 37.
② Clark, A. "Embodiment and the Philosophy of Mind", in O' Hear. eds. *Current Issues in Philosophy of Mind*. Cambridge University Press, 1998, p. 35.
③ 萨伽德《心智：认知科学导论》，朱菁、陈梦雅译，上海辞书出版社，2012年，第1页。

二、何为认知叙述学：认知科学和叙述学的跨学科研究

人类知识分为三个大类：自然科学、社会科学和人文学科①。认知科学作为一门交叉学科，跨越了自然科学、社会科学、人文学科三大种类，但是目前的研究方向还是偏重于自然科学。将认知科学引入人文学科是否合适？肖恩·加拉格尔（Shaun Gallagher）在分析认知科学和人文学科中的解释学的关系时指出，人们常常认为认知科学和包含主体及社会历史维度的人文学科是不能相提并论的，但这只是表面现象："解释学所揭示的和认知科学所揭示的实际上并不对立——事实上，这两个学科在很多事情上是一致的。"②他指出，一方面，科学本身就是解释学的；另一方面，解释学就是主体在情境影响下的认知。加拉格尔虽然是在分析认知科学和解释学的关系，实际上已经指出了认知科学和人文学科之间互通的可能性。

认知叙述学作为后经典叙述学的一支，已经有了一些实践成果。它主要从文本接收者认知的角度出发，研究叙述文本的认知过程和认知规律，不但响应了西方的语境化热潮，也体现了目前的认知诸学科向"人的因素的回归"③的趋势。认知科学和叙述学在研究"主体在情境下的认知"这一层面是可以相结合并且互补的。认知科学是关于心智特性的研究，将认知科学引入关于意义解读和分析的人文学科，已成为当前一大趋势。本书的立场是坚持认知叙述学的人文学科立场，有选择、有借鉴地吸收认知科学的合适资源，将认知科学的合适资源人文化，为叙述学服务。

认知科学与文学艺术研究的结合最先萌芽于 20 世纪 70 年代。有学者认为，罗兰·巴尔特 1971 年所著的《S/Z》中就已经显示出认知的萌芽，表现为其超越了结构主义主要关注文本的狭隘视野，开始关注读者的阅读过程。1992 年，以色列特拉维夫大学的瑞文·图尔（Reuven Tsur）的《走向认识诗学理论》（*Toward a Theory of Cognitive Poetics*）一书拉开了认知科学和文

---

① 笔者采用术语的是"人文学科"，不少书籍也这么用，可参见李醒民《知识的三大部类：自然科学、社会科学和人文学科》，载《学术界》，2012 年第 8 期。
② Gallagher, S. *How the Body Shape the Mind*. Oxford University Press, 2005, p. 212.
③ 王铭玉、于鑫《从索绪尔看当代语言学的发展趋势》，载《符号与传媒》，2014 年第 9 期，第 139 页。

绪 论

学艺术研究相结合的帷幕。图尔建立的认知诗学主要是一种综合了形式主义、认知心理学和人类学等学科的文学批评,并且作为一种狭义"诗学",它只把诗歌作为研究对象。之后,众多文艺研究者都投入将认知科学和文学艺术研究相结合的阵营中,推进了文艺理论的发展。

认知叙述学的肇始应当是 1996 年莫妮卡·弗卢德尼克(Monika Fludernik)出版的论著《建立一种"自然"叙述学》(*Towards a "Natural" Narratology*),她提出读者的认知过程就是文本被二次叙述化的过程,并以口头叙述为蓝本研究了读者如何对文本进行"自然化"理解。认知叙述学作为术语最先出现于曼弗雷德·雅恩(Manfred Jahn)1997 年的论文《框架、优先及第三人称叙述阅读:走向认知叙述学》("Frames, Preferences, and the Reading of Third-Person Narratives: Toward a Cognitive Narratology"),但西方学界一般认为认知叙述学被正式承认为一门新兴学科始于 2003 年美国学者戴维·赫尔曼(David Herman)所编辑的论文集《叙述理论与认知科学》(*Narrative Theory and the Cognitive Sciences*)。这本书集收录了西方十几位著名叙述学研究者对认知叙述学的最新研究成果,分为叙述和认知的方法、作为认知资源的叙述、认知叙述学的新方向、虚构思维四个部分。赫尔曼在导言中指出,叙述正在成为与认知相关的诸多跨学科研究的中心,从认知的角度研究叙述,主要是研究文本接收者在创作和理解叙述时的心理表征以及叙述文本的认知线索,同时,叙述也能作为认知的工具,促进人的认知能力的发展。

戴维·赫尔曼给认知叙述学下的定义是:"认知叙述学是一个跨学科领域,它将(经典)叙述学的概念和方法与源自认知科学(如心理学、人工智能、心理哲学等)的概念和方法相结合,目的是为从事叙述结构和叙述阐释研究的理论家们提出的范畴和原则建构一个认知基础,以此弄明白叙述生成和理解中起作用的符号结构和认知资源之间的关系。"[①]赫尔曼的定义以及论文集实践点明了认知叙述学的跨学科性质以及认知叙述学研究的对象和目的:一是研究文本接收者解读叙述文本结构的认知策略,二是研究叙述生成和阐释的认知基础。

从广义叙述学的角度来看:"一个叙述文本包含有特定主体进行的两个叙

---

① Herman, D, ed. *Narrative Theory and the Cognitive Sciences*. CSLI Publications, 2003, p. 20.

述化过程：1. 某个主体把人物参与的事件组织进一个符号文本中；2. 此文本可以被接收者理解为具有时间和意义向度。"[1] 叙述文本由文本发送者创作出来是"一次叙述化"，这是叙述文本的生成。叙述文本被文本接收者理解为具有意义的故事，这是"二次叙述化"，是对叙述文本的阐释，也是另一主体在文本认知线索影响下的再生成过程。在从文本发送者到叙述文本，再到文本接收者这一信息传递过程中，"人是认知主体"，两次叙述化靠的都是"人类经验范畴之间的互动产生意义"[2]。发送者和接收者都能够理解文本的基础在于二者存在能够沟通的"经验范畴"——认知图式，与人切身相关的语境会影响人的认知图式的形成。人的交流必须通过媒介，所以就要设计出带有认知策略的符码赋予信息形式。从人的认知心理来看，人解读叙述文本信息不仅仅是理解其意义，也会对其产生相应情绪，并改变自己的认知能力。这是一个认知过程，而认知叙述学的任务就是研究其中的规律。

认知叙述学吸收了认知心理学、认知语言学和人工智能等学科的理论资源，以人的心智认知能力理论为基础，开创了叙述研究的新维度和新领域。

三、认知叙述学与其他相近学科的关系

（一）认知叙述学对经典叙述学的继承和超越

经典叙述学即结构主义叙述学，以文本为中心，将文本视为自给自足的体系，一般不关注其社会文化关联。20世纪80年代中后期，叙述学有了新的发展，女性主义叙述学、修辞叙述学、认知叙述学等各擅其场，被称为后经典叙述学。它们的主要共同点是把文本视为文化语境的产物，并注重叙述学的跨学科研究。不同于经典叙述学研究叙述文本共有的结构特征，后经典叙述学更注重在关注历史文化语境的情况下，和其他学科取长补短，以各自不同的模式，大大丰富了叙述学的研究方法，使叙述学有了新的发展。

经典叙述学注重形式结构，有强烈的理论自觉，规避叙述阐释；而后经典叙述学却轻易地跨越了这条鸿沟，甚至把对文本意义的阐释发展到了政治学。这多少让人觉得其间有断裂之处。认知叙述学的出现弥补了这个断裂之处，它

---

[1] 赵毅衡《广义叙述学》，四川大学出版社，2013年，第7页。
[2] 郭鸿《认知符号学与认知语言学》，载《符号与传媒》，2011年第2期，第60页。

注重叙事理解过程中的认知图式,而认知图式正是历史文化以及生物遗传的积淀,它深厚的学科根基使形式表征和主题意义之间的沟通成为可能。赫尔曼也认为,后经典叙述学的主要发展方向就是尝试将叙述符号系统和对叙述语境的强调进行调和。

相对于女性主义叙述学、修辞叙述学更注重进行作品分析,认知叙述学致力于将认知理论引入叙述学理论,从文本接收者的认知角度切入,研究阐释叙述文本的认知策略和文本接收者的认知基础,力图建立一个广义上的系统理论。戴维·赫尔曼对认知叙述学的定义也指出,认知叙述学并未摒弃经典叙述学,而是为它"建立认知基础",研究的是解读叙述文本的一种"普遍"认知规律。戴维·赫尔曼在《劳特利奇语言及语言学百科全书》中指出,虽然经典叙述学没有考虑叙述的语境及读者交流,但是其对叙述深层符码的研究可以被看作认知叙述学的先驱。[①] 认知叙述学是从认知的角度研究叙述文本的深层认知规律,并注重文化语境的影响,是对经典叙述学的继承和发展。

(二)认知诗学、认知文体学和认知叙述学的区别

目前,将认知理论引入文学艺术研究成为一种蔚为壮观的风潮,有关术语的使用却有些混乱。认知诗学、认知文体学和认知叙述学三个术语时常被交叉使用,想弄清楚它们的研究范围及对象,要先厘清诗学、文体学和叙述学的区别,也要考察这些术语在使用中的实际意义究竟为何。

"诗学"这个概念起源于亚里士多德所著的《诗学》。在《诗学》中,亚里士多德不仅讨论了诗的起源、结构、种类,也讨论了悲剧、喜剧的发展,尤其是悲剧的结构、成分、风格等,最后还比较了史诗和悲剧的高下,以及文艺批评的标准、原则和方法。可以看出,亚里士多德的诗学是一种综合的文艺理论,而不仅仅是谈论诗的学问。在历史发展过程中,西方文艺理论界认为诗学(Poetics)有三个义项:一是和"理论"相当,二是指广义的文艺理论,三是指狭义的和诗歌有关的系统理论。[②]

文体学可以追溯到古希腊、古罗马的修辞学研究,但是直到 1958 年,美

[①] Herman, D. *Narrative: Cognitive Approach in Encyclopedia of Language and Linguistics*, vol. 7. Routledge, 2005, p.452.

[②] Preminger, A. Brogan T. V. F. *The New Princeton Encyclopedia of Poetry and Poetics*. Princeton University Press, 1993, pp.929–930.

国印第安纳大学召开了"文体学研讨会",才标志着文体学成了一门独立学科。文体学是一门采用语言学模式研究文本体裁的特征、本质及其规律的学科,也是一门涉及语言学、文艺学、美学等领域的交叉学科。从研究实践看,文体学主要是采取语言学模式对文字语篇加以分析,研究其语言的使用特点和体裁特征。

叙述学是 20 世纪 60 年代左右在俄国形式主义和法国结构主义的影响下产生的,采用结构主义的模式研究叙述文本,这个时期的叙述学被称为经典叙述学,主要研究对象是小说。经典叙述学一般把叙述文本分为故事和话语两个层面,故事层面主要研究故事结构,话语层面主要研究文本的表达方式。20 世纪 80 年代中期以来,叙述学突破了只关注文本本身的结构主义范式,和其他学科结合,产生了女性主义叙述学、修辞叙述学、认知叙述学等流派,形成了语境主义的大潮,开创了叙述学的新局面,被称为后经典叙述学。对比来看,经典叙述学主要关注构筑能够应用于所有文本的叙述语法,后经典叙述学更多地关注语境影响下的文本分析。

对比三者,当诗学作为广义文艺理论时,显然是涵盖叙述学和文体学的;当诗学是狭义诗歌理论时,它和叙述学、文体学的区别在于研究对象,狭义诗学研究对象是诗,叙述学研究对象是叙述文本,文体学研究对象不仅包括叙述文本,而且包括非叙述文本,故而一般统称为语篇。当叙述学和文体学研究对象一致,都以叙述文本为对象时,二者的区别在于研究方法。文体学和叙述学都采用了语言学的模式来研究文学作品,相对来说,文体学关注的是文本中对语言本身的使用,偏重研究语言遣词造句的技巧及其效果,是文本的语言研究;而叙述学是比喻性地借鉴了语言学模式,关注的是文本中的语言表达方式,偏重研究语句的结构安排,是文本的结构和形式研究。"小说的艺术形式包含文字技巧和结构技巧这两个不同层面,文体学聚焦于前者,叙事学则聚焦于后者。"[①]

叙述学研究和文体学研究也有交叉,主要在于叙述学关于话语形式的研究和文体学关于文体的研究。叙述学的话语形式研究的是文本层面的结构和表达技巧,文体学的文体处于语篇的视野下,研究的还是语言。两者的重叠领域主

---

① 申丹《文体学和叙事学:互补与借鉴》,载《江汉论坛》,2006 年第 2 期,第 65 页。

要是关于视角和人物话语的研究。叙述学研究的是谁在看，视角如何转换，文体学则是从句子的主语转换进行研究的；叙述学的人物话语研究讨论的是引语形式，文体学的人物话语研究讨论的是句式和用词选择。叙述学和文体学研究其实是从不同层面进行互补，但是在理论研究中，我们还是要弄清它们的区别，不能混为一谈。

认知诗学被认为是由以色列特拉维夫大学的瑞文·图尔创立的。他综合了形式主义、认知心理学和人类学等学科，对诗歌文本进行了认知研究，后来他又进一步将研究对象扩展到了其他体裁的文学作品。之后英美认知诗学的主要研究方向转为探讨如何把认知理论用于语篇分析。也有不少学者进行了以认知诗学为名的研究。考察他们的研究，可以看出，认知诗学和认知文体学基本产生于一个时期，除了瑞文·图尔的早期研究主要以诗歌为对象，采取的是狭义诗学概念，其他认知诗学或文体学的研究对象都是语篇，大多数采用的是叙述文本。许多理论家都把认知诗学和认知文体学混用，彼得·斯托克维尔（Peter Stockwell）在他的《认知诗学导论》（*Cognitive Poetics: An Introduction*）前言中就提出不少学者都把认知诗学称为认知文体学，他也并未就此提出异议。凯蒂·威尔斯（Katie Wales）在2001年编撰的《文体学辞典》中就将认知诗学和认知文体学视为同义。[①] 胡壮麟认为这可能与研究者的专业有关[②]，早期认知诗学或认知文体学研究者多是欧洲大陆的文体学家，由于将认知理论引入了文体学研究领域，他们将认知诗学和认知文体学混在一起称呼，以致二者实际上已经难以区分。

中国学者的研究也基本继承了这种混用，如刘世生和刘立华说："一些人喜欢用'认知文体学'，另一些则喜欢用'认知诗学'，实际上它们之间重叠较多。"[③] 申丹提出："'认知诗学'与'认知文体学'难以区分。"[④] 苏晓军提出："认知诗学通常被看成是与认知文体学并行发展的研究领域，两个术语可以互

---

① Wales, K. *A Dictionary of Stylistics*. 2nd edition. Harlow, England, 2001, p.64.
② 胡壮麟《认知文体学及其与相邻学科的异同》，载《外语教学与研究》，2012年第2期，第166页。
③ 刘世生，刘立华《语言·认知·诗学——〈认知诗学实践〉评介》，载《外语教学与研究》，2006年第1期，第73页。
④ 申丹《谈关于认知文体学的几个问题》，载《外国语文》，2009年第1期，第1页。

相通用。"① 还有不少学者都持相似观点,一是因为中国的认知诗学或认知文体学研究者基本上都任职于高校外国语学院,从事外语语言专业研究,与外国研究者相类;二是因为中国的研究是从外国的研究基础发展而来,因此也继承了这种看法。

由此看来,实际上区分认知诗学和认知文体学并无实际意义,将其看作一种研究模式即可。

在目前的研究实践中,认知文体学(认知诗学)和认知叙述学也常被混用。有些名义上的认知叙述学研究采用的还是认知文体学研究方法,尤其是在中国,叙述学研究领域的学者投身于认知叙述学研究的还较少,故而相对于蓬勃发展的认知文体学研究,认知叙述学研究领域的成果还不多,尚需大力发展。本书研究的认知叙述学要认清自己的学科本位。

认知叙述学和认知文体学的第二大区分在于研究方法,它们虽然都引入了认知理论,将其和自己的学科理论结合,但是其基本的叙述学和文体学研究方向并未改变。本书认为认知叙述学的研究主要分为两个方面:一是要研究叙述文本接受的认知过程,二是要研究叙述文本中的认知策略如何引导文本接收者的理解。认知叙述学作为后经典叙述学的一个分支、一个交叉学科,只要把握住自己的研究方向,认知科学、认知语言学、认知心理学、认知文体学、认知诗学的资源,都能够被选择性地借鉴。

四、认知叙述学面临的问题和发展方向

经典叙述学强调普遍叙述规律,而脱离了具体语境。认知叙述学为叙述学研究提供了一种新的范式,不但丰富了叙述学的范畴,而且推进了文学艺术理论研究。相比经典叙述学,认知叙述学克服了其对文本接收者的忽视,顺应了当前西方语境化热潮,注重语境的影响,其理论基础学科即认知科学仍在如火如荼地发展。认知叙述学作为一种跨学科的研究,具有强大的发展潜力。但是必须看到,认知叙述学虽然是后经典叙述学中的一种重要力量,但它的发展也一直伴随着质疑声音。

一是有学者提出:"认知叙事学的主要功能是为文本结构与叙事各主体之

---

① 苏晓军《国外认知诗学研究概观》,载《外国语文》,2009年第2期,第6页。

间提供认知心理解释，而不是帮助发现叙事文本新的意义。"① 而且认知语言学和认知心理学的理论，对意义复杂的叙述文本解释力有限。构建富有解释力的，能够与叙述学理论相结合的认知叙述理论，是认知叙述学进一步发展的重要基点。

二是认知叙述学虽然关注语境和文本接收者，但研究的还是"某一类型之认知规约，往往不考虑个体读者的背景和立场"②。这种看法认为认知叙述学考虑的是某一类读者的认知情况，有一定道理，因为"一千个人有一千个哈姆雷特"。但是如何考虑这一类读者的情况，还需要认知叙述学说清楚。

三是认知叙述学的研究偏重于意义获取认知过程的分析，但是叙述作品往往是文学艺术作品，要诉诸人的审美情感。人理解外界信息的步骤可分为感知、思想或心理的意象、情绪三个层次。在人的认知过程中，这三者密不可分。情绪常常会启动文本接收者的认知努力，也会改变其认知能力。认知叙述学目前对接收者情感方面的研究还比较薄弱，这也是其应该努力突破的一个方向。

认知叙述学研究既要研究文本接收者阐释叙述文本的认知策略，又要研究文本接收者解读叙述文本的认知机制。后经典叙述学尤其强调语境的影响。接收者的解读则要考察接收者如何以文本和自己的认知图式为基础去推求文本发送者编制的符码。认知叙述学与经典叙述学的不同之处就在于它要考察文本接收者的情况，文本接收者的认知图式各有不同，所以叙述文本阐释必然也会有不同的意义。

这种研究如申丹所说，研究的硬实是人的普遍认知规律。必须承认，一个叙述文本如果有被广泛接受讨论的可能，那么在文本接收者群体中必然有一种能够被大多数人认可的阐释。如果每个文本接收者的解释互相之间都千差万别，那么一个叙述文本就像巴别塔，将永远无法被认知。这可以用斯坦利·费什（Stanley Fish）的"阐释社群"（Interpretive Communities）理论来解释。③

---

① 唐伟胜《叙事研究中的认知取向——〈叙事理论与认知科学〉评介》，载《天津外国语学院学报》，2005年第1期，第35页。

② 申丹，王丽亚《西方叙事学：经典与后经典》，北京：北京大学出版社，2011年，第224页。

③ Fish, S, *Is There a Text in This Class?*: *The Authority of Interpretive Communities*. Havard University Press, 1980, p.56.

在费什的理论中，阐释社群是指共同分享一套阐释策略的读者。考察阐释社群的认知规律，从而建立起一个既能够适用于叙述学，又能够应用于不同文本接收者的认知模式，是认知叙述学的研究重心。这种模式既能够显示文本的意义如何生成，又能够显示不同的文本接收者对文本解读不同的原因所在。目前的认知叙述学研究成果仅涉及其中的某些层面，弗卢德尼克对文本解读程序的考察颇具影响力，但其缺陷是过于依赖直觉论证，并把口头叙述模式当作唯一准则。构筑一个符号信息传递过程的认知模式，是认知叙述学未来发展的重要方向。

研究叙述文本中设置的认知策略，就要考察叙述文本各个要素的设置。这方面的研究成果相对比较丰富，戴维·赫尔曼和曼弗雷德·雅恩从不同角度考察了视点或聚焦的认知策略；赫尔曼还研究了文本结构的认知风格以及文本中的时间认知特点；玛丽－劳尔·瑞安（Marie-Laure Ryan）从实验的角度研究文本的空间设置和文本世界作为"可能世界"的构建原则；安斯加·纽宁（Ansgar Nünning）研究了不可靠叙述的认知框架；艾伦·帕默（Alan Palmer）研究了文本中人物思维的认知策略等。这些从认知科学发展而来的理论被引入叙述文本研究，打开了解读文本意义的新视野。从各个学者的研究实践可以看出，这些新的方法绝不仅仅是为经典叙述学解读文本的方法加上心理学和语言学证明，而是构建了许多新的认知解读方法，并能够从新的角度加深对叙述文本意义的理解。对文本各要素的认知研究也绝不仅仅是以上提到的这些内容，随着认知科学的发展，它还有非常广阔的开拓空间。

认知叙述学正处于学科上升期，它以人的认知机能为基础，贯穿了文本信息交流过程的研究。作为对经典叙述学的补充和超越，认知叙述学期望创建的认知模式是一种由诸多元素组合的动态发展模式，它允许组成部分参与调整，可适用于不同的文本接收者，也在不断吸纳新的元素，从而增强对文本的解释力。它并非以建立一个完备的系统为目标，而是以追求文本解读效果的最大化、探寻如何实现理想的交流为主旨。总之，认知叙述学的学科建设任重道远。

绪 论

第二节 认知叙述学研究综述

一、国外对认知叙述学的研究综述

目前国外的认知叙述学研究还没有系统理论，虽然有不少认知叙述学家致力于此，但都是单篇散论。虽然赫尔曼认为认知叙述学应该为经典叙述学提供认知基础，但是目前的研究实践还远远不能为经典叙述学的基本研究范畴建构起适合的认知相关理论，不同学者对同一论题的讨论也往往各有见解；所以国外研究综述主要介绍对认知叙述学影响较大的几位学者的研究，展现目前国外认知叙述学研究现状。

首先必须提到的正是戴维·赫尔曼。赫尔曼在认知叙述学领域著作颇丰，影响较大的理论有"假定聚焦"、故事逻辑、模糊时间、叙述作为认知工具等理论。赫尔曼在其论文《假定聚焦》（"Hypothetical Focalization"）中提出了该理论，后来又在《故事逻辑：叙述的问题及可能性》（*Story Logic：Problem and Possibilities of Narrative*）一书中对其加以完善。假定聚焦就是人物或叙述者可能看到或感知到假想事件的行为，讨论的是不确定的聚焦者，可分为直接假定聚焦和间接假定聚焦。赫尔曼的这本《故事逻辑：叙述的问题及可能性》主要讨论了人的心理如何建构和理解世界以及认知建构的优先原则、处理策略与体裁的关系。他也讨论了涉及精神创伤的叙述文本中呈现的模糊时间，补充了热奈特的时间理论。在此书中，赫尔曼还关注了跨媒介叙述，分析了漫画文本。在论文集《叙述理论与认知科学》中，赫尔曼有一篇《叙述作为认知工具》（"Story as a Tool for Thinking"），研究叙述作为认知工具发展的人的五种认知能力。赫尔曼的研究有些还是语言层面的文体学研究，但他试图从文本接收者认知能力上开创认知叙述学局面的努力还是值得钦佩的。

莫妮卡·弗卢德尼克开创的"自然叙述学"影响很大，她以"体验性"的口头叙述为基础，将叙述交流分为三个层次：一是以现实生活为依据的认知框架；二是五种不同的视角框架，即行动、讲述、体验、目击、思考评价。三是文类和历史的认知框架。弗卢德尼克将叙述文本结构分为四个层次的认知图式：事件图式、视角图式、文类图式、读解图式。[①] 申丹认为她的分类互相之间界限模糊，并且有以偏概全的缺陷。[②] 弗卢德尼克追溯了英国叙述类型的发展历程，提出了"叙述化（自然化）"策略，并着重分析了第二人称叙述作品，在学术界影响很大。

曼弗雷德·雅恩的主要理论有"窗口聚焦"（Windows of Focalization）。他将叙述聚焦看作一个通向叙述文本世界的窗口，文本接收者通过这个窗口才能透视文本。他又将聚焦分为四种：严格聚焦（Strict Focalization）指从一个确定的位置进行观察，环绕聚焦（Ambient Focalization）指从多个视角进行观察，弱聚焦（Weak Focalization）指从一个不确定的位置进行观察，零聚焦（Zero Focalization）指无明显视角。这种分类和传统叙述学分类差别不大，但是研究角度不同，也具有启发意义。在《"说话，朋友，进来吧"：花园路、人工智能和认知叙述学》（"'Speak, Friend, and Enter': Garden Paths, Artificial Intelligence, and Cognitive Narratology"）一文中，雅恩首先研究了"花园路"叙述在谜语、笑话中的功能，然后用认知理论的脚本（Script）、认知框架（Frame）和优先原则理论（Preference Rules）分析了在叙述文本中，文本接收者因为采用优先原则选用错误脚本或框架，而被引入歧途的情况。雅恩的《"醒来吧！睁开眼！"故事内外的认知逻辑》（"'Awake! Open Your Eyes!' The Cognitive Logic of External and Internal Stories"）一文认为叙述文本解读要同时重视"内在故事"和"外在故事"，内在故事指与记忆、梦、回忆等有关的故事，外在故事指常见于小说、逸事、电影及戏剧中的故事。他从认知心理学的角度分析了感知、记忆、梦的特点，也讨论了故事生产的特点。

玛丽-劳尔·瑞安的重要贡献在于将可能世界和人工智能理论引入叙述学研究。《可能世界、人工智能及叙述理论》（*Possible Worlds, Artificial Intelligence, and Narrative Theory*）以可能世界理论为基础，认为虚构性这种体裁类型建立在实在世界与被投射到文本中的和实在世界一样起作用的其他世界之间的可能性关系的基础上。瑞安还把人工智能领域的"栈"

---

① Fludernik, M. *Towards a "Natural" Narratology*. Routledge, 1996, p.244.
② 申丹、王丽亚《西方叙事学：经典与后经典》，北京大学出版社，2011年，第228页。

(Stacking)、"推入"(Pushing)、"弹出"(Popping)"窗口"(Windows)等计算机用语比喻性地用于叙述文本分析中。她以文学实验的形式提出了"认知地图"理论,讨论文本接收者在阅读文本之后重构心理地图的分析策略。

安斯加·纽宁的贡献主要在于他尝试将认知方法与修辞方法综合起来对不可靠叙述加以研究。他认为研究不可靠叙述不能只考虑文本结构或语义,而要既重视读者的认知框架,也重视作者的作用,所以将修辞方法与认知方法结合起来才能进行更全面的研究。但是申丹认为这种方法实际上还是依靠了修辞方法①,并没能把认知方法和修辞方法结合起来,而且申丹认为两者的结合是不可能的。

认知叙述学还有一个实证研究流派叫"心理叙述学"(Psychonarratology),代表人物是马瑞莎·鲍特鲁西(Marisa Bortolussi)和彼得·迪克森(Peter Dixon)。他们提出心理叙述学是对于文本特征及其叙述结构所对应的心理表征的研究,主要通过文本实验来验证已被提出的理论。这种研究偏向自然科学的实验数据法,主要通过数据总结出叙述文本的一些认知规律。

除去这些代表性人物的代表性理论,认知叙述学的研究领域也在不断扩大。戴维·赫尔曼在2013年9月更新的网络版《叙述学的活手册》(*the Living Handbook of Narratology*)中的"认知叙述学"部分介绍了目前西方几个比较热门的研究方向:对叙述文本可能世界诸要素的探讨;研究文中的因素(时空、视点等)如何影响文本接收者的认知心理状态和认知进程;研究叙述悬念的文本策略和接收者的移情心理之间的关系;研究创作者如何塑造和阐释者如何理解叙述文本中的人物性格;根据实证性的语料库分析"文本特征"和"文本效果"之间的相关性;研究叙述功能作为认知框架体现在不同媒介中的异同;研究普通心理学中人如何理解他人意识的认知心理和叙述文本的阐释者如何理解人物意识的认知心理之间的关系;研究灵感和叙述思维的关系等。②

现今,认知叙述学研究进入了蓬勃发展的阶段,不但有戴维·赫尔曼、莫

---

① 申丹《何为"不可靠叙述?"》,载《外国文学评论》,2006年第4期,第141页。
② Herman, D. "Cognitive Narratology", *The Living Handbook of Narratology*. Hamburg: Hamburg University, http://www.lhn.uni-hamburg.de/article/cognitive-narratology-revised-version-uploaded-22-september-2013.

妮卡·弗卢德尼克、曼弗雷德·雅恩、玛丽-劳尔·瑞安、安斯加·纽宁等著名学者仍保持着旺盛的学术创造力不断推进其发展，不少新的研究者也加入了认知叙述学的理论园地。总体来说，国外学界对认知叙述学的研究非常精彩，有很多重要的理论，但是研究成果比较杂乱。认知叙述学也不断在西方之外的国家"开疆扩土"，没有形成一个统一的理论体系，遑论"诗学"体系的宏大志愿。赫尔曼也指出，认知叙述学的研究范围还在不断扩大，未来的发展方向如何让我们拭目以待。

二、国内对认知叙述学的研究综述

截至目前，认知叙述学在中国仅处于起步阶段，相关研究可以主要分为两个部分：一是对西方认知叙述学理论的推介和阐发，二是利用已有理论对具体文本进行分析阐释。

认知叙述学是由申丹首先引介到中国的，她于2004年发表的论文《叙事结构与认知过程——认知叙事学评析》是国内最早对西方认知叙述学的介绍及评论。这篇论文讨论了认知叙述学的本质特征和不同研究模式，指出认知叙述学关注的还是类型化的认知规约和文本接收者，研究的是文本接收者认知过程的共性，而不是个体接收者的阐释特点。申丹还介绍了当前西方几位著名学者各自开创的文本认知模式。一是莫妮卡·弗卢德尼克在《走向"自然"叙述学》中提出的："'叙述化'就是借助于规约性的叙述阐释框架把文本加以'自然化'的一种阅读策略。"[①] 申丹认为弗卢德尼克以口头叙述为蓝本的研究非常具有启发性，但是难免以偏概全，并引用了阿尔贝（Jan Alber）的研究说明"自然化"策略不适用于追求荒诞意义的叙述文本。二是戴维·赫尔曼提出的"作为认知风格"的叙述，讨论了文本接收者如何根据文本中设计的认知策略建构和更新自己大脑中的认知模式，并讨论了不同媒介文本的认知策略。三是玛丽-劳尔·瑞安根据认知地图理论分析了文本叙述空间的建构及其认知策略。四是马瑞莎·鲍特鲁西和彼得·迪克森提出的以文学实验的实证性研究为基础的心理叙述学。但申丹指出，心理叙述学实际上是把研究文本结构特征、讨论以叙述规约为基础的读者的叙述认知、对读者进行心理实验这三种方法并

---

① Fludernik, M. *Toward a "Natural" Narratology*. Routledge, 1996, p. 34.

用的模式,并非仅仅依靠心理实验。申丹认为这些研究较好地揭示了"文本提示""文类规约"和"规约性认知框架"①的互动。

其后,国内不少有志之士陆续开始深入了解和阐发认知叙述学理论。2005年唐伟胜和黄小明的论文《叙事性的认知图式及认知基础》讨论了叙事性与读者之间四个层面的认知图式。2008年唐伟胜的论文《阅读效果还是心理表征?——修辞叙事学与认知叙事学的分歧与联系》进一步分析了修辞叙述学和认知叙述学的关系。尚必武在2010年前后陆续翻译了杰拉德·普林斯(Gerald Prince)、詹姆斯·费伦(James Phelan)、莫妮卡·弗卢德尼克、扬·阿尔贝等数位西方著名叙述学家论述后经典叙述学,尤其是认知叙述学的文章,着重探讨了有关"不可靠叙述"的认知研究方法。张万敏在2011年发表了《认知叙事学的引进与文学研究的新拓展》,并讨论了莫妮卡·弗卢德尼克和戴维·赫尔曼的认知叙述学思想。之后,几位学者都出版了相关论著。申丹和王丽亚在2010年出版的《西方叙事学:经典和后经典》有专门章节讨论认知叙述学,基本收录了申丹之前的研究成果。张万敏在2012年出版的《认知叙事学研究》介绍了认知叙述学在西方的流变及其在中国的发展,并着重推介并阐发了马瑞莎·鲍特鲁西和彼得·迪克森开创的实证性认知叙述学流派——心理叙述学的研究方法。心理叙述学强调以文学实验证明其理论观点,从文本的线索探求如何寻找叙述者的位置,并探讨了客观文本特征和主观文本效果的区别和联系。唐伟胜在2013年出版的《文本 语境 读者:当代美国叙事理论研究》也辟出专门章节讨论了认知叙述学,主要包括认知叙述学的本质和研究任务、"可然世界"理论、图式理论以及叙述人物的认知理论几个方面,其中不仅有对文本阐释的程序-图式的研究,而且有对文本结构和文本具体要素的功能性研究,属于对西方认知叙述学前沿成果的推介。尚必武在2014年出版的《当代西方后经典叙事学研究》介绍了西方后经典叙述学目前的发展方向和态势,也涉及了认知叙述学的相关研究。

中国学者对认知科学和文学艺术交叉研究的兴趣还有相当一部分集中在认知诗学或认知文体学层面,熊沐清、苏晓军、刘世生、孟胜昆、胡壮麟等学者

---

① 申丹《叙事结构与认知过程——认知叙事学评析》,载《外语与外语教学》,2004年第9期,第1页。

都在这个领域有所建树,在 2012 年到 2014 年期间还有三本研究专著出版。这些专著对认知叙述学也有重要的参考价值。

2008 年,中国召开了第四届中国英语研究专家论坛暨首届全国认知诗学研讨会;之后在 2011 年、2013 年分别召开了第二届和第三届全国认知诗学研讨会;同时,在 2010 年和 2012 年,又分别召开了全国首届和第二届认知诗学高层论坛;2013 年还召开了首届认知诗学国际学术研讨会。自 2008 年以来,认知科学和文学艺术交叉研究在中国的发展如火如荼。这些认知诗学会议主要由各高校的外国语学院主办,也有中国认知语言学研究会鼎力支持。考察会议内容,虽然以认知诗学研究为主,也有少量的认知叙述学研究掺杂其间,但可以看出相关研究的论文数量不多,研究深度和广度也非常有限。国内认知叙述学的发展还处在跟随西方理论学习和了解的阶段。西方认知叙述学理论本就尚未形成系统,中国的研究少部分是对国外理论研究的推介,大部分集中在借用西方的理论来阐释文本,属于应用型研究。至今还没有一本国外重量级著作被翻译成中文,中国学者对认知叙述学这个学科的构建也还没有什么影响力。此外,国内研究者基本聚集在外国语言研究专业领域,故而研究方向也倾向于以认知语言学为基础的认知文体学,与大都具有跨学科理论背景的国外研究者相比,也显得缺乏进一步深入研究的潜力。对叙述学领域来说,仅从认知语言学的角度出发,显然无法应对叙述文本的复杂组成和生成阐释的复杂认知机制,研究者只有具备跨学科的理论视野和能力,才能在认知叙述学领域有所建树。

第三节 研究对象、研究目的及创新之处

一、研究对象

(一) 广义叙述学

考察当今认知叙述学研究实践,大多数还只是对文字文本尤其是小说的研究。在多种媒介蓬勃发展的当代,考察其他媒介叙述文本的跨媒介叙述势在必行。为了应对这种发展趋势,赵毅衡提出了"广义叙述学"的概念。他考察了叙述概念的渊源,发现跨媒介叙述面临的一大难题正在于此。叙述学起源于对小说的研究,所以经典叙述学对叙述的定义也是以小说研究为基础的,因为小

说是讲过去发生的事,于是过去性成了叙述学定义的一个必要条件。这可以追溯到柏拉图和亚里士多德对叙述和模仿的区分。如果叙述定义坚持过去性,那么口头叙述、戏剧、电影、电子游戏等都不是叙述。杰拉德·普林斯的《叙述学词典》作为一本经典叙述学参考资料,就体现了这种变迁。该书 1987 年第一版中对叙述的定义是:"由一个或数个叙述人,对一个或数个叙述接受者,重述(Recounting)一个或数个真实或虚构的事件。"① 重述就是要求叙述文本中的事件必须发生在过去,那么戏剧和电影就不是叙述了。在《叙述学词典》2003 年再版时,普林斯修改了叙述的定义:"由一个、两个或数个(或多或少显性的)叙述者,向一个、两个或数个(或多或少显性的)受叙者,传达(communicate)一个或更多真实或虚构事件(作为产品和过程、对象和行为、结构和结构化)的表述。"② 这个定义将"重述"改成了"传达",不再纠缠于过去时的问题。

赵毅衡为了建构一种能够包容所有叙述文本的广义叙述学,提出了一个底线定义:"1 某个主体把有人物参与的事件组织进一个符号文本中。2 此文本可以被接收者理解为具有时间和意义向度。"③ 这个定义可以用于所有叙述文本,符合当今叙述文本的实际情况,有利于我们开展研究。

本书以赵毅衡的"广义叙述学"为研究对象,涉及的叙述文本是跨媒介的叙述文本。本书也根据赵毅衡的"广义叙述学"建议④,统一采用叙述学、叙述、叙述者、叙述文本等术语,不再从动词和名词角度区分叙述和叙事。

(二)叙述文本分类

要以所有的跨媒介文本为叙述学认知分析的对象,就要先分清楚叙述文本的类型。经典叙述学的分类只针对文字文本,已经不适用于跨媒介叙述的分类。2004 年,玛丽-劳尔·瑞安的《跨媒介叙述:故事讲述的语言》(*Narrative Across Media: The Languages of Storytelling*)将叙述文本分为五个部分:面对面叙述,单幅画叙述,电影,音乐,数字。但这不是严格的分

---

① Prince, G. *A Dictionary of Narratology*. Scolar Press, 1988, P. 58.
② 杰拉德·普林斯《叙述学词典》,乔国强、李孝弟译,上海译文出版社,2011 年,第 136 页。
③ 赵毅衡《广义叙述学》,四川大学出版社,2013 年,第 7 页。
④ 赵毅衡《"叙事"还是"叙述"——一个不能再"权益"下去的术语混乱》,载《外国文学评论》,2009 年第 1 期,第 228—232 页。

类。后来，她又在《叙述和数字文本的划分条件》("Narrative and the Split Condition of Digital Textuality")一文中提出了一种四分法：一是讲述过去事件的讲述模式，如小说、口头故事；二是当下发生的模仿模式，如戏剧；三是通过角色扮演或行为选择创作故事的实时参与模式，如游戏；四是通过引擎按照规则输入实现一个事件序列而实时创作故事的模拟模式，如故事生成系统。① 赵毅衡认为这个分类有重复，大多数都是演示性的叙述，另外，没有提到通过人的心像形成的幻觉、梦境等叙述。

赵毅衡以出自语言学的语气研究中的模态－语力理论为基础，考察叙述文本的纪实和虚构分类，进而提出了广义叙述的叙述体裁分类表：

表1 叙述体裁基本分类②

时间向度	适用媒介	纪实型体裁	虚构型体裁
过去	记录类：文字、言语、图像、雕塑	历史、传记、新闻、日记、坦白、庭辩、情节壁画	小说、叙事诗、叙事歌词
过去现在	记录演示类：胶卷与数字录制	纪录片、电视采访	故事片、演出录音录像
现在	演示类：身体、影像、实物、言语	（电视、广播的）现场直播，演说	戏剧、比赛、游戏、电子游戏
类现在	类演示类：心像、心感、心语	心传	梦、幻觉
未来	意动类：任何媒介	广告、许诺、算命、预测、誓言	

这个分类非常齐全，但是在叙述文本认知问题相关分析实践中，类演示类的文本是无法被分析的，它理论上存在，但是真正的梦或幻觉只存在于人的脑海中，实际上无法企及，一旦被叙述出来，就必须经过另一种媒介再现，比如被口语讲述、用文字写出来、由电影演出来，其实就已经成为另外一种叙述文本了。同时，意动类的叙述文本因为可以采用任何媒介，实际上在分析过程

---

① Ryan, M-L. *"Narrative and the Split Condition of Digital Textuality"*, dichtung-digital 34. 1（2005），http://www.dichtung-digital.com/2005/1/Ryan/.
② 赵毅衡《广义叙述学》，四川大学出版社，2013年，第1页。

中，它们的叙述媒介方式类同于记录类叙述或者演示类叙述。还有，在认知叙述学分析实践中，记录演示类叙述和演示类叙述在不考察其媒介时间特性的时候，实际上都是按照演示类来分析的。因此，在叙述文本认知问题分析实践中，真正常被用于分析的例子其实是记录类叙述和演示类叙述。本书主要以叙述文本中的文学艺术作品即小说和电影为讨论对象，间或涉及其他类型的叙述文本。

另外，因为认知叙述学研究涉及多种类的叙述文本，尤其在提到综合性理论时，读者、观众、游戏体验者等术语都无法全面适用，所以本书采用"文本接收者"这个术语；在分析具体文本时，则会根据具体情况采用合适的术语。

二、研究目的

认知科学的蓬勃发展给作为跨学科研究的认知叙述学带来了有利的学术环境和旺盛的生命力，作为后经典叙述学的一员，认知叙述学能够弥补经典叙述学忽视文本接收者及语境的不足，关注叙述文本的认知策略及文本接收者的认知机制，扩展了认知叙述学的视野，丰富了叙述学研究方法，为叙述学开辟了新领地。

本书研究叙述文本的认知问题，期望为认知叙述学的发展做出努力。认知叙述学相关研究目前还处于发展阶段，没有比较系统的理论。本书的努力方向就是为传统叙述学的理论框架提供一个认知基础和不同层面的认知策略。

经典叙述学注重研究叙述文本的叙述语法，研究叙述文本的认知问题则包括文本接收者的认知机制和文本接收者解读叙述文本的认知策略两个层面，在为经典叙述学的理论提供一个认知基础的同时，还增加了对文本接收者认知机制的研究。文本接收者的认知机制决定了文本接收者是否能够明白叙述文本的认知策略，叙述文本的认知策略设置决定了文本接收者是否能够接受一个满意的叙述文本。当文本接收者能够熟练地运用合适的认知策略解读文本，从认知的角度考察文本时，就能超越印象式的文本理解，深入挖掘叙述文本的内涵意义。当叙述文本的认知策略能够引导文本接收者愿意接受文本并且对其深入理解，就说明叙述文本的认知策略发展到了一个比较合适的程度。这两者相辅相成、互相促进。

(一) 叙述文本的理想认知模型

对叙述文本的认知基础进行研究，就是要探讨叙述文本的认知模型。认知模型概念是乔治·拉考夫（George Lakoff）于 1987 年提出的，（Cognitive Model，CM）"是人们在认识事体、理解世界过程中所形成的一种相对定型的心智结构，是组织和表征知识的模式，由概念及其间的相对固定的联系构成"[①]。他认为，认知模型具有体验性，是在人和情境的互动中产生的；具有完形性，是由各部分构成的整体结构；具有内在性，是人的心智认知事物的方式。[②] 拉考夫在此基础上又进一步提出了理想认知模型（Idealized Cognitive Model，ICM）。理想认知模型是建立在认知模型基础上的一种复杂的、整合的完形结构（A Complex Structured Whole，a Gestalt），是认知模型集合，也可以叫作集束模型（Cluster Models）。[③] 对叙述文本理想认知模型的研究也分为两个层次：一个层次是研究关于叙述文本储存和加工的知识形式，即主要研究陈述性知识；另一个层次是研究叙述文本信息加工的过程，即程序性知识。理想认知模型的基本单位是认知模型，认知模型的基本单位是认知图式，理想认知模型通常是在某些情境或要求下的复杂认知图式的组合。

1. 叙述文本的四种认知图式

图式（Schema）是人的记忆中由各种信息和经验组成的认知结构。图式理论可以追溯到德国哲学家康德的《纯粹理性批判》，他在分析概念和对象的关系时引入了图式这个概念，用图式来解释人的脑海中先验性存在的一种结构，其表征为时空观念、个体经验等人们固有的认知能力。这种先验图式的范畴是人类判断、推理与理解现实存在的依据。由此异质的概念和对象以图式为中介联系起来，图式既是知性概念，又能作用于感性经验。

20 世纪初，瑞士心理学家皮亚杰把作为哲学概念的图式引入心理学研究，认为图式是个体与环境不断相互作用中的一种建构过程，人的智力活动都包含一定的认知结构，也就是认知图式。图式是包括动作结构和运算结构在内的从

---

① 参见王寅《认知语言学》，上海外语教育出版社，2013 年，第 203 页。
② Lakoff, G. *Women, Fire, and Dangerous Things: What Categories Reveal about the Mind.* The University of Chicago Press, 1987, pp. 13, 21, 154, 538.
③ Lakoff, G. *Women, Fire, and Dangerous Things: What Categories Reveal about the Mind.* The University of Chicago Press, 1987, p. 68.

经验到概念的中介，是主体内部一种动态的、可变的认知结构。他也研究了心理活动产生即图式的运作机制，提出了"同化（assimilation）—顺应（accommodation）"[①] 理论。同化就是把外界信息纳入原有图式，顺应就是当情境发生变化，不能把新的信息纳入原有图式时，通过调整建立新的图式。

将图式研究进一步扩展的是英国心理学家巴特莱特（Frederick Bartlett）。他将认知图式引入阅读心理研究，认为图式是人的知识经验在头脑中的储存方式，并讨论了在阅读中记忆如何根据图式来认识新事物。20 世纪 70 年代，人工智能发展再一次对图式理论进行了深入研究，人们认为图式是认知的基础，并从语言学的角度提出图式是人的语言形式，是人的全部知识的总和，包括专业知识和文化背景知识。之后，不同的学者又据此采用不同的术语探讨，如框架（Frame）、脚本（Script）等，虽各有偏重，但是总体来说，它们的研究方向是一致的，而图式的涵盖范围更为广泛，并进一步被用于文本研究。

图式联系着对新信息的知觉和对已知信息的回忆，使我们能够将新信息与已知经验加以对比而得到理解。图式的来源既有先天的继承，也有后天的习得，人类正是通过学习各种图式而得以互相沟通。认知图式是人在经验组织和理解过程中的"概念骨架"[②]。文本接收者能够理解叙述文本的基础就在于他具备和叙述文本相通的图式。盖·库克（Guy Cook）进一步将理解语篇所需要的图式分为世界图式（World Schema）、文本图式（Text Schema）和语言图式（Language Schema）[③]。叙述文本也是语篇的一种，故而也可以借鉴发展该理论。

世界图式体现了文本中蕴含的知识和文本接收者所拥有的知识之间的关系，可以分为社会文化背景知识和生活常识。每个文本都浸透着它所产生时代的历史、文化、风俗烙印，这是理解文本的基础。就具体文本而言，文本的叙述不会面面俱到，尤其是有关生活常识部分，如进餐馆要先推开门，然后找到一张空桌，坐下……这些内容，叙述文本很少会一一写明，但是文本接收者能够自然地填补这些生活常识图式，如果文本把这些都写出来反而显得累赘。

---

① 皮亚杰《儿童智力的起源》，高如峰、陈丽霞译，教育科学出版社，1990 年，第 9 页。
② 刘丽《认知符号学》，出自唐小林、祝东编《符号学诸领域》，四川大学出版社，2012 年，第 115 页。
③ Cook, G. *Discourse and Literature*. Shanghai Foreign Language Education Press, 1999, p. 15.

文本图式代表我们对文本序列和结构的期待，包括文本体裁和具体文本中的视角、时空、情节结构等方面。文本体裁使接收者对叙述文本有一个总体期待，而文本中的视角、时空、情节结构等变化会导致接收者的期待发生变化。

语言图式代表接收者的语言理解能力，包括词汇、语法、修辞面。理解词汇的含义，尤其是多义词，懂得语法的使用规则，是理解文本的基础。修辞手法是使叙述文本富有魅力的重要手段，能够帮助接收者体会修辞图式的妙处，也是接收者应该具备的能力。从广义来看，要切合广义叙述学的研究实践，可以将语言图式扩展为语言媒介图式。

在解读文本的过程中，读者需要有相应的图式知识才能解读文本，而文本中蕴含的图式知识未必能够和读者的完全相符，所以文本也会改变读者的图式知识。这三个不同层面的图式知识决定了我们是否能够接受这个文本以及将如何理解这个文本。

库克对叙述文本认知图式的分析偏重于陈述性知识，实际上，图式不仅包括陈述性知识，而且包括程序性知识，是静态和动态并存的知识结构。文本接收者在理解叙述文本时，前者作为一个主体，要有意识地调动主动性组构各种认知图式，这就涉及程序性知识。为了突出程序性知识，本书拟再设立一种认知能力图式，在分析叙述文本的基础上，同时关注文本接收者的认知能力的运用。

所以，本书认为，叙述文本共涉及四种认知图式：世界图式、文本图式、语言媒介图式和认知能力图式。

2. 叙述文本的理想认知模型

叙述文本的信息通常比较复杂，要通过一段时间陆续提取，其间还要不断修改之前的信息理解，而且叙述有其基本的要求："某个主体把有人物参与的事件组织进一个符号文本中，此文本可以被接收者理解为具有时间和意义向度。"① 故而叙述文本虽然也遵照了信息通过图式识别加工的认知原理，但是叙述文本又有其特殊之处。进行认知叙述学研究的学者提出了几种认知模型（相当于认知图式，可以指复杂的图式组合），来讨论叙述文本作为信息加工的特殊之处。

---

① 赵毅衡《广义叙述学》，四川大学出版社，2013年，第7页。

绪 论

拉波夫（William Labov）于1967年提出了口头叙述的叙述序列组成。①他认为，口头叙述序列由抽象叙述（Abstract）、引入（Orientation）、发展行动（Complicating Action）、评价（Evaluation）、结果（Result）、结尾（Coda）几个部分组成，每个部分又有许多"插槽"，分别由具体的叙述文本的各个部分来填入，其中也包括非情节部分，最后组成完整序列。拉波夫将书面叙述看作口头叙述的变体，故而也可采用同一叙述认知模型。这是一个比较简单的文本结构图式，而且是从叙述文本的故事的角度来分析的，既没有考虑叙述文本的话语形式，也没有考虑到文本接收者的认知能力。

尚克（Roger Shank）在1977年提出了一个试探性的草案，他将认知图式分为一个层级结构，由低到高分别是：脚本（Script）、计划（Plan）、次级目标（Sub-Goal）、目标（Goal）、主题（Theme）。②人在解读叙述文本时，会按照这个层级，由低到高地理解。接收者用脚本补足了叙述文本的空白之处，生成理解文本的计划，而计划是为了实现目标，目标又可以分为多个次级目标，最后实现高层次的主题。盖·库克用这个草案分析了陀思妥耶夫斯基的《罪与罚》，但是各个层次结构之间的关系并不清晰，而且文本接收者会困惑于是采取自己熟悉的认知图式还是跟随人物的认知图式。这个草案同时考虑到了叙述文本的故事层面和话语层面，但是在实际应用中并不清晰，也过于机械。

曼弗雷德·雅恩从另一个层面分析了叙述理解中的信息加工方法。他指出，在接收者的理解过程中，有两种加工方式：一种是自上而下的加工策略，即从脚本或框架（即图式）驱动的加工策略；另一种是自下而上的加工策略，即从文本数据驱动的加工策略。③这个认知方法是从文本接收者认知能力的角度出发的，自上而下的加工策略就是指文本接收者从自己的认知图式出发去理解叙述文本的信息，自下而上的加工策略就是指文本接收者从叙述文本提供的认知策略去选择认知图式。雅恩指出，接收者一般会先采用自上而下的加工策

---

① Labov, W. and Waletzky J. "Narrative Analysis: Oral Versions of Personal Experience" in J. Helm ed. *Essays on the Verbal and Visual Arts*. University of Washington Press, 1967, pp. 12—44.

② Shank, R. Abelson, R. *Scripts, Plans, Goals and Understanding*. Lawrence Erlbaum, 1977, pp. 50—131.

③ Jahn, M. "Speak, friend, and enter: Garden Paths, Artificial Intelligence, and Cognitive Narratology", in: Herman, D. ed. *Narratologies: New Perspectives on Narrative Analysis*. Ohio State University Press, 1999, pp. 167—194.

略，但是随着文本的展开，接收者根据新的信息会修改或者改变其认知图式，当图式出现矛盾时，接收者则会遵从循认知活动中获取最大回报的"优先原则"（Preference Rules）来选择加工策略。雅恩以小说《瓦特·米蒂的秘密生活》为对象，分析了接收者如何在人物瓦特穿行于想象和现实中时不断随之改变认知图式。雅恩的认知模型很好地揭示了文本接收者的认知规律，但是并没有对叙述文本的故事或话语图式进行分析。

弗卢德尼克在《建构"自然"的叙述学》中提出叙述的深层结构有三个特性：体验性、可讲述性和意旨。[①] 她将叙述化过程分为四个层次的图式：一是读者以现实生活为基础的认知图式，即事件图式；二是从五个不同视角框架讨论叙述文本自身的特点，即视角图式；三是文类的划分，即文类图式；四是基于以上图式的叙述读解图式。这四层图式相互配合，可以对叙述文本进行更深入的认知。弗卢德尼克的认知模型综合了前几种认知模型的长处，前三种图式主要类同于库克的图式分类，第四种注重文本接收者的认知能力，是一种比较成熟的认知模型。但是这种认知模型只是一个比较大、比较粗疏的框架，并没有涉及叙述文本的各个层面，互相之间的关系也不够协调，比如事件图式要同时考察叙述文本的故事和话语的诸多层面，而视角图式则仅从视角出发进行考察，文类图式是对叙述文本分类的分析，读解图式注重对文本接收者和情境的考察，但并未能始终贯彻于前三种图式中。弗卢德尼克在整体分析中也并未在每一步都注意从叙述文本的认知特点出发，来设立比较具体的小的认知模型。

本书拟参考以上学者的研究成果，并在对叙述文本认知图式进行细致分析的基础上，参考经典叙述学的理论框架，提出一个更具体的理想认知模型。在叙述文本认知过程中，静态的陈述性知识和动态的程序性知识是共同作用的。

该理想认知模型首先注重对叙述文本语言媒介图式的考察。这包括对不同叙述种类的分析，主要是记录类叙述文本和演示类叙述文本的区别。媒介本身就和人的认知感受息息相关，不仅涉及人的不同感知渠道的认知特点，还涉及对人的情绪的调动。

同时，还要考察叙述文本的世界图式和文本图式，经典叙述学虽然将叙述文本划分为故事和话语两个部分，但是在实际认知过程中，文本接收者是遵循

---

① Fludernik, M. *Towards a "Natural" Narratology*. Routledge, 1996, pp. 1–4.

叙述文本的叙述顺序逐步进行认知的，所以故事和话语在文本接收者的认知过程中是不可分割的。因此，世界图式和文本图式是综合进行考察的，文本接收者的认知能力图式同时贯穿其中。根据经典叙述学的理论框架，可以从叙述文本情节的认知策略、叙述文本主体的认知策略、叙述文本时空的认知策略三个层面进行分析。

在研究叙述文本情节的认知策略时，要研究叙述文本的故事/话语划分与底本/述本划分的认知特点、叙述文本中可能世界的变化、从文本世界理论出发对叙述文本的层次的理解、非自然叙述的认知策略。

在研究叙述文本主体的认知策略时，要从认知图式的角度推求不可靠叙述的判断原则，从认知的角度重新定义隐含作者，为聚焦提供一个"城堡"认知模型，对人物话语和人物行动等层面体现出来的人物意识进行研究，并推动对叙述文本中人物的认知研究。

在研究叙述文本时空的认知策略时，要研究叙述文本的时间认知模型以及叙述文本的空间认知地图。对时空的调控是叙述文本控制文本接收者认知的独特手段，所以对叙述文本时空认知隐喻的研究也是叙述文本时空研究的一个重要层面。

这三个层面的细致研究可以推动人们对叙述文本理想认知模型的研究，加强对叙述文本的理解。在对叙述文本不同层面的认知模型的研究中，也要考虑到文本接收者在建构认知模型过程中的信息加工方式。

在叙述文本接收的过程中，文本接收者首先会根据目前所知的信息与自己熟知的认知图式进行比较。如果两者有一定程度的重合，文本接收者就会采取由上而下的认知策略，暂且用熟知的认知图式以假设的形式填补信息缺乏部分的空白；如果能一直采取这种认知策略，那么这种认知方式可以叫还原式二次叙述[①]，即能够比较顺利地贴合文本进行理解。比如通俗爱情故事或纪实性叙述，故事线索清晰、故事伦理明确，文本接收者能够轻松阅读。

如果将目前已知信息和熟知的认知图式进行比较后，发现所得信息和已知图式差别很大，不能够凭借已知认知图式来进行认知，那么文本接收者会采取由下而上的认知策略，即从文本信息出发，根据文本信息重新建立新的认知图

[①] 赵毅衡《广义叙述学》，四川大学出版社，2013年，第108页。

式,这就需要付出较大的认知努力,这种认知方式可以叫创造式二次叙述[①]。比如另叙述(Denarration),即先说一个情节,然后又说这个情节不算,重新再来,电影《罗拉快跑》就是如此,彻底打乱了文本接收者的线性时间认知,文本接收者需要建立新的认知图式才能顺畅地理解。

更常见的情况是所得信息和文本接收者的熟知认知图式一部分能够重合,另一部分不能。这时文本接收者就要在参考已知图式的前提下进行一定量的创新,对已知认知图式加以一定的改变来帮助理解信息,这种认知方式可以叫妥协式二次叙述[②]。比如夏目漱石的小说《我是猫》,猫并不会说人话,猫也不可能具有如此犀利地批评社会人生的思维能力,如果文本接收者持这种看法,就无法接受这个叙述文本。一般来说,文本接收者会将叙述者叙述故事的认知图式进行扩展,暂且认为猫具有叙述能力,从而比较顺利地理解叙述文本。这种情况在非自然叙述中很常见。

(二) 文本接收者的认知机制

文本接收者作为针对整个叙述文本的认知主体,其认知能力图式贯穿始终,对文本接收者认知能力图式即认知机制的研究也是认知叙述学需要扩展的一个方面。研究文本接收者的信息加工过程和伴随认知过程的情绪,研究文本接收者如何接受叙述文本和如何对其进行有效解读,可以弄清楚文本接收者的认知机制,研究文本接收者对叙述文本的认知如何促进文本接收者自己的认知能力,即研究叙述文本解读如何促进文本接收者的元认知发展,可以深化我们对文本接收者认知机制的研究。

将叙述文本的理想认知模型研究和文本接收者的认知机制研究相结合,是认知叙述学的两个重要层面。该研究不仅能促进对叙述文本解读认知基础的理解,也能为认知科学的发展添砖加瓦。但是也要看到,目前认知理论还在发展中,人们对认知理论的研究也尚在发展中,认知理论远远谈不上完备。所以,认知叙述学只能跟随认知理论的脚步,在现有的理论资源中努力寻找适合自己的资源来建设自身。认知叙述学是一种自身具有建设性的理论,它并不封闭,而是随时吸收有益资源,加强自身建设。认知叙述学因为立足于人的心智能

[①] 赵毅衡《广义叙述学》,四川大学出版社,2013年,第112页。
[②] 赵毅衡《广义叙述学》,四川大学出版社,2013年,第110页。

力，故而贴近文本接收者的认知实践，非常适合文本接收者使用。这是认知叙述学能够强劲发展的最根本动力。

三、创新之处

面对认知叙述学目前理论散乱，并且有时偏向自然科学的实证研究的情况，本书希望能够整理出适合认知叙述学自身建设的理论资源，并且在保持认知叙述学人文学科立场的前提下，综合借鉴认知科学、认知心理学、认知语言学、认知文体学等学科的理论成果，为认知叙述学建构一个合理的发展基础。

本书的创新之处首先在于用不同的认知理论重新审视经典叙述学的几个基本范畴，从认知的视角为它们提供了认知基础，并对其中一些范畴进行了新的阐发。在对叙述文本情节结构的讨论中，本书用认知图式理论深化了广义叙述学的"底本/述本"理论，用可能世界理论分析了叙述文本和其改编文本的关系；将叙述分层理论与文本世界理论做了对比，并从文本世界的角度推进了"回旋跨层"研究，用概念整合理论讨论了非自然叙述的认知策略。

其次，在对叙述主体的认知建构讨论中，本书从认知图式理论重新界定了叙述学中一直颇有争议的两个概念：隐含作者和不可靠叙述；扩展了曼弗雷德·雅恩的"窗口聚焦"理论，提出了"城堡模型"，从形象化的角度理清并扩展了聚焦的分类；用原型范畴理论提供了人物形象分析机制，并将其试用于人物形象系列分析。

再者，在对叙述文本的时间和空间问题研究中，本书探讨了时间认知模型和空间认知地图的建构，扩展了经典叙述学对时空问题的研究范畴，并从概念隐喻的角度讨论了叙述文本中的空间和时间隐喻。

最后，本书为文本接收者接受理解叙述文本的过程奠定了认知基础。以往叙述学谈到文本接收者接受文本时，往往都是一笔带过；但是从文本接收者理解叙述文本的过程可以看出，文本接收者的认知能力和接受文本之间关系复杂。在深入了解文本接收者的认知能力以及情绪和文本接受之间的互动关系之后，本书参考认知语篇研究提出了叙述文本的认知模型，来综合理解文本接收者接受叙述文本的整个认知过程。本书还从关联理论的角度研究叙述文本如何被接受及被有效解读，并且讨论了叙述作为认知工具和叙述作为认知工具的工具——元认知，给人的认知资源和认知能力带来的影响。

本书力求能够在当前认知理论的发展前提下，为认知叙述学构建一个可行的认知基础，从认知角度总结前人未发掘的叙述文本认知策略，探讨文本接收者解读叙述文本采取的认知策略，从而深化对叙述文本的解读。

第一章 叙述文本情节的认知策略

第一节 认知理论对"底本/述本"理论的推进

一、认知图式与底本的构成元素

底本/述本理论是赵毅衡针对叙述学界关于"法布拉（fabula）/休热特（syuzhet）""故事/话语"等叙述分层术语的混乱局面提出的。他从符号学的角度提出："底本是述本作为符号组合形成过程中，在聚合轴上操作的痕迹。"[①] 并由此提出三条原则：底本/述本分层是普遍的；每个虚构述本都各有底本；底本和述本互相以对方存在为前提，不存在底本为"先存"或"主导"的问题。在对叙述文本的进一步考察中，他将底本/述本双层论发展为"底本1-底本2-述本"三层次，从逻辑上可以认为，底本1是材料集合，经过材料选择形成底本2，底本2经过新的时空编排方式选择再现形成述本。实际上，这两种选择没有先后之分，叙述行为是一种抽象行为，底本2是接收者在解读文本后反向推出的，很多论者所说的"事物本来面目"，是指时间零度变形的故事。也有学者对符号学视野下的底本/述本理论提出疑问：接收者推导出的底本2和发送者的底本1有何关系？底本1和底本2是否含有形式因素？要澄清这些问题，还需引进认知图式理论。由于底本/述本主要涉及的是文本所包含的知识结构，所以此处只讨论盖·库克提出的三种认知图式，暂不讨论文本接收者的认知能力图式。

[①] 赵毅衡《广义叙述学》，四川大学出版社，2013年，第129页。

述本包括三种认知图式。由接收者推导出的底本2，实际上经历了接收者的二次叙述过程，一次叙述是由发送者根据材料库底本1创作述本。根据符号双轴关系，述本的三种图式都出自底本1，底本1自然拥有形式元素。二次叙述是由接收者根据述本推导出来的底本2。首先，接收者必须能够解读述本的语言图式和文本图式。懂得叙述文本的媒介形式和语言是理解叙述文本的底线。从符号学的角度来看，不同的语言采取不同的分节方式，能指的分节决定了所指的意义及其显现方式。不同媒介的文本即使由同一文本改编，也会有所区别，文字中"娴静时如娇花照水，行动处似弱柳扶风"的抽象描写，放在影视画面中必须由一个有高度的视觉形象和听觉形象的人物来呈现。文本图式在接收者对文本的理解中起着重要作用，最明显的是视角，"人物的视角本身可以携带价值观，甚至道义伦理"[①]。从不同视角讲同一个故事，本就是作者的拿手好戏。发送者和接收者的世界图式往往可能差别巨大，今天人们来研读莎士比亚的作品，其结果就不仅有国别文化的差异，更有时代文化的差异。接收者一定有自己时空的文化知识，但是也必须了解一定的作品时空的文化知识才能解读作品。接收者在推导过程中将文本图式和语言图式内化，推导出经过整理的底本2——"自然的故事"。在多种图式的相互作用下，不同的接收者对叙述文本的解读可能出现很大偏差，所以只能以阐释社群为单位来讨论。此时，底本2语言媒介图式中的语言和媒介被转化成接收者的语言记忆和表象记忆，这样接收者才能进行解读和思考。最复杂的是文本图式，底本2的时空、情节结构都被整理成以实在世界的自然形式为基础的形式，有的学者把叙述学称为"变形学"，即以实在世界的规律为"不变形"，叙述文本中所谓的时空特点、巧妙的情节结构，只能是在"不变形"的基础上才能讨论其变形，也就是在熟知图式的基础上讨论其创新之处。世界图式则是接收者将自己时空和所了解的文本时空的世界图式进行综合整理的结果。接收者不仅依据述本，而且从自己的图式中提取了相应的知识，这从不同时代对同一文本的不同评价就能看出：语言图式和文本图式没有改变，世界图式却有了很大不同。

从符号双轴关系来看，底本1显然比述本大，因为底本1并没有明确的边界，而是在述本的确定选择之外，还拥有没有被述本选中的其他可能性。很多

---

① 赵毅衡《广义叙述学》，四川大学出版社，2013年，第251页。

学者认为述本比底本大，理由是底本是从述本推导出来的，那么底本应该内在地包含于述本中。这些学者其实讨论的是底本2。但是从对底本2进行的认知图式分析中可以看到，底本2虽然由述本推导而出，即使不考虑其语言和媒介变化，文本图式被重新分解组合，也勉强可以认为其总量没有改变。然而，世界图式除去述本中能够被解读出来的（事实上符号一般都是被片面化理解的，不能被完全阐释，这也是文本能够常读常新的基础），还有接收者时空的世界图式；仅从世界图式来看，就无法衡量底本2的世界图式究竟是比述本大，还是比述本小。述本的世界图式无法被完全解读，而接收者又会添加新的世界图式。

二、可能世界与底本的边界

底本/述本理论解释了叙述文本的生成过程和接收者的解读过程，但是当述本无法被整理成一个符合实在世界规则的"自然的"故事时，底本是否还存在？如果存在，该是什么样子？对于这些问题，学者们依然争论不休。如后现代先锋小说中常见的"另叙述"：先叙述一个情节，然后否定它的存在，接着重新叙述另一个情节。面对越来越复杂的"非自然"叙述，布莱恩·理查森（Brian Richardson）认为"述乱无底"，申丹认为"述乱即底"。赵毅衡认为互相冲突的部分可以被认为是不同的底本，一个叙述文本可以有多个底本。王长才针对赵毅衡的看法提出了质疑：如果仅仅靠把叙述文本切割成不冲突的叙述单元，那么只是对经典叙述学的延续，无法体现复杂叙述文本的创新性和颠覆性，应该容忍不清晰的整体底本的存在。① 从可能世界理论考察底本的情况，能够给我们带来一些新的启示。

赵毅衡指出，纪实型叙述的底本1并非真实事件，而是关于真实事件的材料集合。如果发掘出新的材料，述本也可以重写。对真实性负责是体裁的要求，而不是保证其中的材料一定符合实在世界的真实情况。在法庭上，庭辩双方都是针对实在世界的某个真实事件进行辩论，双方的要求是都不能说假话，但是双方采用的可能是不同述本。从世界图式看，他们往往采用不同的材料

---

① 王长才《新"底本"的启示与困惑——向赵毅衡教授请教》，载《文艺研究》，2013年第11期，第31页。

库,比如犯罪嫌疑人会选取对自己有利的材料,而避免提及对自己不利的材料,而受害者则会采取相反的原则来选取材料。从文本图式和语言图式来看,庭辩是针对某一真实事件的,双方的大部分材料必然是和这一事件相关的共同材料,但即使是相同的材料,由于叙述视角不同,语言表达方式不同,也会呈现不同的述本。这些述本都能够经得起事实问责,但它们是不同的述本,构成不同的底本2,而两者的底本1则呈现出大部分重叠,少部分不同的情况。

对于虚构叙述来说,被接收者推断出的底本2,就是叙述文本的可能世界。艾柯(Umberto Eco)提出:"故事就是一个包含了连续状态的可能世界,同时也将人物的亚世界包含其中。"[1] 可能世界理论从哲学领域进入文艺学领域,指接收者根据述本推断出的文本世界。事实上,可能世界一般是指虚构的叙述文本世界,它可以通达实在世界、可能世界、不可能世界三个领域,被统称为可能世界理论。实在世界的特点是具有唯一性且细节饱满,可能世界是媒介再现的符号世界,细节有限。不可能世界实际上只能是逻辑不可能世界,在叙述文本中表现为打破了物理的线性不可逆时间规则和三维空间规则。虚构叙述的基础语义域是可能世界,寄生在实在世界,且能够进入不可能世界。

从述本推断底本2呈现为三种情况。第一种情况,最"正常的"底本2应该有能够被还原为遵守时间序列和逻辑因果关系的情节的故事,即使有对不可能世界的通达,往往也是多层次空间的通达。如《红楼梦》里的太虚幻境,上层空间和下层空间之间呈现为一种等级关系,且不难理解。前现代的叙述文本基本都符合这种情况,现当代通俗文艺作品一般也是如此。此时读者只需要进行自上而下的认知,其三种认知图式都不复杂,即使有创新,也往往体现在世界图式和语言图式上,是一些情节故事和语言修辞方面的创新。

第二种情况,述本的时空和逻辑都十分模糊,但是其可能世界依然大部分寄生于实在世界,符合实在世界的诸多规则,接收者可以由此勉强推测出一个底本2。这种情况多为现代主义的叙述文本,如意识流小说、先锋派小说、电影。此时读者或观众虽然感到有些费力,但是并不十分迷惑,因为这种情况毕竟还基本符合实在世界的认知图式,只需要一定量的自下而上的认知。这种情

---

[1] Eco, U. *The Role of the Reader: Explorationa in the Semiotics of Text.* Indiana University Press, 1984, p.235.

况的文本中比较复杂的是文本图式,需要接收者仔细分析其情节结构。

第三种情况,在后现代语境下,很多述本并不能最终还原为一个遵守时间先后和逻辑因果关系的故事,它们深深探入了不可能世界的领域,大大突破了实在世界的时空物理规律。罗伯特·库弗的小说《保姆》,就是一个关于底本/述本理论的难题,其述本简直就像一个未经整理的材料库,然而如果它彻底错乱到不可理解的程度,也就不会被接收者认为是一个述本了。《保姆》共有108节,时间上是错序的,只展现了大概发生在晚上7:40到10:00这一段时间中的情节,同一层次的空间大致有三个:哈利的家中(人物是哈利家的保姆,哈利的儿女吉米和比茜)、哈利朋友的家(人物有哈利和他的妻子)、药店(人物有保姆的男朋友杰克和杰克的朋友马克),另外还有哈利家中的电视剧中的时空、哈利幻想的空间。有些章节甚至令人无法弄清它发生的空间是哪里。同时,小说中很多情节在逻辑上都彼此抵触,如前一节保姆给吉米洗了澡,后一节保姆还没有给吉米洗澡。这是一个时空混乱、毫无逻辑,呈现出碎片效果的述本,完全不可能整理出一个清晰的底本 2。

理查森认为该文本不可能得出一个合一的底本。赵毅衡同意他的看法,认为《保姆》可以整理出十四段时间重复的不同情节,并且认为它有十四个底本。① 这是将《保姆》的述本分解为可以符合实在世界物理规律的部分。《保姆》呈现为一种多个可能世界时空并存的状态,而这些可能世界彼此矛盾,互相抵消,如果择其一,那么就得否定其他十三种可能。这就像电子游戏设置的程序,玩家每次只能在几个选项中选择一个,这个选择同样通向几种可能,但玩家依然只能选择一个,如此继续下去,最终得到一个连贯的情节,从而到达结局。这个游戏可以从头玩起,在每个节点选择另外的选项,就会通往不同的结局。这种模式呈现了诸多可能世界逐渐坍塌,成为唯一的实在世界(在此是文本真实世界)的过程。

从底本/述本理论来看,《保姆》的意义在于从底本 1 形成述本的过程。接收者如果想解读该文本,就好像玩一个电子游戏。一个总体的模糊的底本 2 并不能使接收者增进对该文本的理解,接收者只能从文本出发,对其进行自下而上的认知,而接收者对《保姆》的解读绝不仅仅是了解十四个顺应时间逻辑的

---

① 赵毅衡《广义叙述学》,四川大学出版社,2013 年,第 138 页。

故事，而是每次只能解读出一个故事。这种解读方法，体现出了在线性时间时空中选择的唯一性背后的多种可能。从符号双轴来看，《保姆》至少在同一个节点（可以将时空作为节点）明晰地呈现了多个选择，而不是像一般的双轴只呈现一个明确的选择，其他可能性隐藏在黑暗中，所以可以将其理解为同时存在同一层次的十四个聚合轴。对于另叙述、否叙述这种复杂文本，也是先将其分解为以实在世界为基础的可以理解的部分，再进行综合理解。这种情况的文本，其三种认知图式都非常复杂，世界图式时空设置等突破常规，文本图式也大有创新，语言媒介图式中尤以多媒介综合应用为特点。这就要求接收者必须有较高的文艺素养。

三、原型理论、认知图式理论与改编文本的底本/述本关系

赵毅衡在底本/述本理论中提到了"灰姑娘故事"的难题。美国批评家芭芭拉·史密斯认为全世界的所谓灰姑娘故事变体互相之间差异太大，每个述本都应当是独立的，不可能和其他述本共享底本。赵毅衡提出灰姑娘故事变体的每个述本的底本都有部分重叠，可以体现在选择上和素材上，也可以体现在媒介上和形式变化上。有些变体离灰姑娘故事太远，如狄更斯的小说，并非违反叙述学理论，而是违反了"最小偏离度"原则，因此不再被视为同一底本的变体。

这种看法接近维特根斯坦的"家族相似"理论。家族相似理论批判了自亚里士多德以来传统的范畴观，认为范畴就好比一个家族，每个成员之间只有部分相似，而非每个成员都会具有一个共相。这使范畴内各成员之间形成了彼此相连的链条，如果是这样，为什么这一系列文本要被称为"灰姑娘故事"，而不是其他故事呢？很多学者也对家族相似理论提出了质疑，认为家族相似理论虽然颠覆了范畴的共相观念，但是混淆了共相和本质，认为范畴无本质。如果范畴没有本质，那么不同范畴之间该如何区分呢？

认知心理学家和语言学家埃莉诺·罗施（Eleanor Rosch）在家族相似理论的基础上发展了原型范畴理论，认为范畴内各成员具有不同程度的典型性，典型成员被称为原型，是范畴的认知参照点，其他非典型成员根据与典型共享的典型特征的多少散落在典型四周的不同位置。她以鸟为例说明，鸟的范畴的共有特征有：生蛋、有喙、有翅膀、双腿、有羽毛。那为什么知更鸟与企鹅相

比，前者更像鸟，而后者相对来说不像？经过考察，人们发现除了上述鸟类共有特征，还有一些特征是只有部分成员才具有的，如会飞，身体小而轻，鸣叫如唱歌，有装饰性羽毛，等等，这些非共有特征以家族相似的方式分布在不同成员之间，具有最多家族相似属性的成员就是典型。知更鸟拥有的鸟的特征显然比企鹅多。这个例子虽然来自心理学，但是很好地说明了原型与范畴之间的关系。由此可见，决定范畴大小的是共有特征，决定成员地位的是以家族相似方式存在的非共有特征，但是范畴通常并没有明确边界，因而保持开放性。原型范畴理论有很强的操作性，可以清楚地解释范畴典型和各成员之间的地位和关系。

从底本/述本理论来看，原叙述文本和变体文本构成一个范畴，它们各自是不同的述本，而被拿来比较的是它们的底本 2。原文本的底本 2 呈现为典型成员，而变体文本的底本 2 呈现为非典型成员。判断某个文本是否为原文本的变体文本，也就是判断它是否属于这个原文本的范畴，取决于其与原文本的典型特征的相似之处有多少。典型特征可以从情节单元（motif）的角度进行分析。

原型范畴理论能够很清晰地说明灰姑娘故事及其变体的地位和关系。灰姑娘故事是这个范畴的典型成员，而其他变体故事是这个范畴的非典型成员，它们各自具有不同数量的典型特征。它们的共有特征和非共有特征需要阐释社群来达成共识，且需要设定阐释社群的身份并进行调查。拥有共有特征的成员才被认为属于这个范畴。在灰姑娘故事中，地位低下的女主角获得地位高贵的男主角的爱情，女主角被家庭成员虐待，得到贵人（教母）的帮助，一个象征性的贵重物品（水晶鞋）成为男女主角之间的信物，等等，都是共有特征；非共有特征如女主角有两个（或多个）自私的姐姐（或亲人），男主角身份高贵（可以是王子、富商、探险家等）……而狄更斯的小说被认为离灰姑娘故事太远，是因为和典型成员具有的共同特征太少，如只有波折的爱情故事，已经处于此范畴的，太过稀薄的边缘。

变体文本其实是改编文本的一种。叙述文本拥有三种认知图式，改编文本则可以从三个层面单独或者互相组合对其进行改编。语言图式虽然涉及不同语言的能指和所指双重分节的不同影响，但在一般情况下，接收者会认为改编文本和原文本除了语言层面共享底本 1，底本 2 也是相同的。二者在范畴中呈现出基本重合的情况。不过也有人从翻译的角度来分析叙述文本变异的研究。从媒介角度来看，不同媒介涉及的感官渠道不同，所以呈现信息的方式也不同。麦克卢汉对媒介进行了冷热之分①，热媒介传递的信息比较多，容易理解，而冷媒介传递的信息比较少，需要动用更多的感官联想配合理解。现在一般认为冷热媒介是相对而言的。热媒介的信息更具象，冷媒介的信息更抽象。信息在不同媒介间转换时，必然会产生变化。这就涉及世界图式和文本图式的变化，所以媒介的改编情况要和其他图式一起考虑。文本图式的改编本身也不影响底本2，改编文本和原文本除了形式层面外共享底本1。世界图式即可能世界的改编则使原文本的底本2成为范畴的原型，而改编文本的底本2能够呈现多种可能。上文的变体文本主要讨论的就是世界图式的改编。从认知图式的角度来分析底本/述本理论的组成元素，可以将底本/述本理论细化，加强对叙述文本构成的理解。

第二节　从可能世界理论看叙述文本的改编

一、叙述学中的可能世界

可能世界理论来源于哲学，最初出自莱布尼茨1710年所著的《神正论》。他在书中提出可能世界理论为上帝辩护：上帝可以创造无穷无尽的世界，而只有我们的这个世界成为实在世界，它应当是所有可能世界中最好的世界。在哲学中，关于可能世界的理论至今还有很多分歧，但是大体可以达成共识的是：可能世界存在于概念空间或逻辑空间里，同时可能世界具有物理意义上的时间和空间维度。可能世界与实在世界总是存在一定的联系。

可能世界理论在20世纪进入文艺学领域。在文学中，一个叙述文本就是一个可能世界。亚里士多德在《诗学》中说："诗人的职责不在于描述已发生的事，而在于描述可能发生的事，即按照可然率或必然率可能发生的事。"② 从认知叙述学的角度来看文艺作品的实践，可能世界与实在世界的区别在于认

---

① 马歇尔·麦克卢汉《理解媒介：论人的延伸》，何道宽译，商务印书馆，2000年，第51页。
② 亚里士多德，贺拉斯《诗学 诗艺》，罗念生、杨周翰译，人民文学出版社，2008年，第28页。

知参照点不同，意识所在的世界就是实在世界，另外的世界就是可能世界，正所谓"人生如梦"。对于我们阅读叙述文本那种既真又假的感觉，玛丽－劳尔·瑞安用"游戏"来解释阅读过程：在游戏之外，我们知道游戏是假的，但是进入游戏后，我们就必须遵从游戏规则，将其当成真的。叙述文本对接收者来说是可能世界，而对于文本中的人物来说，那就是他们的真实世界。根据认知心理学，人能够产生叙述模拟，即我们都有一种建构关于自我或他人的生活世界或心理世界的能力。学者就读者怎样对可能世界产生类似于实在世界中的信念和情感的观点各异，但是无论产生的机制如何，接收者在解读叙述文本时确实能够产生类似于实在世界中的信念和情感，这点能够被事实证明。可能世界符合人的认知特点，能够被用来解释文本接收者对文本世界的感知。

  赵毅衡提出，实在世界的特征是唯一性和细节饱满。① 从叙述学的角度看，与实在世界相比，叙述文本的可能世界必然首先是媒介的再现。实在世界可以直接接触，且具有不可逆的线性时间和三维空间，可能世界则不具备这样的特质，它存在于另一个由媒介再现的世界里。一方面接收者对其感知和理解必须通过有限的媒介手段，比如解读一本小说，只能通过阅读文字，在脑海中形成语言记忆和表象记忆，然后进行理解。解读一部电影，则可以通过电影媒介中的视觉和听觉两种渠道感知，然后进行理解。不同媒介的不同展现方式使可能世界的改编充满了挑战。把一本小说改编成一部电影，就要把原来文字描述的靠接收者想象的世界转换为一个可看可听的具象化世界。如果小说中写"她穿着犹如春天一样的绿色裙子"，那么电影中的她的绿色裙子具有怎样的色调、饱和度和亮度，才能算是像春天一样的绿色呢？媒介转换绝不是一个简单机械的过程，而是需要大量的创造力和想象力。另一方面，这个可能世界不可能和现实世界一样丰富，它必然会产生很多空白。小说《飘》所涉及的空间几乎只有美国小城亚特兰大和周围的几个种植园，那么在这个可能世界中有美国的北方城市吗？有中国吗？有地球之外的火星吗？这些问题固然与小说情节无关，不必追究，但是至少能够说明，叙述文本可能世界的边界是模糊的，给改编提供了可能性。《飘》的续本《斯佳丽》的可能世界空间则主要设定在爱尔兰——在《飘》中仅仅作为斯佳丽父亲的家乡被提及。

---

① 赵毅衡《广义叙述学》，四川大学出版社，2013年，第182页。

综上所述，对叙述文本可能世界的改编有两个层面，一是把文本中的可能世界用不同媒介方式表现出来，二是对作品的可能世界中的参数（如人物、时空）做出一些改变。这两个层面可以同时交叉进行，也可以分别独立进行。为了说明两者的特点，下文将其分开讨论。

二、对叙述文本进行不同媒介的改编

为了考察对叙述文本进行不同媒介的改编的策略，下文将暂时只讨论在对可能世界的媒介表现进行转换时，尽量保持可能世界原貌的情况，即对人物、时空、情节结构等只进行媒介的转换，而不考虑其他的改变。

在麦克卢汉的媒介之分中[①]，热媒介传递的信息比较多，容易理解，而冷媒介传递的信息比较少，需要动用更多的感官联想配合理解。有学者指出："麦克卢汉区分冷、热媒介最重要的依据是清晰度与参与度。"[②] 二者呈反比关系，信息越清晰，需要接收者的参与度就越低，即付出的认知努力就越少；信息越模糊，需要接收者的参与度就越高，即付出的认知努力就越多。实际上在当今时代，信息的清晰度和参与度都有所提高，而不再呈现出简单的反比关系，冷热媒介的区分已经非常难以实现。赵毅衡认为冷热是相对而言的，而且是针对某种特定信息的传递而言的。以对希腊神话《牧神的午后》的改编为例，最初《牧神的午后》应该是口耳相传的故事，后来被写成文字文本，做成雕塑，马拉美据此写了诗歌《牧神的午后》，德彪西受到印象派画作的启发将其谱成管弦乐曲《牧神的午后》，俄罗斯舞蹈家尼金斯基编导了芭蕾舞剧《牧神的午后》，加拿大导演雷恩·拉金创作了动画短片《牧神的午后》，"牧神的午后"作为一个可能世界，保持了其大致不变的故事情节和人物，辗转数千年，被数种媒介艺术形式展现为各具风采的可能世界。其中涉及的单一渠道媒介形式包括：文字媒介、雕塑媒介、音乐媒介，而涉及的多渠道媒介形式有戏剧媒介、电影媒介，涉及了人的五种感知渠道中的三种：视觉、听觉、触觉。单一媒介较多媒介冷，而多媒介中各种媒介冷热程度不一，按照麦克卢汉的观点，定调媒介，即表意最具权威性的媒介，就是最有热度的媒介。从媒介转换

[①] 马歇尔·麦克卢汉《理解媒介——论人的延伸》，何道宽译，商务印书馆，2000年，第51页。
[②] 胡易容《传媒符号学：后麦克卢汉的理论转向》，苏州大学出版社，2012年，第57页。

的角度而言，冷媒介信息量少，比较抽象，接收者主要靠充分想象和思考来接收，比如音乐、雕塑、文字；而热媒介信息量大，在各媒介显现层面相对具象化，比如画面和声音的结合。所以热媒介向冷媒介转换也就相对容易，而冷媒介向热媒介转换的难度就比较大。

对比来看，视觉性媒介最复杂，主要分为文字和画面，文字相对属于冷媒介，因为还需要接收者通过想象进行转换，画面（影视或摄影）是可以直接接收的，相对来说属于热媒介。画作比较特殊，抽象的画作属于冷媒介，而写实的画作就相对较热，类似影视或摄影媒介。对叙述文本而言，最常见的媒介是文字媒介和影视媒介。文字中的可能世界需要接收者付出的努力比较多，因为其可能世界主要靠接收者根据阅读获得的信息在脑海中进行想象构造。比如文字作品只写了某人来到一家餐厅吃午饭，但是并未描写餐厅具体的布置，而是任由接收者想象。接收者的想象只要符合作品设置的时空特点，其想象就是合理的。而将文字作品改编成影视作品，如果要叙述这一段，就必须有一个具体的、单一的餐厅场景。接收者只能接受这唯一的可能性，这可能符合某些接收者的想象，也可能不符合。《红楼梦》中的林黛玉"两弯似蹙非蹙罥烟眉，一双似泣非泣含露目"，这完全是一种诗意的非具象化的描述，而影视文本中的林黛玉，则必须有可见的视觉形象，并且要有听觉形象。这就导致接收者很可能会说："这根本不是我心目中的林黛玉。"这也就要求，冷媒介在向热媒介转换时，需要填补更多可能世界中的空白，而这些空白的填补则依赖于画家、音乐家、导演团队等创作者的进一步努力。虽然热媒介比冷媒介具象化，能够让接收者的接受过程更顺畅，付出更少的努力，但是也缺少了冷媒介含混而丰富的可能性带来的魅力。热媒介向冷媒介转换则相对比较容易，如电影被转换成影视小说，多媒介向单一文字媒介转换，往往使文字媒介的想象力被压缩在多媒介可能世界的范围内，反而使文字媒介的特点被压制，所以影视小说很难成为精品。

可能世界不像现实世界细节饱满，文字中可能世界的构建是通过语言表达帮助接收者在想象中构成一个心像，这个心像虽然只存在于接收者的脑海中，但是往往是以语言记忆和表象记忆的方式存在的，语言记忆涉及接收者的理解和思考，表象记忆则以画面形式存在。音乐中的可能世界是听觉的，而画作和雕塑的可能世界是视觉的，雕塑甚至可以包括触觉。影视（包括戏剧）作为目前最先进的媒介，是综合视觉和听觉的，3D技术更是让视觉效果拥有了如现实般的层次感。媒介的转换也是在不同感知渠道导致的不同表意方式之间转换。在可能世界的媒介转换中，填补空白最常见的方式是比喻，通感也是一种特殊的比喻。通感是一种跨越感官渠道的符号表意，一般认为是人的内模仿机制，使人能够跨渠道表意。文字向影视媒介转换就是将人想象中的语言和表象转换成画面和声音。于是影视媒介这种复杂的渠道表达就不可避免地需要填补一些文字表达中的空白，比如前文所举的例子，"她穿着犹如春天一样的绿色裙子"，可以从文字媒介的想象转换成画面和声音，首先就要处理这样一个难以确定的问题：春天一样的绿色应该是一种什么样的绿色？这就需要利用渠道间的通感表意：可以将"她"的周围设置成春天树木葱茏的景象，和她的裙子是统一的色系。然后采取自然声背景音，通过多渠道配合表意，使文字抽象的境界潜移默化地以具象化的形式表现出来。文字中的通感转换为影视媒介时，也可以利用不同渠道的通感来丰富其可能世界。比如文字描述一个人有一双"冰冷的眼睛"，那么在画面中的人物形象，其眼睛最好是颜色像冰的浅蓝色。这是在利用颜色带来的视觉和触觉的通感，是常人都具有的生活经验。当然，搭配这个人冷漠的表情更佳。而且在特写这个人的眼睛时，可以切换为旁边一杯加冰块的酒这样的画面，来比喻"冰冷的眼睛"。听觉渠道方面，可以采取一些节奏缓慢清脆的打击乐，来模仿冰的质感，而节奏缓慢会带给人压抑感，符合冰冷的感觉。这是将触觉和视觉的通感，扩展为视觉、听觉、想象的结合，并以画面比喻，用多媒介来增强感染力。

对叙述文本进行不同媒介的改编，既要掌握不同的媒介的特点，又要从通感的角度考虑其共通之处，这是一种创造性的转换。

三、对叙述文本可能世界的改编

（一）可能世界理论和虚构人物理论的结合

如果不考虑各媒介间的转换，只针对原叙述文本的可能世界进行改编的情况，可以说数不胜数。最常见的情况就是续书。原叙述文本的某些接收者对其可能世界产生了新的看法，或对其某些空白产生了兴趣，于是衍生出改写或扩展其可能世界的愿望。最初对原文本可能世界的改编的研究就集中在续书上。林辰在《明末清初小说述录》中对续书提出了广义的和狭义的两个定义，广义的续书"是对前书（包括前期短帙作品及传说）的增删、加工、改写和补撰，从而使得前书或前作得以提高、扩展、充实和完美"。而狭义的续书"一种是就前书中的有悬念的人物或情节，进行引申或演义"，"另一种则是对前书立意之反动（全部的或局部的），意不在续，而在于抒发和前书相反的观点"。① 实际上，林辰对续书的定义已经包括了对叙述文本的改编，而不仅仅是指前传或后传。

叙述文本根据与实在世界的关系，可以分为纪实型叙述和虚构型叙述。纪实型叙述和实在世界之间形成了"一度区隔"②，隔开的是符号通过媒介的再现与经验世界。这个区隔是透明的，纪实型叙述的情节和人物可以在现实中加以考证。而虚构型叙述是在符号再现的基础上形成"二度区隔"，二度区隔是不透明的，它与实在世界并不直接联系，而是通过认知图式来沟通。认知图式是人记忆中的各种信息和经验组成的认知结构。图式联系着对新信息的知觉和对已知信息的回忆，使我们能够将新信息与已知经验进行对比从而实现理解。对纪实型叙述的可能世界的改编依然要遵循一度区隔的透明特质，否则就要变成虚构型叙述，所以一般只是进行媒介转换的比较多，而不能对其可能世界的情节和人物随意加以改变。而对虚构型叙述的可能世界的改编则天马行空，不可羁勒。下文讨论的就是虚构型叙述的可能世界改编的分类。

多罗泽尔根据可能世界理论分析了后现代叙述改写经典的三种宏观策略③：一是保持原世界的设计和主要故事，但是要转换时空，原世界和改写世界是平行关系；二是填补原世界的空白，将其扩展，改写世界和原世界是补充关系；三是创造一个本质上不同的世界，改造原世界的故事，与原世界是论争关系。多罗泽尔虽然是在讨论改写经典，但是实际上，对叙述文本的改编都符合这三种策略。叙述文本能够被改编，就说明了它的影响力，即使不是经典，也至少是值得探讨的作品。

可能世界有一套自己的规则，但是仅仅探讨原文本可能世界与改编文本可能世界的对比，并不能详细说明其变化。多罗泽尔的可能世界改编的第二种类

---

① 林辰《明末清初小说述录》，春风文艺出版社，1988年，第119页。
② 赵毅衡《广义叙述学》，四川大学出版社，2013年，第72页。
③ Dolezel, L. *Heterocosmica*: *Fiction and Possible Worlds*. The Johns Hopkins University Press, 1998, p. 206.

型，即改编文本可能世界和原文本可能世界呈补充关系，根据可能世界理论只能说明改编文本延续发展了原文本的可能世界，包括常见的前传、后传、中续、外传等，但是无法说明其差别。

根据符号叙述学，赵毅衡提出叙述文本必须有两个叙述化的过程：第一，某个主体把有人物参与的事件组织进一个符号文本中；第二，此文本可以被（另一个）主体理解为具有时间和意义向度。对于叙述文本来说，必须有人物，人物的活动形成情节，叙述文本形成的可能世界具有时空规则，且能够被理解出意义。情节的底线定义是："被叙述出来卷入人物的事件。"[①] 可能世界的设置的确如多罗泽尔所言，是一种宏观的策略，而人物设置是叙述文本的灵魂，实在世界要靠"意识直观地加以澄清"[②]，而可能世界要成为文本现实世界，必须靠人物的意识来实现。在叙述文本中，情节和人物的设置绑定在一起，不可分割。将改编文本的可能世界情况和人物变化情况综合考虑，才能比较圆满地说明改编文本的各种展现。

泰伦斯·帕森斯（Terence Parsons）将虚构文本中的人物和物品从生成和命名的角度分为三类：本土客体、移民、替身。[③] 命名属于语言层面的研究，离叙述学研究较远，所以这里主要参考帕森斯理论中探讨人物生成情况的部分。本土客体指人物完全是可能世界创造的，如《红楼梦》中的林黛玉，移民则是其他可能世界或实在世界里存在的、为人所熟知的人物，连同他的名称被纳入可能世界，如小说《雍正皇帝》中的雍正，当然这不代表可能世界中的雍正与实在世界中的一样。替身和移民的不同在于：移民尽可能地保存了其人物在原世界的特性，而替身则更像一个人体模型，被作者重新阐释。詹姆斯·费伦也对人物进行了三种区分：综合的、模仿的、主题的。这种区分和帕森斯的区分方式基本一致，只是在术语上有所区别。

原文本的本土客体在改编文本中会成为移民和替身。改编文本可以创造新的本土客体。而在当代文艺大众化的趋势下，各种文本类型层出不穷，丰富了人物的分类。将可能世界理论和人物理论交叉结合，能得到更具阐释力的分类。在改编文本中，很可能没有本土客体，只有移民（移民就是原文本的本土

---

① 赵毅衡《广义叙述学》，四川大学出版社，2013年，第10页。
② 赵毅衡《广义叙述学》，四川大学出版社，2013年，第184页。
③ Parsons, T. *Nonexistent Objects*. Yale University Press, 1980, p.51.

客体），那么此时改编文本和原文本差别何在？从可能世界的理论来看，有两种情况：一种是改编文本和原文本的可能世界是补充关系，移民可以保持自己的设置不变，但是发展了情节，或者填补了原文本的某些空白，如前传、后传或外传等；另一种是穿越题材中的"魂穿"，比如一个具有现代思想的灵魂穿越到林黛玉的身体中，外形是林黛玉，但是思想是一个现代人。此时就是替身占用了移民的身份生存在这个改编文本的可能世界中。

（二）对叙述文本可能世界改编的分类

本书在此主要选用《红楼梦》的改编小说为例。《红楼梦》作为我国文学的杰出代表作，自问世以来就受到广大读者的喜爱，无数学者前仆后继对其进行研究，也有无数读者因喜爱原著而进行了再创作，关于《红楼梦》的改编小说数不胜数、类型丰富，便于我们进行举例研究。本书同时也会举其他叙述文本作为例子。将可能世界和虚构人物理论结合起来分类，可将改编文本的情况分为三大类和八小类，让改编文本的方向变得明确。

1. 原可能世界与改编可能世界是平行关系

多罗泽尔认为平行关系下的改编应保持原世界的设计和主要故事，但把它们置于不同的时空，这时改编文本可能世界就成为其人物的现实世界；这种文本一般属于架空类，为第一种，即原作的人物和情节结构尽量保持不变，然后对其进行时空转换，人物是移民类。即使改编文本尽力保持原文本的可能世界规则和主要故事，时空转换也不可能对其毫无影响。张爱玲曾自述写过《摩登红楼梦》，将《红楼梦》的故事搬到了现代，其中有贾母带着宝黛众姐妹到西湖边看运动会、吃冰激凌的情节。这当然在《红楼梦》中是不可想象的。英剧《新福尔摩斯》（2010）沿用了小说《福尔摩斯探案集》中的人物和情节设置，但是将时空改为当代伦敦，福尔摩斯也用起了电脑。与原文本相比，这个世界呈现出异质特色，时空变换了，但人物能够保持自己的人格，能够坚持某些做事的原则，往往是这一类文本的主旨所在，有时能够凸显出移民可贵的品质，如福尔摩斯和恶势力斗争的精神在当今依然值得颂扬。有时这一类文本反而又成为揭露移民陋俗的战场，如贾家为了利益造成宝黛分离，在《红楼梦》的可能世界中似乎还是迫不得已的情况，而在现代社会婚恋自由的背景下，这种情节就显得太过残酷。当然，有时这种转换仅仅是为了接收者减少某些时空的障碍，比如将外国电视剧翻拍为中国版，保持原情节和人物，仅仅是将时空替换至中国。

还有一种特殊情况，和多罗泽尔设定的平行关系正好相反：改编文本只保留原文本的时空设置和规则，人物和情节与原文本没有任何关系。这属于架空类第二种，此时改编文本和原文本的距离最远，仅仅只与无生命的设定相关。如《哈利·波特》中魔法世界的流行带动了很多小说都采用魔法世界背景。这些小说并不挪用《哈利·波特》的人物，其情节也不相关，但是采用了如魔杖发出魔法、人物就读魔法学校、各种魔法名称等《哈利·波特》的原创设定。

2. 原可能世界与改编可能世界是补充关系

如果改编可能世界与原可能世界是补充关系，那么就不能改变原可能世界的主体地位，改编文本的可能世界只能在它的空白处进行填补，或者将改编文本的可能世界扩展，成为原文本可能世界的某种延续。此时改编文本可能世界是一个以原文本可能世界为基础的同质世界。

当改编文本的主要人物是移民时，主要类型有填补原文本中空白的中续。如《西游记》的中续《西游补》，作为九九八十一难的其中一难，插入在《西游记》情节的"三调芭蕉扇"之后、"涤垢洗心惟扫塔"之前。也可以填补原文本的多处空白，如将短篇小说扩展为长篇小说，虽然原文本的情节未被改变，但是这种插入也难以保证改编文本完全符合原文本的人物和情节设置取向。另一种情况依然是移民作为主要人物，但是原文本的配角成为主角。这种类型往往被称为外传，如以晴雯为主角的改编文本。这种不同视角的改编文本往往可以被用来和原文本进行互文性阅读，从而使读者产生新的理解。

作为扩展原文本的前传和后传，可以是原文本的主角继续做主角，也可以创造本土客体，如以原文本主角的亲人或朋友为主角，这时的本土客体和原文本的移民属于同质世界。如果新创造的本土客体超出这个范围，那么就进入原文本和改编文本处于论争关系的范畴了。《红楼梦》的前传式或后传式改编常见的有"二代类"，这主要见于清代续书，如《红楼复梦》的主要目的是改变原作结局，使宝黛最终能够成就木石前缘。如果我们只把曹雪芹著的前八十回看作原文本，那么高鹗续的后四十回也应属此列。当代刘心武、周汝昌也依照自己的见解对《红楼梦》进行了重新续写。《红楼梦》改编文本很多，其中还有一个极为特殊的形式，如不考虑其媒介改编情况，戏曲剧本也可暂且归在这一类。仲振奎的《红楼梦传奇》就是对《红楼梦》和《后红楼梦》的一个综合改编,《后红楼梦》是《红楼梦》的后传,属于补充关系,也就是尽量不改变原文本的可能世界设置,所以《红楼梦传奇》才能将前二者弥合在一起。这种类型在当代也有了新的发展,可以参考欧美国家的系列电影,如《星际迷航》,每一个文本之间都相互关联,但也都能当作独立的可能世界,因此形成了一个具有家族相似性的网络。

可以看出,原文本的可能世界在这种补充关系中是不可变动的,改编文本的创作者要么取其空白,要么在其之前或之后做文章,比较独特的是外传,从不同的视角重述了原文本的可能世界。这些类型的改编文本并不试图改变原文本,但是丰富了原文本的内涵,提供了新的理解,如从不同视角来看待原文本,可以使原文本中模糊的部分或结尾处得到新的发展。

3. 原可能世界与改编可能世界是论争关系

这种类型会使改编文本成为一个非常复杂的混合文本。这种改编文本的任务是改造原文本,可以改变其可能世界的设置,改变其情节走向,改变其人物设置,改变其时空特质,等等,从而彻底颠覆原文本。论争关系必须要突出两个可能世界的对比关系,改编文本的可能世界与原文本的可能世界呈现出两相对照的局面,两者也就作为异质的世界并存于一个可能世界中。

第一种情况,当改编文本的移民是重生的,也就相当于变成了替身,虽然还保留原来的身份,但是思想性格有了很大转变,即重生类题材。清代续书"还魂类"其实只是后传,并未改变时间线,但是现代叙述文本倾向让其重生于死亡的数年之前,可以重新经历一遍自己的人生,改变人生不如意之处,弥补遗憾。这就产生了时间悖论,原文本虽作为被否定的可能世界,但是此类改编文本的特点就是突出二者对比,绝不是对原文本的简单否定,"否叙述"就是其技巧。

第二种情况则只是沿用原作人物的姓名,并不考虑原作人物的特性,其主角完全是替身,有时会沿用一部分原作情节,但已是另起炉灶。如尹湛纳希的《梦红楼梦》,就写了宝玉黛玉的肉体结合。这种类型改编文本的可能世界和原文本的关系已经非常疏远。还有一种穿越题材也可以算作这种形式,如另一个可能世界的人穿越,占据林黛玉的身份和身体,替换她的灵魂,实际上相当于一个新的人物,这往往导致情节大幅度更改。这就是穿越题材第一种:"魂穿"。这一个类型和重生类很像，主角也是替身的一种，只是重生类主角和原文本的同身份主角有思想上的连接，而提法则毫无连接。"魂穿"类改编文本的可能世界更为复杂，穿越者带着他或她本应归属的可能世界的信息，这个人往往来自现当代，因为"魂穿"类改编文本本身也是现当代盛行的题材，在当今网络文学中数量巨大。穿越者的可能世界和改编文本可能世界是异质的，如上所述，论争关系的改编文本可能世界中并存两个异质区域，甚至多个异质区域。穿越者的世界往往以其所属时空的某些特殊能力影响着改编文本的可能世界，使其偏离原可能世界的轨道，与之形成对比。

第三种情况是论争关系的改编文本世界保持原文本的人物设置，但是增加了本土客体。这不同于前传或后传。前传或后传并不会改变原文本的可能世界，而此种情况下一旦添加新人物，新人物则往往成为主角之一，并有能力改变故事情节，如果只需要一个旁观视角，那么用原作的非主角人物即可，比如外传，没有添加新人物的必要。也有设定的本土客体原属可能世界和改编文本可能世界是同质世界的情况，如《红楼后梦》，添加了黛玉的哥哥林良玉这个角色，林良玉的财富和地位保障了黛玉的生活。本土客体原属可能世界和改编文本可能世界是异质世界时，即穿越题材第二种："身穿"。"身穿"类和"魂穿"类可能世界的情况类似，只是人物设置不同。这种类型也主要出现在现当代小说中，尤其是在网络文学中，数量巨大。

由前文可知，改编文本的可能世界呈现出一种发展趋势：以相对时间来说，在和原文本相近的年代，补充关系和平行关系的改编更常见，而在和原文本距离较远的年代，论争关系和平行关系中的其他种类更常见。这和社会文化的变化有关，不同时代的接收者和再创作者对原文本的理解的认知图式是不同的。

以绝对时间来说，越靠近当代，改编文本越倾向于将不同可能世界混合起来。这是因为在全球化趋势下，时空压缩已经成为不可避免的现实，多种异质世界的混杂已经不再是不可理解的奇特技巧，而成为常态。但是从符号学的角度来说，这种多世界的混杂带来的很可能只是组合轴的简单罗列，从而形成一种奇观（Spectacle），而非聚合轴的深入追寻，这反而容易造成意义的浅薄化。

改编文本是一个复杂的操作体系，由"可能世界+人物设置"与媒介表现两个方向交叉构成，前文虽然分别进行了讨论，但是事实上，两者交叉进行的情况很常见。在对其可能世界进行改编时,可以不改变其媒介。但在对原文本进行媒介改编的同时,很难完全不改变其可能世界的设置。

在可能世界和媒介的协同改编中,音乐媒介、绘画媒介和雕塑媒介比较特殊,它们作为叙述文本几乎都是抽象的,主要靠接收者的想象来解读,文本本身能够准确传达的信息有限,所以文本蕴含的可供推测的可能世界几乎毫无边界,只能靠其他伴随文本来划定边界,比如音乐、绘画、雕塑的名称。

在当代,影视媒介已经成为最流行的媒介,以往众多优秀的文字文本被改编成影视作品。影视媒介贯通了视觉和听觉渠道,3D技术让视觉体验更真实,而4D技术甚至开发了触觉渠道。影视媒介倾向于画面和听觉语言、音乐、背景声的结合,有时也会加入文字作为辅助。当可能世界和媒介改编结合时,中间往往还要经历一道关卡——剧本。剧本由文字媒介构成,但是尽量以影视媒介的方式来表述:将抽象化的表述具象化,以明确其视觉和听觉效果,改编其可能世界等。这些改编相当于一次再创作,如果要和原文本进行对比研究,必须同时考虑媒介和可能世界两方面。不同的改编方式也往往体现出一个时代社会文化的影响,展示不同的意义。如对梅里美的小说《卡门》的改编,经过歌剧、电影等不同媒介,从西方走到东方,卡门被称为是"西方的'东方女人'"和"东方的'西方女人'"[①],媒介和可能世界的变换都展现了卡门形象和卡门故事在不同时空变迁中与不同社会文化的精彩碰撞。

对改编文本不同层面的研究,能够揭示不同时空中改编文本如何在原文本的基础上重新建构新的可能世界,以及这种建构背后折射出的深层含义。

第三节 叙述分层理论与文本世界理论比较

一、叙述分层理论

叙述分层理论是叙述学的一个重要研究对象,国内外叙述学家都非常关注。赵毅衡对叙述分层所下的定义为:"上一叙述层次的人物是为下一个叙述

[①] 陆正兰《卡门:西方的"东方女人"和东方的"西方女人"》,载《外国文学研究》,2009第4期,第122页。

层次提供叙述者或叙述框架。也就是说，上一叙述层次某个人物成为下一叙述层次的叙述者，或是高叙述层次的某个情节，成为产生低叙述层次的叙述行为，为低层次叙述设置一个叙述框架。"① 这个定义清晰明了，也囊括了其他叙述学家讨论的精华，将叙述者作为分别叙述层次的标准。

当故事中的一个人讲出另一个故事时，就分出了一个叙述层次，如经典的"老和尚讲故事"：从前有座山，山里有座庙，庙里有个老和尚，在给小和尚讲故事，他说的是："从前有座山，山里有座庙，庙里有个老和尚，在给小和尚讲故事，他说的是：'从前有座山，山里有座庙，庙里有个老和尚，在给小和尚讲故事，他说的是……'"如此讲下去，可至于无穷。这是一个典型的叙述分层。除却第一层的叙述者不同，每一层的老和尚都担任了下一层的叙述者。整个故事成了一个无尽的漩涡。

叙述分层一般会有一个层次被称为主叙述层，它的上一层就是超叙述层，下一层就是次叙述层。这个分类是相对的，一般会认为情节最复杂的层次是主叙述层，但也不尽然。《一千零一夜》的第一层叙述是山鲁佐德为了不让国王再杀人而开始的，然后山鲁佐德讲了一千零一夜故事，故事里的人又讲了很多故事，如辛巴达给遇到的富有主人讲自己航海的故事，形成了层层叙述，最终形成了一个金字塔形的结构。第一层叙述并不复杂，第一层之下的叙述则复杂起来。现代人常以第一层为主叙述层，一是因为它统领了整个文本，呈现金字塔形顶端的位置；二是因为山鲁佐德的讲述最终感动了国王，使国王放弃了不断杀人的念头，这种内涵为叙述改造权力的故事比其他叙述层那些千奇百怪的故事似乎更深刻。

演示性叙述因为没有文字叙述者跳出来指手画脚，多采用框架式叙述者，仅仅用色彩方位等方式来提示其视角，通常就需要比较清晰的框架，否则缺乏指示，就会让文本接收者感到迷惑。比如，电影中的人物在回忆过去时，很少会用旁白说"他想起了过去"这样的话，而是采用模糊的镜头或者黄色的滤镜，模仿旧照片的色彩，和主叙述的色彩加以区别，来提示这是另一层叙述。而这样的情况用文字叙述可以表示为"他想起了过去"，如果不将叙述者更换为"他"，那么叙述者想起的过去的事并不能成为另一个叙述层。

---

① 赵毅衡《广义叙述学》，四川大学出版社，2013年，第264页。

二、文本世界理论

文本世界理论是一种语篇研究理论，萌发于认知语言学和认知心理学研究，由保罗·沃斯（Paul Werth）首先提出，是对语篇交际中人类心智理解过程的研究，包括语篇的生成接受以及语篇结构研究。他的代表作是 1999 年出版的《文本世界：表征话语中的概念空间》（*Text Worlds: Representing Conceptual Space in Discourse*）。2007 年，乔安娜·加文斯（Joanna Gavins）在《文本世界理论导论》（*Text World Theory: An Introduction*）中对其进一步补充发展。总的来说，文本世界理论在语篇结构研究中偏重话语研究。认知叙述学主要注重文本研究，故而下文也尽量从文本角度对其进行阐释。文本世界理论中虽然文本交际和文本结构分析并重，但此处主要是比较叙述分层理论与文本理论的异同，所以着重研究文本世界理论的文本结构理论，二者是相辅相成的。文本世界理论从人的认知特点出发对文本进行分类，而接收者对由此分类的文本的理解也是一种认知交际。

文本世界的创造者保罗·沃斯把文本世界分为三个层次，分别是话语世界层（Discourse World）、文本世界层（Text World）和次文本世界层（Sub-Text World）。

话语世界层体现在实在世界文本的物质层面，文字文本由话语组成，演示性文本由动作、声音、话语、镜头等组成，接收者靠感知这些媒介来和文本相连，产生跨时空交际。这些媒介对唤起接收者的认知图式起到一定的作用，帮助接收者对叙述文本进行初步理解，如书的字体、电影的色调。文本世界层是接收者通过理解话语世界的信息而建立起的心理空间，约等同于可能世界理论中的可能世界。沃斯指出，文本世界由两个层面组成。一是包含时间因素和空间因素的指示信息（沃斯指的是语言学意义上的"here""then"等词）和包含实体（在叙述文本范畴内就是人物）及实体间关系因素的指称信息，即时空和事物组成的"世界建构元素（World-Building Elements）"。二是人构建文本世界的思维活动。文本世界的建构不但涉及文本提供的信息，而且涉及接收者本身的认知图式，接收者的认知是在二者的共同作用下产生的。文本世界相当于整个叙述文本总体呈现的世界，这个世界可以破碎或不完整，也可以分为很多层次，强调这个整体层面存在的原因在于不管文本如何多变破碎，接收者在理解文本时必须依据这个文本，接收者的认知图式只能由这个文本提供的线索启动。

次文本世界层是从文本世界中分离出的小世界。复杂的文本世界能够分离出很多不同层次的小世界。沃斯将次文本世界又分为三类。一是指示次级世界（Deictic Sub-Worlds），是由文本中时间、地点、人物或其他因素变化产生的子世界，如"那个时候"，时间的转换可表示转换出一个指示次级世界；直接引语也可代表引语内转换了一个指示次级世界。二是态度次级世界（Attitudinal Sub-Worlds），是人的愿望、信念或意向形成的世界，如"我想"就代表后面转换出一个态度次级世界。三是认知次级世界（Epistemic Sub-Worlds），是在假设、条件等情况下产生的世界，如"假如"就代表后面转换了一个认知次级世界。这种三分法的前两者是按照文本世界中的物质世界因素和文本中的人物的意识世界因素分类的；第三类则是一种特殊的，在前两者中都不存在但是在意义解读中存在的世界，比如另叙述和否叙述。沃斯的次级世界理论虽然是从语言学角度出发来划分的，但是将其引入叙述文本研究，不以词的变化来划分次级文本世界，而是仿照他的观点以叙述学的概念视角、情节、叙述者、人物心理、梦境等的转换来考察，也十分具有启发意义。

文本世界的分类方式实际上是贴合文本接收者的认知特点而来的。叙述分层以叙述者转换为标准，而文本世界理论则是以文本接收者注意力的转换为标准。从人的认知特点出发，每次这些时间、空间、人称等指称转换时，人都会有比较明显的感知。文字文本表现得尚且不太明显，如果考虑到电影文本的情况，那么就非常明显了。电影中每次时间和空间的场景变换、人物变换、人物幻想中和现实不同的画面，文本接收者一看，能够立刻感知到这是一个新的部分，而不会对此毫无感觉。

加文斯的理论和沃斯的理论略有不同，她提出应将次文本世界改为世界转换（World Switch）①，因为人们是以"此时此地"为参照点来感受世界的，一旦进入文本，我们就会将"此时此地"投射到文本中（往往是聚焦者的身上）；一旦文本世界转换，那么我们的参照点也会转换。次文本世界的每一次转换都会使文本产生变化，推进情节；而世界不转换的时候，"功能推进命题"

---

① Gavins, J. *Text World Theory: An Introduction*. Edinburgh University Press, 2007, p.52.

(Function-Advancing Propositions) 即一个次文本世界内的事物变化、人物行为等也会推进情节变化。但是沃斯的理论是从静态结构的角度而言的，加文斯的理论是从动态的情节推进而言的，二者并没有根本性矛盾，只是强调的层面不同。

按照文本世界的分类方式，叙述文本很少只有一个单一文本世界，通常都有很复杂的次文本世界。次文本世界的三种分类方式只是一个标准，在实际的文本中，每个文本中的次文本世界并不是一盘散沙，而是呈现出一定的等级关系。比如《红楼梦》，从世界建构要素来分，其文本世界首先可以分为两个次文本世界，即太虚幻境和贾宝玉生活的世界；贾宝玉生活的世界又可以进一步分为大观园内的世界和大观园外的世界；大观园内又可分为不同人物生活的小世界，如潇湘馆、蘅芜苑等。从实体来看，因为每个人都有自己的参照点，故而其意识呈现的世界也各不相同。宝玉眼中的荣国府和探春眼中的荣国府就绝不一样。小红期待的世界和晴雯期待的世界也是截然不同的。如此一步步分析下去，整个文本可以为文本解读提供一个相当清晰的结构。

文本世界的分类有时可能与叙述分层分类重合，但在绝大多数情况下，要比叙述分层分类更细致。相对于叙述分层理论的跨层，文本世界理论的不同次文本世界之间也存在跨界。跨界在叙述文本中并不罕见。《水浒传》第一回"张天师祈禳瘟疫、洪太尉误走妖魔"中九天玄女的世界和水泊梁山的世界，《红楼梦》中的太虚幻境与大观园世界，在叙述分层理论中都不算是分层，因为叙述者并未变换；但是在文本世界理论中，这显然是不同的次文本世界。上界神仙到下界点化众生，下界凡人到上界修行，皆是跨界。《红楼梦》中的空空道人和一僧一道在数个次文本世界中穿行，带动了整个文本情节的发展。

三、叙述分层理论与文本世界理论比较

在叙述分层理论中，叙述分层的标准是每层叙述都有自己的叙述者，以叙述者的存在来分层。例如中国唐代沈既济所著的《枕中记》，其中讲了著名的"黄粱一梦"故事。从叙述分层理论来看，该文只有一个叙述层，虽然这涉及主人公卢生一个重要的梦，但是该文并未更换叙述者。"黄粱一梦"是一个富有深刻意味的故事，但叙述分层理论无法揭示其独特之处。从接收者的直觉来看，卢生生活的世界和梦中的世界显然有着更复杂的联系。整个文本的意义也

应来自这两个世界的关系。

  文本世界理论中,对次文本世界的分类很复杂,沃斯已经概括出三种大的分类方式,就实际应用而言,每个叙述文本都属于不同类别。《枕中记》显然有两个次文本世界:卢生生活的世界和卢生做梦的世界。"黄粱一梦"的深刻意义正产生于两个次文本世界的交织和对比。卢生在生活的世界中感叹人生艰难,而卢生梦中的世界则以他的愿望发端,且并不止于他的愿望。他在梦中虽出将入相,也几度生死难料。当他回到生活的世界时,终于对人生有所了悟。卢生的生活世界非常简单,他只是睡觉,然后了悟。他的梦中世界却非常复杂,映照出他愿望的变形。从人的意识来看,可以说这两个卢生是卢生意识的分裂,于是,梦对于生活世界中的卢生是虚幻的,但从意识的角度看,梦又至少是部分真实的,它是应卢生的呼求而产生的,于是卢生有了两个世界中的人生经验,且它们相互参照。"黄粱一梦"的特殊之处就在于:以卢生为参照点引起文本接收者对真实与虚幻之间的关系、荣通与困顿之间的关系等一系列对比的思考。

  后现代文本热衷的另叙述和否叙述,更是体现出文本世界理论的解释力。否叙述是指说了一段情节,然后又否认这段情节的存在。这段情节只是一个假设的次文本世界。接收者根据直觉来看,文本中有没有这段"不存在"的情节,其意义是绝对不同的。比如麦克尤恩的小说《赎罪》,13 岁的布里奥妮错误地指证了姐姐的男朋友的罪行,使这一对情侣受了很多磨难,后来布里奥妮也深感懊悔,在战争中做了护士,从心灵上赎罪,并终于向两人道了歉,姐姐和男友也一直幸福地生活在一起。但是故事结尾,布里奥妮却坦白之前说的都是她幻想出来的故事,实际上,姐姐和男友早已死于战争,布里奥妮也未曾有机会向两人道歉。于是布里奥妮的道歉和姐姐、男友的幸福生活都是不存在的,是一个假想的次文本世界。但在解读《赎罪》时,接收者并不会从脑海中删除这段情节后再来理解这个故事。这段情节的存在对故事的解读非常重要。从文本世界理论来看,布里奥妮生活的世界和她幻想的世界是两个次文本世界,正是愿望世界与生活世界的对比才体现出文本的意义,才使得布里奥妮生活的世界显得格外残酷和无奈,也是因为有这段不存在的情节,才显示出布里奥妮深深的忏悔——她不得不制造一个幻境来赎罪。

  另叙述和否叙述有些相似,指发生了一段情节,然后故事说这样不算,再来一遍或多遍,在新的进程中,人物可能会做出不同选择。通过几次改变,选择其中一个进程,或者并不进行选择。电影《罗拉快跑》《大话西游之月光宝盒》都有这样的情节,电子游戏叙述中可以存档重来的情节也属于此列。在《罗拉快跑》中,罗拉为了救男友,第一次奔跑求助失败,于是第二次选择了不同的办法,再次失败后第三次采取又一个不同的办法,终于成功。《大话西游之月光宝盒》里的至尊宝一次次用月光宝盒穿越回去企图救助白骨精,然而每次用了不同方法都不能成功。电子游戏更是对某段游戏不满意就可以不断读档重来,直到玩家满意。可以看出,另叙述是在文本世界中的某段固定时间内,不断延伸出相似的平行空间。即使文本最后采取了多者择一的方式,也只是选择了多个平行空间中的一个。就像否叙述,接收者并不会从脑海中删除那些"多余的"平行空间去理解文本;在另叙述中,接收者会去思考这种相似重复的意义,进而思考人生选择或者世界的复杂因果关联。

四、从文本世界理论审视回旋跨层

叙述分层理论最有趣的地方在于叙述跨层。不同叙述层代表不同的时间或空间,它们之间本来应该互相隔开,互不侵扰。但是实际上,不少文本都出现了跨层现象,即有些人物出现在本不该出现的叙述层。当上一层为下一层提供叙述者时,实际上就有了一个时间差,因为叙述者必然是在了解其叙述之后才能将其叙述出来,叙述者所在时空和被叙述的时空必然不同。从上一层次侵入下一层次还可解释,毕竟上一层次的叙述者可能接触到下一层次,比如神仙下凡,但下一层次侵入上一层次则违背了逻辑。赵毅衡分析了中国古代小说《镜花缘》[①],在第四十八回,唐小山看到一座石碑,上面写了他们的人生将要经历的事,便将其抄下,日后交付给一个老子后裔,于是这个老子后裔写出了《镜花缘》这本书。唐小山抄的碑文(次叙述层)中又写到了唐小山抄写碑文之事(主叙述层),下一层叙述居然提到了主叙述层的事,于是形成了逻辑悖论。赵毅衡将这种情况命名为"回旋跨层"。这种情况在叙述文本中不多,但也偶而能见。

叙述分层理论中的回旋跨层,是一种下一层叙述为上一层叙述提供叙述者

---

① 赵毅衡《广义叙述学》,四川大学出版社,2013年,第287页。

的特殊情况。从文本世界理论来看，则是不同次文本世界之间的跨界。这种跨界的特殊之处在于将几个不同等级的次文本世界形成一个循环。《镜花缘》有唐小山生活的次文本世界，石碑碑文构成的次文本世界，石碑碑文成了日后为唐小山生活的次文本世界提供叙述者的依据，于是，石碑世界实际上跨界到了话语世界，和文本接收者、文本作者处在同一世界，因为只有文本作者的世界才有能力为文本世界提供叙述者。这种跨界实际上展现了一种试图将虚构世界拉入真实世界的努力。这种努力看似徒劳，不但逻辑不通，而且注定不可能成功，实则能对人的意识加以影响。人的心理使人能够在意识中模拟处于其他世界的感受，这就是人的移情能力的体现，有人甚至难以分清这是想象还是现实。美国心理学家伊丽莎白·洛夫特斯（Elizabeth Loftus）关于"错误记忆"的研究指出：人甚至能在意识中创造从未发生过的事件，并当作自己的记忆深信不疑。回旋跨层的手段看似无用，实际上就是让接收者将虚构故事与实在世界连接起来，促使接收者从实在世界的角度看待虚构故事。人在处理实在世界和虚构世界的类似事件时，往往会采用不同认知图式，比如人都知道在实在世界杀人犯法，也懂得生命可贵；但是写小说、玩虚拟电子游戏时，并不一定会让人产生上述想法。一个幻想的镜花缘世界固然奇妙，但因为它是虚构的，接收者对其感叹也有限，试想如果是实在世界出现了镜花缘中的奇物，人会如何震惊。回旋跨层的目的就在于尽力引导接收者用实在世界的认知图式来理解这个虚幻故事。即使接收者并不认为这可能出现在现实中，但哪怕只是产生了这样的念头：如果……出现在实在世界会怎样，也能激发接收者进一步深入解读叙述文本的兴趣。

《百年孤独》的回旋跨层与《镜花缘》略有不同。《百年孤独》中的梅尔加德斯写了一份羊皮手稿，这份手稿讲述了布恩迪亚家族在马孔多小镇的生活，并预言了一百年后的奥雷连诺·布恩迪亚会破译这份手稿，而最终奥雷连诺·布恩迪亚读懂这份手稿时，整个马孔多镇都不翼而飞了。次叙述层手稿写出了主叙述层的一切，并最终互相湮灭。这两个世界形成了一个循环，并未引入实在世界。和上一种回旋分层的效果相反，这种循环与实在世界无关，如此强调更加重了该文本的虚构意味。《镜花缘》是试图拉近虚构世界和实在世界，《百年孤独》则是试图将虚构世界推到离实在世界更远的地方。推得更远自然也会造成一定的心理效果，文本接收者在选择适用的认知图式时会遵守认知经济原则，总是习惯先选用最熟悉或根据初步了解认为最贴切的认知图式。对于追求创新的文学艺术文本，就不能总让文本接收者选择最熟悉的认知图式。如果没有手稿这个次文本世界，只有马孔多小镇的故事，文本固然在世界图式上略有创新，但是文本图式和语言图式都不脱俗套，而加入手稿的回旋设置，成功使虚构文本进一步形成了一个奇怪的循环结构，打破了接收者的认知期待，使接收者不得不创造一个新的认知图式来看待这个文本。这个自我循环的文本就像一个与接收者无涉的，自给自足的造物，这才是它的独特之处。它试图将自己从与接收者所处实在世界的联系中剥离下来，这固然是不可能的，但是这种创新努力值得赞赏。

相对于叙述分层理论，文本世界理论的分类方式更贴近人的认知能力。文本世界理论虽然是从语言学的角度进行分类，但实际是以人对语言应用的感知为依据，所以认知叙述学也能借鉴这个理论。文本世界理论能够从语用方式来考察人的认知心理，又能从认知心理来探讨接收者对文本的理解，是一种强有力的文本解读策略。通过以上讨论也可以看出，文本世界理论实际上已经囊括了叙述分层理论，并且从认知心理学和认知语言学的角度为其提供了贴近人的心理世界的进一步解读策略。

第四节 非自然叙述元素的认知策略

一、何为非自然叙述元素

20世纪以来，不少叙述学家都在思考叙述学未来的发展方向。认知叙述学领军人物之一的戴维·赫尔曼指出了两条路径："首先是重新思考叙事研究的基本概念和方法，其次是开辟新的不断出现的研究领域。"[①] 在提到新的研究领域时，赫尔曼着重提出了"非自然叙述"（Unnatural Narrative）。莫妮卡·弗鲁德尼克、扬·阿尔贝、布莱恩·理查森等叙述学家也非常关注非自然叙述。

理查森认为，传统叙述学界往往具有一种将"自然叙述"作为原型来研究

---

① 尚必武《叙事学研究的新发展——戴维·赫尔曼访谈录》，载《外国文学》，2009年第5期，第97—105页。

各种叙述的"模仿思维"。阿尔贝认为，非自然叙述就是指叙述文本涉及物理上不可能或逻辑上不可能的成分。① 自然叙述是模仿叙述，非自然叙述是反模仿叙述（Anti-Mimetic Narratives）②。以往的叙述学研究并未专门区分非自然叙述，但是非自然叙述具有很多独特之处，前现代的叙述文本已经有不少非自然叙述的成分，而后现代叙述文本更是非自然叙述大展身手的园地。面对这样的盛景，对非自然叙述开展进一步研究势在必行。倡导非自然叙述的叙述学家以非自然叙述抵制"叙述化"为理由，强调非自然叙述对自然叙述的模仿方式的反叛，并强调其独特地位。

创建"自然叙述学"的弗鲁德尼克对非自然叙述的定位提出了自己的看法，她指出，"自然"实际上是个变化的概念，具有模糊性，她在自然叙述学中的用法实际上是以人的认知原型为自然的。③ 认知叙述学理论与其观点一致，即将人们在实在世界中形成的认知图式作为自然，而非生态自然或其他。自然的反面即非自然。这和阿尔贝的定义也是一致的。目前不同叙述学家对非自然叙述的本体地位还有不同看法，但非自然叙述作为一种现象确实存在，认知叙述学暂且搁置其本体地位的争论，而对叙述文本中非自然元素的认知策略进行探讨。

从认知的角度看，叙述文本要求具备构造文本世界的能力，即使在后现代文本中，文本世界可能支离破碎，不同程度地混合了实在世界、可能世界、不可能世界的成分。④ 实在世界即人类所生活的现实世界，具有唯一性和细节饱满的特点。纪实叙述就以实在世界为基础语义域。不可能世界即逻辑不可能的世界，逻辑不可能自然是以实在世界的逻辑规则做比较而言的。可能世界则是相对于实在世界和不可能世界而言的，可能世界是叙述文本创造出来的想象中的心象世界，不像实在世界可以感知，也并不一定以实在世界的事物为基础，可以创造出实在世界物理上不可能存在的事物，如会说人话的兔子。可能世界

---

① Alber, J. *Impossible storyworlds and what to do with them*. A Journal of Narrative Studies, 2009, pp. 79-96.

② Alber, J. Fludernik, M eds. *Postclassical Narratology: Approaches and Analyses*. Ohio State University Press, 2010, p. 10.

③ 莫妮卡·弗鲁德尼克《"非自然叙事学"有多自然：什么是非自然叙事学的非自然？》，尚必武，刘春梅译，载《叙事（中国版）》，2013年第五辑，第124页。

④ 赵毅衡《广义叙述学》，四川大学出版社，2013年，第193页。

并不违背实在世界的逻辑规则。虚构叙述就是以可能世界为基础语义域,但不同程度地混合了实在世界、可能世界、不可能世界。无论是纪实叙述还是虚构叙述,都与实在世界有着千丝万缕的联系。叙述文本的文本世界与实在世界有着不可磨灭的关系,但是也在此基础上探索着与实在世界不同的可能性。

人生活在其中的实在世界是不断变化发展的,自然是不稳定的,非自然同样是不稳定的。在对非自然的认知过程中,非自然可能被"自然化",也可能被"规约化"。阿尔贝等人对二者的区分是:规约化就是将非自然元素转变成"基本的认知类型"①,自然化是用接收者熟悉的范式来解释非自然的元素。从认知图式的角度看,规约化就相当于建立了新的认知图式,而自然化是在旧认知图式的基础上进行改造。就此而言,其实二者差别并不大,新图式的建立也不可能完全脱离旧图式,只能说二者的区别在于对旧图式改造的程度。

从可能世界理论来看,随着时代的发展,本来非自然的元素可能变成自然元素,因为非自然元素在实在世界出现了。如凡尔纳于1869年创作了科幻小说《海底两万里》,在当时的科技水平下,鹦鹉螺号潜水艇这样的构思简直不可思议,发明家西蒙·莱克正是读了《海底两万里》,萌生了制造潜水艇的念头,并于1898年成功制造出"舡鱼号",还收到了凡尔纳的贺信。对现代人来说,恐怕鹦鹉螺号已经很难再产生让人震撼的阅读效果了。潜水艇已经不是不可能事物,而是实在世界中存在的事物了。实际上,现代很多科技发明的灵感就来源于科幻小说。不过《海底两万里》依然是一部优秀的小说,一是非自然元素带来的奇观只是其中一部分,二是在文本世界的设定中,在当时人的生活经验中,鹦鹉螺号唤起的神奇感觉依然能够被今天的接收者通过移情代入感知到。否则,今天的人们同样不能欣赏壮阔的《荷马史诗》了。

但是像死者的灵魂会讲故事这种物理上的不可能(如艾丽斯·西伯德《可爱的骨头》)、时间会倒退这种逻辑上的不可能(如里克·穆迪《网格》),这些目前不可能在实在世界实现的非自然元素,则需要接收者根据情况对认知图式进行修改或重新创造来进行认知。随着认知图式变得为人所熟悉,虽然如理查森等人所言,认知图式变得熟悉并不意味着非自然变为自然,但是接收者的新

---

① 扬·阿尔贝、斯特凡·伊韦尔森、亨里克·尼尔森、布莱恩·理查森《什么是非自然叙事学的非自然?对莫妮卡·弗鲁德尼克的回应》,尚必武,邓治雪译,载《叙事(中国版)》,2013年第五辑,第139页。

奇感受会随之渐渐减少。不过新奇感受只是情绪的一种，电影《星球大战》第一部于1977年播出，但直至今天，"星战迷"仍然每年都会在纪念日进行庆祝活动，热情丝毫不减当年。2017年《星球大战》第八部上映。一方面，新奇情绪吸引着新的接收者，另一方面，星球大战中的广阔宇宙景象，始终能唤起人类心目中的向往之情。

阿尔贝等人也认为："在某种意义上，非自然叙述学是后现代叙述学与认知叙述学的结合体。"① 确实，非自然叙述必须从文本接收者的认知情况去考察才能有所收获。非自然叙述研究确实已经超出了经典叙述学的研究深度，但是认知叙述学从接收者的认知结构和认知能力出发，深化了叙述学理论，恰恰可以为非自然叙述研究提供新的理论工具。

二、叙述文本的非自然元素

非自然元素的价值就在于其创新性，提升了人的意识空间，正如前文提到科幻小说为现代科技提供了诸多灵感，非自然叙述由于涉及物理不可能和逻辑不可能，开拓了人的认知图式。

弗鲁德尼克提出："'非自然'叙述学可以着手做的是，更细致地描绘幻想是如何交织于现实主义文本之中的，以及寓言是如何依赖现实主义认知框架而具有可阐释性。"② 从这两方面出发，阿尔贝和理查森对非自然叙述学的研究主要体现了前一个方面，而阿尔贝及鲁迪格·海因策（Rudiger Heinze）、H. P. 阿博特（H. Perter Abbott）等人的研究则主要体现了后一个方面。

理查森将非自然元素在叙述中的体现分为三个方面③，一是非自然的故事世界，二是非自然的心理，三是非自然的叙述行为。这种三分法考虑到了叙述文本的整个文本世界建构和接收者的认知能力。文本世界的建构一是包含时间因素和空间因素的指示信息、包含实体及实体间关系因素的指称信息，即时空和事物组成的"世界建构元素"（World-Building Elements），二是人构建文本

---

① 扬·阿尔贝、斯特凡·伊韦尔森、亨里克·尼尔森、布莱恩·理查森《非自然叙事，非自然叙事学：超越模仿模式》，尚必武译，载《叙事（中国版）》，2011年第三辑，第14页。
② 妮卡·弗鲁德尼克《"非自然叙事学"有多自然：什么是非自然叙事学的非自然？》，尚必武、刘春梅译，载《叙事（中国版）》，2013年第五辑，第125页。
③ 扬·阿尔贝、斯特凡·伊韦尔森、亨里克·尼尔森、布莱恩·理查森《非自然叙事，非自然叙事学：超越模仿模式》，尚必武译，载《叙事（中国版）》，2011年第三辑，第6页。

世界的意识活动。

世界图式层面的非自然元素主要指的是文本世界设置层面的物理不可能和逻辑不可能。世界图式是文本接收者理解文本世界故事的基础，包括社会背景知识和生活常识。接收者的世界图式就是以实在世界为基础形成的认知图式。对于非自然叙述设置的物理不可能和逻辑不可能，以实在世界为基础的认知图式是不适用的。世界图式的物理不可能主要是事物的不可能，如《西游记》里的会说话并像人一样生活的妖怪。逻辑上的不可能主要是指违反矛盾律和排中律的时间和空间上的不可能。时间上的不可能是指时间打破了实在世界线性不可逆的原则，如并行的时间或者时间逆转。空间上的不可能是突破了实在世界三维空间的存在，如出现了多维空间或者空间套层。

文本图式层面的非自然元素其实很常见，倒述、插述等打断正常时空次序的方式，叙述跨层等都是实在世界不曾有的。这里讨论的非自然指的是不存在逻辑不可能的情况，这些混乱经过整理，都能成为比较顺畅的可能世界因素。文本图式涉及阿尔贝和理查森等人谈到的非自然叙述行为。叙述文本分为"谁看"和"谁说"的问题，在大多数情况下，谁看和谁说并不统一，这就造成了不自然的因素，如茅盾的小说《子夜》开头，吴老太爷进城看到混乱的景象大受刺激，五颜六色的电灯，会吹风转动的怪物（电风扇），但是叙述语言并不是吴老太爷熟读的《太上感应篇》那种语言。

语言媒介图式中的媒介"非自然元素"往往以创新的形式体现。比如独特的字体、特殊的版面设计等。3D电影刚出现时，比起已经规约化或自然化的2D电影，就是非自然的。但是当人们习惯了3D的立体感官模式，也会觉得这才更符合人在实在世界看事物的感受，也就觉得自然了。总体来说，媒介是属于实在世界的范畴，所以应该谈不上何者自然，何者非自然。按照前面对非自然元素的定义，只要出现在实在世界的就都是自然的。

就人的认知能力而言，叙述文本涉及的人的认知能力既包括接收者如何理解叙述文本，即文本对接收者理解的引导；也包括文本中的人物（或富有人性的其他事物）的认知能力。在文本引导方面，叙述者起的作用最大，叙述者引导文本接收者跟随它来理解文本。叙述学家对叙述者的研究很多，弗鲁德尼克的自然叙述学就着重研究了不同人称在接收者理解过程中的自然化策略。阿尔贝和理查森等人也讨论了英语叙述文本中不同时态体现的同一叙述者在不同时间段的转换。文本中人物的认知能力也有非自然元素，人物有时知道按照文本世界设置其不该知道的因素，有时又莫名做出按照接收者对人的认知心理的理解不该做出的行为。这些违背接收者心理经验的情况即为非自然元素。

从认知叙述学出发，非自然元素可以出现在四个层面，分别是静态的认知图式层面，包括世界图式层面、文本图式和语言媒介图式层面，以及动态的人的认知能力层面。这种层面划分法不仅包含了理查森的三分法，也方便人们从认知的角度对非自然元素的解读策略进行分析。

三、概念整合理论与非自然元素的认知策略

（一）以往研究中的非自然元素的认知策略

扬·阿尔贝在《不可能的故事世界——如何加以解读》[1]中针对叙述文本的非自然元素提出了五种认知策略。一是将看上去不可能的因素看作幻觉、想象等内心活动。比如，卡里尔·丘吉尔的《内心愿望》，一对夫妇盼望着女儿从澳大利亚归来，故事重复了好几次，每次先进门的父亲都穿着不同的衣服，但夫妇俩基本都在做重复的事。期间门铃响起，每次都会进来不同的奇怪人物。最后，女儿进屋的情节也重复了三次，故事又返回了开头。阿尔贝认为这种情节不断被擦除重来的否叙述体现了父亲的内心活动，即期望女儿回家是一个完美的场景，之前只是想象中的预演。

二是将非自然元素看作体现文本主题意义的手段。如哈罗德·品特的戏剧《地下室》，在二男一女的感情纠葛中，天气和室内陈设的风格都随着情感变化而不断变化，这种变化被不少文本接收者理解为男女权力斗争的象征。

三是将非自然元素理解成寓言性表达。如马丁·昆普的戏剧《安·非她命》（*Attempts on Her Life*），里面的人物有多个名字、多种形态，有时是安，有时是安妮，有时是安亚，有时是一个游客，有时是一辆汽车，有时是一个自杀的艺术家……，阿尔贝将其解读为体现了社会话语中对自我的主体化和客体化的评论。

四是将非自然元素看作"合成脚本"。比如《可爱的骨头》中叙述者将死

---

[1] Alber J. *Impossible Storyworld and What to do with them*. A Journal of Narrative Studies Volume 1, 2009, pp. 79—96.

去的小女孩看作尸体和人的结合，这样就实现了对尸体会说话的非自然元素的理解。这个方法只适用于非自然的事物或人物。

五是努力扩展现有的阐释框架，使之适合解释非自然部分。比如卡里尔·丘吉尔的《蓝色水壶》，"蓝色"和"水壶"这两个词不断插入说话者的语句中，并且越来越频繁，最终导致句子被瓦解，无法理解。阿尔贝提出了几种理解，如人的思想在瓦解，谎言自己破碎了，每个人都有无法表达的黑暗面，等等。

在之后的研究中，阿尔贝还提出了按照文类规约理解、将文本理解为超验王国、接收其怪异性的"禅宗式阅读"等多种方法，丰富了非自然元素解读策略。

阿尔贝的研究非常具有启发意义，但是他的分类比较随意，使用方法也不够明晰。申丹也指出这种规约化或自然化的解读方式可能会使荒诞性作品减少意味。[①] 比如，阿尔贝认为解读卡里尔·丘吉尔的《内心愿望》应该采取第一种策略，将发生的一切非自然情节看作父亲在盼望女儿回来时的心理活动。申丹认为这种解读方式会使该作品丧失其荒诞意味，如果这个故事发生在虚构现实中，可以认为这些重复和奇怪访客是一种生活缺乏意义的表现。叙述文本可以有多种解读方式，但并不能说阿尔贝的解读方式是错误的，但是申丹认为在有些情况下，对作品进行自然化解读可能会有所偏颇。申丹的看法非常犀利，所以对非自然元素认知策略的解读也仅是一种从认知角度进行的探讨，而并非必须遵循的方式。

（二）概念整合理论视野下的非自然元素认知策略

先从整体来看，对叙述文本非自然元素的解读，不管是哪个层面的解读，都是为了理解其非自然的部分，将其自然化或规约化。认知心理学认为，人的这种认知能力主要是通过概念整合策略来完成的。福克尼尔（Gilles Fauconnier）在1985年的专著《心理空间：自然语言的意义建构》（*Mental Spaces: Aspects of Meaning Construction in Natural Language*）中提出了心理空间理论。心理空间是一种认知域，人们理解世界意义的过程就是不断建立认知域的过程。虽然福克尼尔谈的是语言的建构，但是他也指出，认知域即心

---

① 申丹、王丽亚《西方叙事学：经典与后经典》北京大学出版社，2011年，第230页。

理空间是建构语言的基础，但是心理空间本身独立于语言，具有动态性，"心理空间是人们在进行思考、交谈时为了达到局部理解与行动目的而构建的概念包（Conceptual Package）"①。心理空间作为一种人在认知时建立的概念域，也可以用于叙述文本研究，不限于词汇或句子。

概念整合理论建立在概念隐喻和心理空间理论基础上。概念隐喻的运作机制是从源域（Source Domain）到目标域（Target Domain）的映射（Mapping）。源域和目标域都是一种概念域，源域是人比较熟悉的领域，是喻体；目标域是不太熟悉的领域，是本体。从源域向目标域映射时，其心理基础是二者要有本体上或意识上的对应关系，即意象图式（Image Schemas）。弗里德里希·温格瑞尔（Friedrich Ungerer）和汉斯－约尔格·史密德（Hans-Jorg Schmid）②在此基础上进一步发展了隐喻的认知机制研究，他们提出在源域和目标域之间，还应有一个映射域（Mapping Scope）。映射域不仅包括源域和目标域之间的属性联系，也包括二者构成的整个认知模型或文化模型的内部关系和结构。概念隐喻理论是双域映射或三域映射。

概念整合理论（见图1-1）丰富发展了心理空间理论和概念隐喻理论，并包括一个四空间映射理论，即两个输入空间（Input Spaces Ⅰ和Ⅱ）、一个类属空间（Generic Space）和一个合成空间（Blend Space）。两个输入空间之间有对应的部分映射，被称为跨空间映射，形成了类属空间。类属空间反映了两个输入空间共有的抽象结构或组织。两个输入空间投射至第四个空间，即合成空间。合成空间经过组合、完善和扩展形成了一个独立的具有创造性的新空间，与前面三个空间都不同。

---

① Fauconnier, G. "Mental spaces, language modality, and conceptual, integration" in Tomasello, M ed. *The New Psychology of Language*. Lawrence Erlbaum Associates Publishers, 1998, p. 252.

② Ungerer, F. S, Hans-Jorg. *An Introduction to Cognitive Linguistics*. Longman, 1996, p. 119.

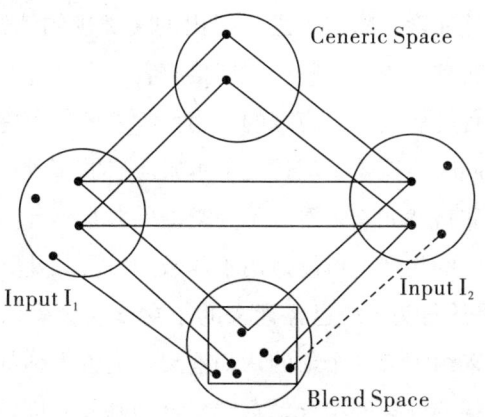

图 1-1 概念整合理论

概念整合模型可以划分为四种。一是简单型整合，即一个输入空间提供认知框架或者主体，另一个输入空间提供无框架的元素，跨空间映射将其组合起来。二是镜像型整合，即两个输入空间都提供认知框架，但是属于同一种认知框架，跨空间映射将其组合起来。三是单域型整合，即两个输入空间有不同的认知框架，在跨空间映射中只选取了其中一种认知框架，概念隐喻理论基本都是这一类型的整合。四是双域型整合，即两个输入空间有不同的认知框架，但是在跨空间映射中各取一部分，组成了一个新的认知框架，这种整合方式是创新性最大的。

概念整合理论看起来抽象，其实是符合人的认知能动性的。概念整合理论的认知特点是有从还原式二次叙述，到妥协式二次叙述，再到创造式二次叙述逐渐变换的认知过程。文本接收者就是用概念整合的方式去由上而下或由下而上地整合认知图式，从而达到认知新的知识结构的目的。

从叙述文本解读来看，两个输入空间就是文本接收者的认知图式构成的心理空间和叙述文本提供的认知图式构成的心理空间，类属空间是二者共有的认知结构，合成空间即对叙述文本的认知策略。从概念整合理论看阿尔贝的研究，他的第一种、第二种和第三种认知策略，都是单域型整合，从接收者的角度以心理活动框架、主题框架或寓言框架概括了整个文本，不再考虑文本的框架，只应用接收者框架去解读文本的元素。他的第四种认知策略合成脚本，是一种双域型整合，将两者的认知框架合成一个新的认知框架。他的第五种认知策略是镜像性整合，接收者的认知框架和叙述文本提供的认知框架是统一的，只是努力包容非自然元素。阿尔贝之后提出的文类规约认知法、超验认知法、禅宗式认知法，其实都是单域型整合，用接收者的框架完全概括了叙述文本的框架。可以看出申丹的质疑是有道理的，当接收者的框架完全覆盖叙述文本自身的框架时，可能同时也掩盖了叙述文本本来应有的多种可能性。

从叙述文本的非自然元素来看，不同类型的非自然元素也适用于不同的整合策略。世界图式中的物理不可能适用于双域型整合，比如《西游记》中会说人话的妖怪，《可爱的骨头》中已经死去的小女孩还会说话，都是将两者的不同认知框架结合起来组织成一个新的认知框架，会说人话的妖怪是接收者熟悉的人类的框架和动物的框架的结合，它们结合的基础，即类属空间是两者都是生物；死去的小女孩则是接收者熟悉的活着的人类的框架与死去的人类的框架的结合，它们结合的类属空间是两者都是人类。世界图式中的逻辑不可能适用于双域型框架，但是其类属空间的构成与物理不可能略有不同，逻辑不可能中的时间和空间不可能是在接收者熟悉的实在世界的时间和空间认知框架的基础上做了改动，比如实在世界的时间是线性不可逆的，但是另叙述则是时间并存情况下出现的不同空间的情况，等于将单线性的时间翻了倍，创造出一个新的框架。

文本图式的非自然元素，不考虑逻辑不可能情况，实际上是简单型的整合，比如叙述文本的倒叙、插叙，接收者的认知框架并没有受到挑战，叙述文本也没有提出新的框架，只要将叙述文本的元素整理起来，就能顺畅地理解。理查森提到的叙述文本"谁说"和"谁看"不统一的问题，虽不自然，但整合起来并不难，接收者只需将不自然的部分整合进合理的认知框架即可。如茅盾小说《子夜》的开头吴老太爷进城，他看到了很多奇怪的东西，受了很大的心理刺激。这时是吴老太爷在看，用的却不是读《太上感应篇》的吴老太爷的语言。这并不影响接收者理解这段叙述的意义，接收者取吴老太爷"在看"这个视角和叙述者说话的内容合并起来即可。

语言媒介图式虽然严格来说不存在非自然，因为它们存在于实在世界的层面，但是当新的语言媒介出现时，人依然需要进行新的整合来理解，因为每出现一种新媒介，都会先以"非自然"的面貌出现。对于文本接收者来说，有时可能是简单型整合，有时也可能是复杂的双域型整合。

人的认知心理中的非自然元素也要靠双域型整合，针对叙述文本中人物的非自然心理或违背人的心理经验的情况，接收者从人的正常心理的认知框架出发，努力整合其非正常的部分，来实现某种理解。比如罪案电影常有的变态杀手，最开始接收者可能难以理解杀手的动机，然而了解到这个杀手有着悲惨的童年，受到了心理创伤等背景，接收者就能对其报以一定程度的理解了。叙述文本提供的人物体现了变态的心理框架，接收者体会到这种变态的心理框架也含有和正常的人类心理框架的类似之处：受到了伤害、导致心理创伤，只是变态的心理框架中的心理创伤大到了不可挽回的程度。接收者在此基础上进行概念整合，则会理解杀手的心理创伤，但不会认同杀手的做法。

叙述文本中的非自然元素，基本都是双域型整合，这也符合叙述文本作为文学艺术符号组合追求创新的特性。接收者必须付出较多的认知努力，才能收获其意义。

阿尔贝提出的单域型整合，主要是针对整个文本而言的，而非叙述文本中的某些非自然元素。阿尔贝的单域型整合可以说是针对整体难以理解的文本而设定的。比如库弗的小说《保姆》中的非自然元素主要是逻辑不可能，在相同的时间内，居然发生了不同的事情，如在同一段时间，叙述保姆给小孩洗澡了，下一段又叙述保姆没有给小孩洗澡。这实际上就形成了平行空间的效果。但是理解了这种设置不代表就能顺利解读整个文本的意义，这是一个碎片化的文本，叙述文本的整体认知框架是不明确的。这时就需要接收者构建出一个认知框架，比如这种碎片化的矛盾情节，体现出人生具有多种选择的可能。阿尔贝的多种单域型整合策略，其实只是提供了多种接收者的认知框架，遇到什么类型的文本及启用哪种框架。但是对于叙述文本认知框架不明确的文本来说，很难规定某种接收者认知框架就一定能用于某种文本，而且想把所有可能的文本类型都列出一个框架是不太可能的。阿尔贝自己在分析他的第五种策略时，也提出了多种解释方式，说是镜像型整合，实际上也是接收者认知框架覆盖了不明确的叙述文本认知框架。总体来说，这种认知方式只是一种解读方法，还需要接收者尽量保持开放心态，不要拘泥于某种认知框架，并探寻其他解读的可能性。

概念整合理论从操作层面指导了接收者理解叙述文本的非自然元素的策略，但是只相当于一个公式，在实际操作过程中，还需要接收者根据实际情况寻找合适的代入框架。

第二章　叙述文本中主体的认知策略

第一节　从认知图式的角度重新定义隐含作者

一、隐含作者的溯源与争议

"隐含作者"是 1961 年韦恩·布思（Wayne Booth）在《小说修辞学》中提出的，一经提出就受到不同流派文学批评家的持续关注并引发争议。布思作为芝加哥学派的继承人，面对文论的形式主义新方向和历史传统，糅合并发展了两者的特点，创造了隐含作者这个概念，旨在平衡重视作者、语境等外在批评元素和重视文本本身的内在批评元素之间的矛盾。

布思对隐含作者是这样界定的："只有'隐含作者'这样的词语才会令我们感到满意：它能涵盖整个作品，依然能够让人将作品视为一个人选择、评价的产物，而不是独立存在的东西。'隐含作者'有意或无意地选择我们会读到的东西；我们把他作为那个真人理想化的、文学的、创造出来的形象推导出来；他是自己选择的总和。"[①] 布思不仅将隐含作者视为作者的"第二自我"，而且认为其是读者推导出来的。

对此，学者申丹将其归结为："就编码而言，'隐含作者'就是处于某种创作状态、以某种方式写作的作者（即作者的'第二自我'）；就解码而言，'隐含作者'则是文本'隐含'的供读者推导的写作者形象。"[②] 我们可以从布思

[①] Booth, W. *The Rhetoric of Fiction*. University of Chicago Press, 1983, p. 74.
[②] 申丹《何为"隐含作者"》，载《北京大学学报》（哲学社会科学版），2008 年第 2 期，第 137 页。

的话中很清楚地看到隐含作者这两个方面，但是，从编码的角度来看，隐含作者处于文本外，而从解码的角度来看，隐含作者处于文本内。布思并未说明这两方面该如何合一，这也成为后来学者们争论的重点。安斯加·纽宁认为布思让隐含作者既在文本内又在文本外本身就是矛盾的，隐含作者应该是一个"结构性的整体"[①]，是一个读者建构的推断作者。苏珊·兰瑟（Susan Lanser）把隐含作者比作一种信仰，认为："在读者建构它的地方，它才存在。"[②]

隐含作者的存在是否有必要，成为叙述学家们争论不休的另一个问题。以色列叙述学家里蒙-凯南提出如果非要有隐含作者的话，那么顶多只能算是一组规范。米克·巴尔认为隐含作者的概念模糊不清，没法使用；热奈特认为有了叙述者和作者，隐含作者的存在是多余的。

还有一个关于隐含作者的争议就是一个叙述文本能否有多个隐含作者。有的学者提出，如果文本意义不连贯，就相当于有多个隐含作者，并举出了网络接龙小说这样的例子。而且，在不同的语境下不同读者对文本的阐释是不同的，推断出的隐含作者也必然是不同的，那么一部作品就有不同的隐含作者。

这些讨论使隐含作者的概念变得十分复杂，但是也推进了关于隐含作者的研究。下文将从认知图式的角度回答这些问题，以期有所助益。

二、从认知图式的角度来定义隐含作者

（一）从认知图式的角度重新定义隐含作者

根据符号表意过程[意图意义（发送者）—文本意义（符号信息）—解释意义（接收者）]，发送者发送意图意义的过程就是编码，携带文本意义的就是作品，而接收者解读解释意义的过程就是解码。如果作者参与了表意，那么作者是处于发送者位置的。根据符号表意的规则，这三种意义是先后替代的，不可能同时在场。而这三者的意义常常是不一致的，也就是说作者即使把一定的意义注入文本，也并不能控制读者（接收者）的理解和阐释。

不同时代的接收者对同一文本的理解往往会有差异，同一时代的不同接收

[①] Nünning, A. "Implied Author", Herman, D ed. *Routledge Encyclopedia of Narrative Theory*. Routledge, 2005, p. 240.

[②] Lanser, S. "The Implied Author: An Agnostic Manifesto", *Style* 45.1 (Spring 2011), p. 153.

者对同一文本的理解也会有差异。文本被解读的意义是不稳定的，但如果每个接收者都有自己独特的、个别的解读，那么文本的意义就成了不可捉摸的碎片。然而事实是：人和人之间能够就同一文本进行交流，能够在今天还研读过去的文本，也就是说，文本的意义在某种范围内还是能够维持在一个相对稳定的程度上的。

从认知图式的角度来看，文本能够被解读的前提是文本中蕴含的认知图式能够和接收者的认知图式沟通。从文本来看，文本的认知图式中的世界图式饱含文本被创作出来的时空的信息，文本图式和语言图式也带有时空上的特点。对于接收者来说，能够维持文本相对稳定意义的接收者被研究者们赋予了很多名字：理想读者（瑞恰慈）、超读者（里法泰尔）、模范读者（艾柯）、隐含读者（伊瑟尔）等。斯坦利·费什（Stanley Fish）提出了"阐释社群"理论，即某些解释人群能够大致遵守一定的阐释标准。这和认知的研究角度已经相当接近了。接收者理解文本并且能够就文本进行交流，首先就限定了接收者的范围，因为世界图式是有时空限制的，随着时代和地域的不同，世界图式也必然不同。世界图式只能在一定时空内维持稳定。接收者对文本的接收如果有相对稳定的意义，那么对于世界图式来说，一要理解文本特定时空的世界图式，二要接收者是拥有共同世界图式范围内的"阐释社群"。

不同的时空有不同的文本图式和语言图式，接收者因为个人经历和受教育情况不同也会有不同的文本图式和语言图式。如果接收者不了解古希腊文化，那么希腊神话可能会显得荒诞无稽、不可捉摸；而不懂古希腊语，就根本看不懂原文。所以接收者理解文本和能够交流也要保证有能够沟通的文本图式和语言图式。接收者要么就是一群懂得古希腊语的学者，要么就是阅读现代语言版本的读者。也就是说，作为阐释社群的接收者，既需要同时具有和文本时空相结合的世界图式，也需要有被这个阐释社群共享的文本图式和语言图式。前者使从文本中解读出意义成为可能，后者使这个意义能够在社群之间实现交流。

从认知图式的角度再看鲁迅先生说《红楼梦》："单是命意，就因读者的眼光而有种种：经学家看见《易》，道学家看见淫，才子看见缠绵，革命家看见排满，流言家看见宫闱秘事。"这些读者就是不同的阐释社群，他们拥有不同的世界图式、文本图式和语言图式，所以对同一文本的阐释截然不同。他们的见解也只能在自己的阐释社群里得到共鸣。

解读文本不仅要解读文本本身，而且要考虑世界图式、文本图式和语言图式三者的协调。叙述文本的意义并不是恒定的，却是相对稳定的。所以在文本能被理解和交流的基础上，从接收者的角度来推求文本意义，可以得到一个相对稳定的隐含作者。隐含作者不但要同时具有文本时空和接收者时空的世界图式，而且要具有阐释社群时空能够共享的文本图式和语言图式。这导致隐含作者处在连接文本和接收者的一个重要位置，当我们讨论隐含作者时，它的重要性并不能被真实作者和叙述者取代，但它的存在又是必要的。而且，随着阐释社群的不同，隐含作者是动态变化的，但这不意味着隐含作者是一个模糊不清的概念，而应将其理解为一个类似公式的概念，隐含作者的解读要参考其相关函数（认知图式）的变化。

那么正如许多叙述学家所问：为什么要将隐含作者视为一个人格，而不是一个文本结构？安斯加·纽宁也提出应该用"结构性的整体"（the Structural Whole）来取代隐含作者这个概念。赵毅衡指出："隐含作者取决于文本品格，是各种文本身份的集合。这样找出的隐含作者主体，不是一个'存在'，而是一个拟主体的'文在'（texistence）。"[①] 隐含作者的确只能从文本中推导出来，但任何叙述文本都是在一定的视角下被叙述者叙述出来的，视角引导接收者的认知。正如曼弗雷德·雅恩所言，叙述聚焦就是通往叙述世界的一个窗口，读者通过这个窗口来看叙述文本。叙述文本可以变换不同视角，但接收者始终会在文本视角的引导下理解文本。视角虽然和叙述者相关，并不直接和隐含作者关联，但是从认知心理来说，只有人格化的主体才会讲故事，接收者还是会倾向于推求一个人格化的隐含作者。

（二）从认知图式的角度对布思定义的重新审视和补充

1. 隐含作者和真实作者的关系

布思把隐含作者称为作者的"第二自我"，作者在创作时就有个"第二自我"。布思举了例子来说明，诺贝尔文学奖获得者帕慕克于2008年在北大附中演讲时说，他写作时必须要先成为他想写的小说的"隐含作者"。但是作者的这个"第二自我"未必能被接收者完全解读出来，而且接收者也未必会那样解

[①] 赵毅衡《再现不可靠及其"纠正"》，载《西南民族大学学报》（人文社会科学版），2013年第6期，第194页。

读。从认知叙述学的角度来看，接收者对隐含作者的推断来自世界图式、文本图式和语言图式，而把隐含作者人格化也是认知心理的作用，作者的"第二自我"仅仅在世界图式中起到有限作用。

罗兰·巴尔特（Roland Barthes）和米歇尔·福柯（Michel Foucault）都曾指出，在古代，很多叙述文本根本没有明确作者，所以作者的权威性不是古已有之的，而是现代才出现的，社会历史背景的变化导致作者在作品阐释中的地位发生变化。很多情况下，作者和作品的理解并无太大关系。很多作家都把作品比喻成自己的孩子：作品一旦完成，就有了它独立的生命力，已经跟作家本人没有关系。事实也的确如此，从现实世界的角度来说，叙述文本的确是作者这个人在现实世界中写出来的，确实带有作者的一部分基因。詹姆斯·费伦对这一点有句广为人知的妙语："一个土豆可以做几个菜，但是不会做成西红柿。"这一是说明只要是同一作者的作品，总会有一些共同点，这就是土豆做的菜不可能变成西红柿的道理。这些共同点可能体现在世界图式方面，一个作家创造的隐含作者及其价值观和人生观可能会贯穿于不同作品中，海明威在《丧钟为谁而鸣》和《老人与海》中创造了两个硬汉形象：乔丹和桑地亚哥，他们都是在命运的重压下顽强不屈的悲剧英雄，这两部作品的隐含作者就有着这样共同的价值观。这些共同点也可能体现在文本图式和语言图式方面，这通常被我们叫作作者的风格。如果看过严歌苓的《雌性的草地》，就既能认出《草鞋权贵》那种人性冲突的悲怆感，也能认出《扶桑》那种充满画面感的感性修辞方式，因为这些都是严歌苓独特的表达风格。二是说明一个作者不同作品的隐含作者也会有不同之处，这就是一个土豆可以做出几个菜的道理。比如美国当代女作家格罗丽娅·内勒写的两部小说《布鲁特斯街的女人们》和《布鲁特斯街的男人们》。《布鲁特斯街的女人们》以女性视角讲述女性如何备受可恶男性的欺凌，最终在姐妹们的帮助下成长起来，这部小说被认为是女性主义的优秀作品。而在20年后该作者所写的《布鲁特斯街的男人们》，又从男性人物的角度展示了自己的故事，他们并非都罪大恶极，他们也有苦衷，有些也是善良的人。这两部出自同一个真实作者之手的作品，形成了两个截然相反的隐含作者，前者是女性的代言者，后者却是男性的代言者。有学者就此提出了

"孪生隐含作者"的概念①,建议将二者结合起来理解,说明女性的声音和男性的声音都很重要,应该彼此尊重和交流。两部作品的隐含作者通过真实作者联系在一起,反而体现出更深刻的意义。

隐含作者的确不可能和真实作者完全脱离关系,但是隐含作者是由接收者推断出来的,它与真实作者的关系也要靠接收者的考察和研究才能得出结论,而不是靠真实作者宣称的"第二自我",或者对真实作者生平牵强附会就能得出结论。《红楼梦》索隐派的有些理论就过于武断,因为曹雪芹的家庭在雍正争位时支持了其他皇子而落败,就认为《红楼梦》是一部攻讦雍正的书,如此就把《红楼梦》的隐含作者当成热心党争的阴谋家了。

2. 认知图式贯穿文本内外

广义符号叙述学提出叙述文本都是媒介再现,没有叙述文本直接是现实本身,所以叙述文本和现实之间有一个"一度区隔"。当一度区隔透明时,即叙述文本和现实之间呈现为透明的关系,我们就认为该叙述文本是纪实型叙述。而虚构型叙述在符号再现的基础上进行"二度区隔",此时叙述文本和现实之间不再透明,叙述文本成为一个独立的与现实不同的"可能世界"。② 叙述学中的可能世界是由语言建构的另一个世界,通常对现实世界有一定程度的模仿,它也由人物、事件、时间、空间组成。叙述学家玛丽-劳尔·瑞安用"游戏"一词来解释阅读过程:在游戏之外,我们知道游戏是假的,但是进入游戏后,我们就必须遵从游戏规则,将其当成真的。纪实型叙述必然使用的是现实的世界图式、文本图式和语言图式。这时文本内外是相互沟通的。下文主要讨论虚构型叙述接收者需要具备的认知图式。

在虚构叙述中,接收者也同时处于两个不同的位置。在文本外,接收者拥有现实的认知图式,而进入文本内,接收者就要掌握文本可能世界制定的规则及其认知图式。但是接收者的两个位置并非毫无关系,他们必须是相互关联的。从世界图式的角度看,可能世界或许光怪陆离,且具有自己的规则,但是必然是对现实世界一定程度的模仿,不然人根本无从理解。可能世界不像现实

---

① 方小莉《"冤家"姊妹篇中的"孪生隐含作者"——〈布鲁特斯街的女人们〉与〈布鲁特斯街的女人们〉中声音的权力》,载《国外文学》,2012年第2期,第125页。
② 赵毅衡《广义叙述学》,四川大学出版社,2013年,第76页。

世界那样细节饱满，这时往往需要接收者自行补充，比如一个故事写一个人每天都开车去上班，但不会事无巨细地写他走出家门，用钥匙打开车门，上车，踩油门，开车，遇到红灯停，再次开车，遇到绿灯直接通过，到达公司停车场，停车，下车，锁车门等细节，这是接收者在现实世界中熟悉的生活常识图式，根本不用赘述，接收者也完全能够理解。

从文本图式的角度看，叙述文本的体裁给接收者带来的期待，唤起的正是接收者在现实中积累的经验。中国元代的看戏者对于爱情剧情节的期待是"落难公子遇良缘，私订终身后花园，金榜题名中状元，奉旨完婚大团圆"。叙述文本的视角、时空等技巧，第一次出现时让读者惊奇，而当读者见得多了，也就见怪不怪了。弗卢德尼克指出，其实全知叙述很不自然，因为在现实中人根本不可能完全知晓事情的各个方面，了解每个人的心理，但是这种"非自然"的叙述类型被广泛采用后，就会从习以为常中获得"第二层次的'自然性'"[①]。一种叙述技巧被多次运用之后就会成为常规丧失其新奇感，而文学艺术作品为了其标出特性，总要打破成规创新，这是一个永不止息的进程。文本外的接收者对常规的期待和对常规的厌倦都主宰着叙述文本的命运。前文提到的一种特殊的叙述文本另叙述（denarration），比如电影《罗拉快跑》，一个女孩为了救男孩而跑了三次，一次不成功就回到原点再来一次，违背了现实认知图式的时间不可逆原则，但文本意义正在于体现选择对人生的意义。文本建构的设计体现了文本的意义。接收者此时的位置在现实世界和可能世界之间，正体现了隐含作者对文本外和文本内的贯通。

从语言图式的角度看，掌握叙述文本的语言图式是接收者必备的能力，这几乎完全要靠接收者在现实中的资源。文本中的语言图式即便有创新，也要建立在现实中语言图式的基础上。比如奥威尔在小说《1984》中写到的电幕（Telescreen），在奥威尔写作这部小说的1948年，完全是一个想象之词，但是接收者可以根据文本中的解释和构词法迅速理解它。

本书认为，现实世界中的接收者的认知图式像一棵大树，而叙述文本中蕴含的认知图式就像一根根枝条，它们有自己的伸展方向，但它们必须带着从树

---

① Fludernik, M. "Natural Narratology and Cognitive Parameters", Herman, D. ed. *Narrative Theory and Cognitive Science*, Stanford: CSLI, 2003, p.256.

根输送而来的营养。被接收者总结出来的隐含作者同时存在于文本内外,文本内和文本外虽然是两个世界,但是认知图式就是贯通它们的桥梁。在一定视角下,认知的接收者虽然处于理论上的不同位置,但是他们在心理结构上是贯通的。以往的认知图式研究都将认知图式当作人的一个静态知识结构,但是实际上,在叙述文本理解过程中,文本接收者可以穿透区隔,带着自己熟知的认知图式,模拟地移情进入文本世界。

3. 几种特殊情况下推求隐含作者的方法

首先,前文已经阐述,就特定时空的阐释社群而言,文本意义是相对稳定的,这是文本能够被理解、被分析、被交流的前提,这时隐含作者也是相对稳定的。这跟一个文本有几个真实作者无关,有的学者提出网络接龙小说的例子,这种小说由不同作者每人写一部分连接而成,但是接收者还是将文本作为一个整体来理解,所以这个文本只有一个隐含作者。对于同一个文本,不同的阐释社群可能会推断出不同的隐含作者,如前文提到的不同阐释社群对《红楼梦》就有不同理解,但是只有同一阐释社群才有交流的可能,所以在可交流的前提下,一个文本只有一个隐含作者。

其次,叙述文本必然要能被解释出一个意义,不然接收者就会拒绝解读,那么这个文本也就失去了存在的价值。当文本意义模糊时,接收者通过自己掌握的认知图式难以推断,会更注重去探究叙述文本时空的认知图式以及和叙述文本相关的其他伴随文本的图式。比如一个刻在古埃及金字塔法老墓中的石板上的故事,一开始,接收者对其象形文字的理解不完整,但是经过对象形文字的考证,接收者的理解会增强,不过其中可能会有现在看来匪夷所思的内容,必须了解古埃及的神明文化才能理解其意义,而且也才能知道这是一个神话,其他相关记载和对该神话的解读都能成为接收者理解这则神话的辅助。接收者对现代作品的接受过程有时也是如此,乔伊斯的《尤利西斯》是公认难读的小说,接收者不仅要有必备的世界图式——懂得小说《尤利西斯》和古希腊神话英雄奥德修斯的关系,而且可以根据乔伊斯生平与书中人物和情节的关系去增进理解,还要具备理解其晦涩表达的文本图式和语言图式的能力,还可以借鉴其他阐释社群对其意义的解读。

再者,对于局部隐含作者和整体隐含作者的说法,由于文本可以被阐释社群理解出相对稳定的意义,那么整体隐含作者的概念就已经足够了。文本中可能出现"对话",局部意义出现冲突,这不过是叙述文本常见的情况,不必重新定义不同的隐含作者。福克纳的小说《喧哗与骚动》，由四个人从不同视角来叙述，如果将其理解为四个局部的隐含作者，那么文本的意义也分崩离析了，正是四者结合在一起，才能让读者理解出一个完整的意义。《水浒传》有七十回本和一百二十回本，七十回本一旦从一百二十回本中分离出来，二者的区别就不仅仅是情节多少，而是形成了不同的独立的隐含作者：七十回本的隐含作者绝不是一百二十回本的局部隐含作者，七十回本的隐含作者对水浒英雄的抗争持推崇态度，而一百二十回本的隐含作者则让水浒英雄接受了招安。又如前文提到的"孪生隐含作者"，相关的叙述文本有时放在一起解读能够揭示更深刻的意义。

三、多媒介时代隐含作者的新变化

在当今时代，媒介发展日新月异，对于接收者来说，叙述文本的发送者，也就是作者已经并不神秘，作者又重新获得了关注。媒体节目中所展现的作者，给人一种"真人秀"的感觉，有的学者指出："（作者）借助媒体，他们频频出现在大众的面前，和受众一起，参与到对其文本意义的阐释、建构中。"[①]但是这个作者形象往往会经过包装，未必是作者的真实情况，而是借助真实作者的身份，达到一种偶像效应，促使观众追随作者，从而形成一条商业链。这导致接收者在阐释叙述文本时，会被诱导更多地考虑叙述文本的世界图式，而当今时代世界图式的建构受到作者本人、媒体包装、评论家推断的隐含作者等更多因素的影响。

当今的文本图式日益多样，网络接龙式小说、游戏叙述、实验戏剧等，都使文本图式更加多姿多彩，文本图式的创新在于不同媒介文本形式的互相借鉴，游戏叙述常见的多选择和重新开始在文字和影视叙述中已经不再罕见，如前文提到的《罗拉快跑》中的另叙述。电影图像可以分割画面，同时展示多个视角，而文字叙述也有对其的模仿。文本图式的创新还在于可能世界的设置越来越复杂，如穿越题材的小说，多为一个现实世界的人物进入可能世界中，其实小说中的那个"现实世界"也是一个可能世界，只是故意如此表述以引起人们的错觉而已。而且多个可能世界交叉混淆的叙述方式也受到作家青睐，单一可能世界的设置已经成为过去，比如大卫·米切尔的小说《云图》，其可能世

[①] 王立新《"作者归来"——〈百家讲坛〉与作者媒介化生存现象分析》，载《新闻界》，2007年第6期，第94—95页。

界多达六个，并且六个世界关系错综复杂。文本图式的更新使过去的叙述技巧显得陈旧，而新的叙述文本在网络的影响下不断向篇幅更精简、结构更巧妙复杂的方向发展。

当今的语言图式也越来越复杂，网络使语言的创新速度加快，而更突出的特点是图像在叙述文本中的重要性在加强，且叙述文本的媒介越来越丰富，图像、文字、声音等不同媒介也被用于同一个叙述文本。徐冰的《地书》就全由图像标志组成，却能够被解读出意义。网络上的小说在文字叙述中也常常会插入图像符号作为人物表情的拟像，如"（ˇvˇ）"代表一个笑脸，而在以图像和声音为主的影视画面中，也会像漫画一样插入一个气泡图案，在其中写上文字来表达人物没有说出口的心理感受。同时不同媒介的叙述文本之间，关系也日益紧密，电影作为各种媒介的集大成者，不仅开发了3D技术，也开始普及对接收者施加物理感触的4D技术。

认知图式是一个动态发展的概念，世界发展日新月异，艺术作品在追求创新，世界图式、文本图式和语言图式也在不断创新，同样，隐含作者也是动态发展的。接收者对文本的阐释方式更加复杂，也就使隐含作者成为一个更复杂的概念。承认隐含作者的相对稳定性和动态发展性，是能够推断隐含作者的前提。

第二节　多媒介叙述者的构成——以电影叙述者为例

文学叙述学中关于叙述者的研究已经非常成熟，叙述者是故事讲述的源头，是叙述的发出者。但是作为多媒介叙述者的电影叙述者研究至今仍有不少问题，本节主要是从认知的角度探讨电影叙述者的构成。

电影叙述学起源于20世纪80年代，在小说叙述学已经蔚为大观的情况下，不少西方学者对电影文本是否属于叙述都持犹豫态度。直觉而言，电影文本确实讲了故事，但是西方学术传统中一直强调叙述和模仿的对立，不少学者认为电影文本是模仿或展现，而不是叙述。

也有不少学者支持电影等多媒介文本属于叙述范畴的观念。普林斯所著的叙述学经典《叙述学词典》在1988年推出第一版时，对叙述的定义是："由一个或数个叙述人，对一个或数个叙述接受者，重述（recounting）一个或数个真实或虚构的事件"①,并强调了戏剧不是重述,因为是"台上正在发生的",所以戏剧不属于叙述。在2003年的新版中,叙述的定义被改为"由一个、两个或数个(或多或少显性的)叙述者,向一个、两个或数个(或多或少显性的)受述者,传达(communicate)一个或更多真实或虚构事件(作为产品或过程、对象和行为、结构和结构化)的表述"②。重述改为传达,就取消了叙述必须是"过去时"的限定,承认了文学叙述以外的多媒介叙述的合法地位。玛丽-劳尔·瑞安在2004年的《跨媒介叙述》一书中,就主要关注了非文字媒介叙述,口头叙述、戏剧、电影、游戏等都是她探讨的主要对象。③

安德烈·戈德罗(Andre Gaudreault)追溯了叙述和模仿在柏拉图和亚里士多德论述中的不同,认为叙述和模仿并不是一对彼此矛盾的概念。④ 他认为,"叙述"(柏拉图的"叙述")首先是一个"属类",包括书写叙述、舞台叙述、电影叙述,而"叙述"(亚里士多德的"叙述")和"模仿"(演示)是叙事的两种基本模式,电影叙述则是两者兼用的混合型。西摩·查特曼也认为故事性电影属于叙述这个"属类"的理由是其拥有双重的时间顺序:故事的时间顺序和话语的时间顺序,而且文学叙述中也有"演示"的成分,电影叙述中也有叙述者用声音叙述的成分。⑤

一、电影叙述者研究中的困惑解析

(一)电影叙述者不一定是"人"

由于使用媒介的不同,文学叙述中的叙述者概念,在电影叙述中颇有争议。从语言交流的角度看,叙述是一种由话语组成的事物,任何话语必然有一个发出主体,就是叙述者。叙述者既可以显身,又可以隐身,但是其必然能够被叙述文本的接收者感知或认知。电影作为一种叙述文本,因为涉及视听两种媒介,叙述方式和文学叙述大不相同。本维尼斯特认为,电影中的事件是自我

---

① Prince G. *A Dictionary of Narratology*. Scolar Press,1988,p. 58
② 杰拉德·普林斯《叙述学词典》,乔国强、李孝弟译,上海译文出版社,2011年,第136页。
③ Ryan, M-L, et al, (eds). *Narrative Across Media*:*The Language of Storytelling*. University of Nebraska Press,2004.
④ 安德烈·戈德罗《从文学到影片:叙事体系》,刘云舟译,商务印书馆,2010年,第46页。
⑤ 西摩·查特曼《用声音叙述的电影的新动向》,参见戴维·赫尔曼《新叙事学》,马海良译,北京大学出版社,2002年,第208页。

呈现的，无须追究故事的叙述者。波德维尔在《电影叙事——剧情片中的叙事活动》中从观众认知的角度出发，认为研究隐含作者和叙述者的概念毫无必要，因为影片的意义是观众构建的，而不是去解码。不少学者认为这种做法会过分专注于观众的生理反应和认知过程，弱化对种族、阶级等方面的文化分析。西摩·查特曼就针对波德维尔的理论提出反对意见，指出即使电影被认为是一个待解码的"组织"，那么这个"组织"也是由某人或某物提供的，断然否定叙述者的存在显然是不合理的。

罗·伯戈因说叙述者问题是电影叙述中最令人畏惧的问题。一是当电影"自我呈现"时，是否有叙述者这样的发出者？二是如果有，叙述者的叙述功能如何体现？他提出，"非人称叙述"是电影叙述的一个重要模式，叙述者的概念是否必要取决于讲述故事的机能，而非叙述者是否像个"人"。电影看起来具有自我呈现的特点，其实是"非人称叙述"。"人称的实质是叙事角色与其所叙故事之间的关系，也就是叙事角色站在什么位置讲述故事。"① 叙述者可以在故事中，也可以在故事外。"在电影中，有人称的叙事活动总是被封闭在非人称的通容性表述中。……有人称的、作为角色的叙事者的表述并未构成本文的整体，或影响它的每一个细节；而是起着一种有限的、独立的作用，这种作用被包括在普通电影叙事者的框架性表述之内。"② 这个看法得到了很多学者的认同，因为文学叙述的第三人称叙述中，也有因冷静旁观而被称为"摄像机式"的隐身旁观型叙述者，但是这并没有改变叙述者"讲述故事，成为阅读活动中介"的机能。

（二）电影叙述者不仅仅是"声音"

声音进入电影领域，最初遭到了不少学者的抵制。1938年，鲁道夫·阿恩海姆就曾说声音不怀好意地搞乱了电影。匈牙利电影理论家巴拉兹也说有声片的出现是一场灾祸。但是对观众来说，声音的加入是令人兴奋的，声音增强了电影的真实感，丰富了画面的表现力。在无声电影流行的阶段，剧情的衔接往往需要字幕或专门的解说员。学者们都承认无声电影阶段的字幕和解说员作

---

① 于丽娜《叙述位置与叙述立场——中国电影叙事角度研究》，中国艺术研究院博士学位论文，2015年，第7页。
② 罗·伯戈因《电影的叙事者：非人称叙事的逻辑学和语用学》，王义国译，载《世界电影》，1991年第3期，第4页。

为叙述者的功能，因为这些叙述者有明显的存在感。有声电影最初出现时，声音作为叙述者的身份出现也非常普遍，拒绝电影叙述者概念的波德维尔也承认"叙述者声音"，即作为声音的叙述者。

安德烈·戈德罗认为，当影像被无声的叙述控制时，文学叙述学中热奈特对叙述者和视角进行的"谁在说""谁在看"的区分在电影中不能直接使用，只有当用画外音讲述故事时才能视情况使用。"小说叙述者讲述整个故事，是整个阅读活动的中介。……但是在电影里，叙述者的存在只是在他说话时才能被感觉到。"① 电影叙述者的概念虽然颇有争议，但是众学者对"谁说"这种声音叙述者都是比较认可的。

这也是学者们由于文学叙述学中将叙述者定义为"人"所受的影响。声音叙述者不管是画内音还是画外音，叙述者一定是一个显身的"人"，至少声音"显身"了，这减少了很多学者的困惑。但是电影毕竟是视听双重文本，声音叙述者都是局部存在的，不可能统领全部文本，所以只可能是一个次级叙述者。只要承认电影是叙述文本，那么电影叙述者就不可能只是声音叙述者。正如查特曼所说，电影叙述者不仅仅可以用"声音"表达自己，而且是象征材料来源或发出者的编码过程。

二、电影最高叙述者——框架叙述者

前文提到，电影文本的最高叙述者概念之所以令人疑惑，是因为大多数电影的最高叙述者都是"非人称化"的、是隐身的。而且电影有种"自我呈现"的特点，令人对电影是否有发出者感到困惑。电影的声音叙述者是显身的，但是不可能是统领整个文本的最高叙述者。一旦确定了电影不是一种像真实世界一样的自我呈现，而是经过制作剪辑等加工过程的文本，需要有一个叙述者，且这个叙述者不一定会显身，那么接下来要讨论的问题就是：电影的最高叙述者的特点是什么？

电影叙述学中的叙述者概念最早可追溯到阿尔贝·拉费提出的"大影像师"："一个虚构的和不可见的人物，（影片的导演和工作人员）创作的作品使

---

① 参见西摩·查特曼《用声音叙述的电影的新动向》，参见戴维·赫尔曼《新叙事学》，马海良译，北京大学出版社，2002年。

其诞生，这一人物在我们的背后为我们一页页地翻动相册（即影片），用隐蔽的手指将我们的注意力引向某个细节，悄悄地为我们提供必要的信息，特别是赋予画面的展现以节奏。"① 这一看法得到了很多学者的认可。克里斯蒂安·麦茨在《电影语言：电影符号学》中也认为电影叙述者类似于戏剧中的司仪，是"大形象师"。从这些学者的研究可以看出，他们还是把电影的最高叙述者设定成一个"拟人格"的叙述者。

据前文，罗·伯戈因已经提出电影最高叙述者是一个"框架性表述"。西摩·查特曼提出，电影是呈现②（Presented）出来的，有时局部是由一位或多位叙述者讲述（Told）出来的。实施呈现的这一"总代理"，就是"电影叙述者"，是"非人化的叙述代理"，即本书所说的"电影最高叙述者"。可以看出，学者们从电影最高叙述者是否是一个"拟人格"的问题出发，渐渐推进到认为电影最高叙述者可以是"非人格"的存在，不一定要模仿文学叙述学的设定，把叙述者假设成一个人。

安德烈·戈德罗总结发扬了拉费的观点，提出："'他'（大影像师）是一个不可见的虚构人物，'他'不是导演，也不是任何摄制人员，而是这一集体的创造物。"③ 戈德罗从"拟人格"的看法出发，逐渐认识到电影的最高叙述者是一种叙述者机制，类似文学叙述学中的隐身叙述者，但是不再强调电影叙述者的"人格化"。其他局部叙述者，如画外音叙述者这种显身叙述者，都是位于最高叙述者之下的次级叙述者。

赵毅衡提出，叙述者在不同体裁中呈现为二象形态："有时候是具有个性的个人或人物，有时候呈现为叙述框架。"④ 电影的源头叙述者就是框架叙述者，是一种指令呈现者。承认电影最高叙述者是一个框架叙述者，既可以厘清关于电影叙述者是否存在等问题，也有利于继续分析电影的次级叙述者的构成情况。

---

① 安德烈·戈德罗《从文学到影片：叙事体系》，刘云舟译，商务印书馆，2010年，第23页。
② 西摩·查特曼《术语评论：小说与电影的叙事修辞学》，徐强译，中国人民大学出版社，2016年，第154页。
③ 刘云舟《电影叙事学研究》，北京联合出版公司，2014年，第83页。
④ 赵毅衡《广义叙述学》，四川大学出版社，2013年，第92页。

三、电影次级叙述者的构成

(一) 电影次级叙述者研究综述

讨论电影框架叙述者之下的次级叙述者,很多学者都感到为难。西摩·查特曼认为电影次级叙述者是"极大、极具复杂变化性的交流策略之组合"[①]。他画了一张图,但是也强调并不敢说这张图是完整的,他画这张图是为了证明电影叙述者的复杂性。很明显,他认为次级叙述者活动遍及电影文本的各个方面(见图2-1)。

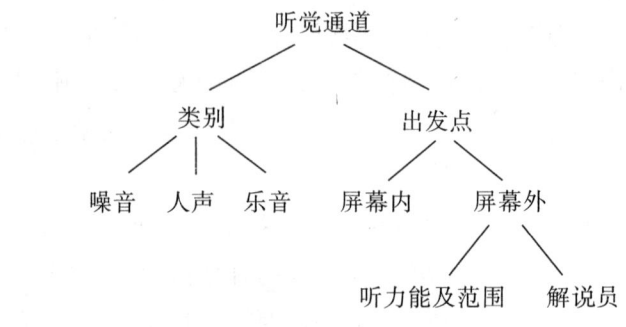

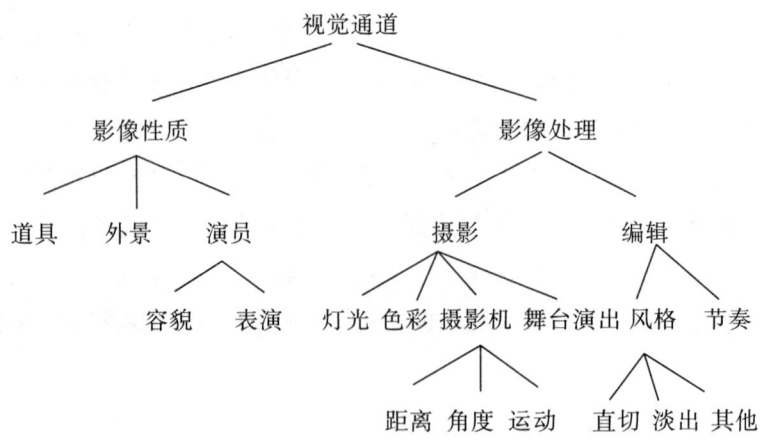

图2-1 西摩·查特曼的电影次级叙述者一览图

根据图2-1可以看出,查特曼依据媒介将电影次级叙述者分为听觉和视

---

① 西摩·查特曼《术语评论:小说与电影的叙事修辞学》,徐强译,中国人民大学出版社,2016年,第155页。

觉两大部分，然后又列出了每种媒介下涉及的电影视听语言的各个方面，认为电影叙述者的探讨是这些变量以及其他甚至查特曼没列出的变量的总和。这张图内容固然丰富，但是因为过于繁杂和零散，很多学者都望而却步。

安德烈·戈德罗认为，影片的叙述机制包括展示和叙述两个层面，他认为这两个层面都被统摄在非人称化的影片大叙述者之下。镜头的演示层面生成了原初的叙述自主性，主要由画格组成镜头，形成了展示这种电影独特的初级叙述机制，戈德罗称之为"演示者"。剪辑形成的蒙太奇使镜头和镜头组合，形成了叙述又一层的加工，戈德罗称之为"叙述者"，具体见图 2-2①。其实这两者都是次级叙述者，戈德罗是根据他们的时间承续关系分类的。罗·伯戈因认为这种分法很有启发性，但电影文本是一个合成体，这会造成"摄影技巧和剪辑的僵硬分离"，并不利于对电影次级叙述者的分析。

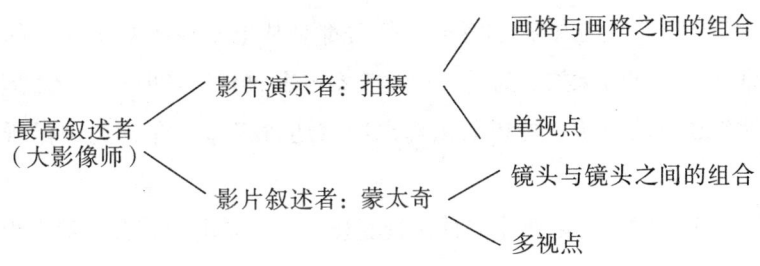

图 2-2　安德烈·戈德罗的电影叙述者图

电影研究一般认为电影运用了五种表现材料：画面、音响、话语、文字、音乐。戈德罗和若斯特虽然未讨论具体的次级叙述者构成，但是他们认为次级叙述者都是通过这五种渠道进行叙述的。他们也提到，安德烈·加尔迪将次级叙述者分为三类："图像的责任人、言语的责任人、音乐的责任人。"②戈德罗和若斯特在《什么是电影叙事学》中指出有声电影是一种视听的双重叙述。"画面和声音叙述各自关联着画面叙述主体和声音叙述主体，而画面叙述者和声音叙述者都归属于大叙述者（大影像师）。一部影片里出场的所有叙述者其

---

① 安德烈·戈德罗，弗朗索瓦·若斯特《什么是电影叙事学》，刘云舟译，商务印书馆，2005年，第 73 页。
② 安德烈·戈德罗，弗朗索瓦·若斯特《什么是电影叙事学》，刘云舟译，商务印书馆，2005年，第 72 页。

实只是一些代理叙述者,一些第二叙述者,他们所从事的活动都是'次叙述'。"①

在接下来的讨论中,戈德罗和若斯特从话语、书写与画面、声音与画面三个方面讨论了次级叙述者的构成。实际上,"话语"这个部分讨论的是无声电影时期的解说员叙述者,"书写与画面"这个部分讨论的是字幕叙述者,"声音与画面"这个部分讨论的是有声电影时期的声音叙述者,即画外音叙述者和画内音叙述者。所以,戈德罗和若斯特讨论的次级叙述者是字幕叙述者和声音叙述者,只讨论了画面和这三种叙述者的配合,并没有讨论画面本身是否能够作为叙述者,也没有讨论不包含人类话语的音响或音乐是否能作为叙述者。

(二)电影次级叙述者的构成——从是否包含"语言文字"的角度进行分类

不少学者在讨论电影叙述者的功能时都是从电影视听双重媒介的角度出发,分别从视觉和听觉加以讨论。但是考察电影媒介的发展史以及发展过程中学者们对叙述者的讨论,可以看出对电影叙述者仅从媒介分类进行研究意义不大。

在无声电影时代,电影主要使用视觉媒介,但是电影解说员和电影字幕很流行。戈德罗提到,1908年美国《电影世界》曾声称如果电影没有解说员的讲解,那么当时放映的五十部电影中只有一部能被观众恰当地理解。这可能有些夸张,但是当时的确存在同一部电影,由于解说员不同导致观众看到的剧情不一致这样的趣闻。② 这说明一个问题:仅仅靠画面叙述,电影表意的模糊性是很大的。字幕出现之后,解说员才渐渐消失。这说明语言文字在意义表达方面对电影影响很大,不管是语音形式的,还是文字形式的。当有声电影出现之后,解说员这个职业不再存在,字幕也不再处于衔接剧情的重要地位。画面和声音共同作用于意义的产生,同故事或异故事的声音叙述者成为被学者广泛认同的叙述者,当然现在学者们也克服了对画面仿佛是自行展示的状态的困惑感,逐渐认同非人称化的框架叙述者的存在。

---

① 吴迎君《结构主义电影叙述学》,四川大学出版社,2013年,第86页。
② 刘勇《黑暗中的声音:作为叙述者的电影解说员》,载《符号与传媒》,2017年第15辑,第208页。

第二章 叙述文本中主体的认知策略

从电影发展的趋势来看，很明显，叙述者包含语言文字的层面与不包含语言文字的层面对电影意义的理解作用不一。从这个角度分类讨论，更有利于对叙述者产生深刻认识。有的学者指出，电影主要诉诸感官知觉的符号，如视觉符号和听觉符号，但是语言文字符号则弥补了感官知觉符号中难以表达的抽象的部分，"电影研究应该对三者关系进行新的思考"①。

从认知科学的研究来看，真实世界中的意义交际分为语言交际和语言外交际，两者是共同作用的。② 电影文本首先是一种由发送者（叙述者）到接收者（受述者）的意义交际过程，其次，电影文本和文学文本的最大不同点就在于前者有多媒介叙述，除了视听双重媒介，现在的 3D 电影还增强了视觉媒介的真实感，4D 电影甚至包括了触觉媒介和嗅觉媒介，已经包含了真实世界中人类五感中的四感，5D 电影也在开发普及过程中，所以电影文本的意义交际过程已经更接近真实世界的意义交际过程了。因此，从是否包含语言文字层面进行分类，更符合电影文本的实际情况，也更符合人类认知的规律。

如果从是否包含语言文字的角度来进行分类，那么这两者都同时包含视觉媒介和听觉媒介的一些表达方式。语言文字层面的叙述者既包含视觉媒介的字幕，又包含听觉媒介的人声。非语言文字层面的叙述者既包含视觉媒介的镜头和蒙太奇，又包含听觉媒介的音响、音乐，演员的不同语调、音色、语速；在 4D 电影中，也包含触觉媒介、嗅觉媒介的叙述者（如图 2-3 所示）。

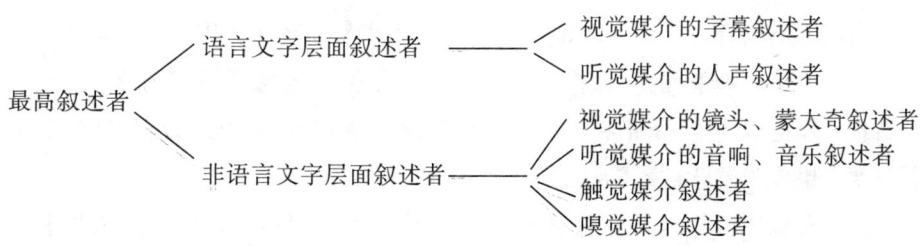

图 2-3　由是否包含语言文字的角度对最高叙述者的分类

---

① 马睿《走出定式与盲点：电影符号学研究什么》，载《符号与传媒》，2016 年第 13 辑，第 80 页。

② 布鲁诺·G. 巴拉《认知语用学：交际的心智过程》，范振强译，浙江大学出版社，2013 年，第 18 页。

1. 语言文字层面的叙述者

涉及语言文字层面的叙述者有以下几种：视觉媒介的字幕叙述者、听觉媒介的人声叙述者及早期的电影解说员，也就是戈德罗和若斯特论述过的次级叙述者。由于电影解说员已经成为历史陈迹，因此这里只论述有声电影涉及的前两种叙述者。需要指明的是，并非所有的字幕和人声都是叙述者，只有符合叙述定义要求的才是叙述者。这两种叙述者也是学者在探讨电影叙述者时首先承认的叙述者，因为这两者都是显身叙述者，比较明显；当然这也是由语言文字表意清晰的特性导致的。

字幕叙述者常见于电影的开头或结尾部分，有时也会出现在中间部分。比如系列电影《星球大战》，开头都会有字幕简单讲解故事背景以及前面几部的剧情，帮助观众迅速进入情境。《血战钢锯岭》在片尾字幕介绍了影片人物原型，传奇故事中的人物居然是真实存在的，虚构映照着现实，不少观众都说在结尾看到这一幕不禁潸然泪下、感动不已。电影《秋菊打官司》，在女主人公秋菊打官司的过程中，字幕依次显示了"乡""县""市"，体现了秋菊不甘示弱，一级一级向上打官司的倔强性格。

人声叙述者在现代电影中更常见，电影《我不是潘金莲》的开头，一个男声先讲了宋代潘金莲的故事，又将其引入这部影片的故事中。影片中间，男声旁白又不断解释女主人公李雪莲的心理动机，补充故事信息。这个异故事叙述者模仿了中国古代说书人的传统，使观众和故事拉开了距离。电影《芳华》里的同故事叙述者萧穗子，则是靠语音叙述来补充人物心理动机，评论事件。

演员的不同音调、音色、语速也能辅助人声叙述者起作用，比如电影《让子弹飞》中，汤师爷问："那你是想站着，还是想挣钱啊？"张麻子答："我是想站着，还把钱挣了。"张麻子的"站着"是一个重音，展现出一种坚定的人生态度，也成为解读这部影片意义的一个灵魂指向。

这两种叙述者都是显身叙述者，不管是异故事叙述者，还是同故事叙述者，因为语言文字叙述者在电影叙述文本中不会占有主要地位，所以这两种叙述者除了补充故事信息，主要的功能是叙述干预和叙述评论，阐明叙述者对被叙述事件或人物的态度，或者解释叙述是如何进行的。比如《芳华》中萧穗子对刘峰和林丁丁事件的评价，说因为刘峰是一个"活雷锋"，一个不食人间烟火味的人，才让林丁丁感到惊悚、恶心、辜负。通观整部影片，林丁丁可以让张医生、吴干事抱，但怕别人说她腐蚀活雷锋，她有不少爱慕权钱、明哲保身的心理动机，并非萧穗子所说的仅仅是一个心理感受问题。如果是这样，何小萍又为何一直希望刘峰能给她一个温暖的拥抱？叙述者的评价仅仅是叙述者的态度，并不能代表影片想表达的意义，这也正是不可靠叙述之所在。此外，很多纪录片也会有人声叙述者阐述影片拍摄的进程。

2. 非语言文字层面的叙述者

非语言文字层面的叙述者既包含视觉媒介的镜头和蒙太奇叙述者，又包含听觉媒介的音响、音乐叙述者，4D电影中的触觉媒介叙述者、嗅觉媒介叙述者。认知科学研究也表明，语言外交际主要是联想性的，往往要靠语言和语境的关联来进行推断，才能比较清晰地表意。

在戈德罗和若斯特的视野里，视觉媒介的镜头和蒙太奇在叙述中的功能是不同的，镜头主要是展示，蒙太奇主要是后期加工叙述。在关于次级叙述者的讨论中，他们并未专门谈到镜头和蒙太奇是否能作为叙述者。镜头和蒙太奇形成的画面是可以叙述的，电影的大部分叙述都是通过画面进行的，即使是早期的无声电影，解说员和字幕也是附属于画面叙述的。《阳光灿烂的日子》里，画面是马小军和刘忆苦打架，人声叙述者是很多年后的马小军，他说："千万别信这个，我从来就没这么勇敢过。"这是很多分析不可靠叙述的学者都提到过的一个例子。这也说明，画面的叙述和人声的叙述产生了矛盾。那么，必须承认画面的叙述作用。画面叙述者表意虽然在表意媒介中占有重要作用，基本能够贯穿电影始终，但语言文字叙述者和非语言文字叙述者中的声音叙述者、触觉媒介叙述者都是局部存在的。

镜头本身就是有叙述性的，仰视镜头一般用来表示对人物的尊重，模糊晃动的镜头常用来表示人物内心受到冲击，比如《疯狂的石头》中主人公包世宏知道翡翠被偷后内心极为震惊混乱，画面定格、加速，出现大片的红色、奔跑的马匹等，隐喻着包世宏奔马般的思绪以及惊惧混乱的感觉。再比如为人所津津乐道的《我不是潘金莲》中的三种画幅，圆形画幅代表女主人公李雪莲内心的封闭，方形画幅代表官员们的方正，结尾处的长方形画幅代表李雪莲终于内心开阔，追求新的生活了。《我不是潘金莲》的景别一般采用中景，和画外音男声叙述共同构成了冷静旁观的叙述风格。镜头的其他特质也有叙述作用，比如经典电影《公民凯恩》，当小凯恩的父母在讨论离婚事宜，决定小凯恩的未来时，小凯恩正在景深里快乐地玩耍，这个镜头体现了对小凯恩强烈的怜悯。镜头的光影色彩也常常会参与叙述，比如电影《辛德勒名单》，灰暗的场景中，穿红衣服的小女孩代表着生机。但是总体来说，画面叙述一般都是联想性的，不如语言文字类叙述者表意清晰，前者常常需要受述者去意会，受述者也常会产生不尽相同的看法，这也是画面叙述的魅力所在。

电影主要靠蒙太奇结构表意，蒙太奇和文学叙述中设计情节结构类似，比如顺叙、插叙、倒叙，能够进行时间变形、空间重组，并且在对话、字幕叙述者、人声叙述者等其他因素的帮助下承担影片的主要表意任务。韩国导演金基德的电影对白很少，有的电影甚至一句台词都没有，也没有字幕，比如《莫比乌斯》。但是在有声电影时代，电影脱离了语言文字叙述者以及对话，想尽量清晰地表意，主要的叙述力量就是视觉蒙太奇，同时仍然需要借助语境比如音响、音乐来表意。尽管如此，很多观众仍然表示《莫比乌斯》这部电影的意义很模糊、很难懂，声称看懂的人互相之间也会彼此争论。总之，蒙太奇叙述者的表现方法有很多种，每部电影都会用到很多蒙太奇组合。

一般学者认为电影中的声音符号包括话语、音响（自然音响和人工音效）、音乐三种。人声叙述者前文已经讨论过了，属于非语言文字类的声音叙述者主要是音响叙述者和音效叙述者。这两者也同样有着表意模糊、注重联想的特点。

音响可以增强影视时空的真实感、运动感、纵深感，扩大信息容量，也是增强影视时空形式美的一个重要方面。音响作为叙述者，会对升华主题起到辅助作用。比如《肖申克的救赎》中，男主人公安迪在为了逃狱砸开地下管道时，趁着雷雨天气中的雷声遮掩砸管道的声音，这是拟真；但这也似乎暗示着上帝对安迪所作所为的认可和支持。

影视音乐已经成为影视美学的一个重要课题，影视音乐与影视故事相辅相成，常常可以彼此成就。音乐在渲染气氛、深化主题、抒发感情等方面都有重要作用。再以《肖申克的救赎》为例，男主人公安迪在狱中为自己和狱友多次播放歌剧《费加罗的婚礼》，展示出安迪对自由永不放弃的追求，安迪的朋友瑞德后来也说过："这些声音直插云霄，飞得比任何一个人敢想的梦还要遥远。就像一些美丽的鸟儿扑扇着翅膀来到我们的褐色牢笼，让那些墙壁消失得无影无踪。就在那一刹那，鲨堡监狱的每一个人都感到了自由。"

4D电影中的触觉媒介叙述者和嗅觉媒介叙述者主要体现在影院座椅等空间设置上。很多动作电影都有4D版本,在电影播放的时刻,观念可以同步模仿主人公的经历,比如主人公在骑马,观众的座椅就会随之上下晃动;电影中下雨,影院就会洒水,给观众更真实的体验,故事突破了虚构的时空进入现实。4D电影中的嗅觉媒介叙述者目前还不常见,但也确实存在。《非常小特工之时间大盗》上映时,给观众每人发了一张"数字气味卡",观众根据电影提示的数字,摩擦卡片上的数字,就可以闻到相应的气味,和电影中的主人公共同感受空间环境。以上两种叙述者在叙述学上还未被好好讨论过,触觉媒介叙述者和嗅觉媒介叙述者是影片和影院机制共同作用的,主要起到的还是叙述评论作用,能够让观众更真实地理解电影。

纵观电影叙述者研究,大多数学者的讨论集中在电影最高叙述者的样态上,对电影次级叙述者的分类研究还比较少,研究也往往将其按照视听媒介进行分类。但是考察电影次级叙述者的作用,按照是否属于语言文字进行分类显然更合理。

第三节 从认知图式推求不可靠叙述的判断原则

一、经典叙述学及修辞学叙述学视野下的不可靠叙述

"不可靠叙述"(Unreliable Narration)的概念是韦恩·布思于1961年在《小说修辞学》中提出的,和不可靠叙述关系紧密的另一个概念就是"隐含作者"。布思说:"我把按照作品规范(即隐含作者的规范)说话和行动的叙述者称为可靠叙述者,反之称为不可靠叙述者。"[①] 这个定义很明确地指出了叙述是否可靠,要以隐含作者的规范作为依据。

不可靠叙述概念一出世,就成为众相议论的热门话题。一直以来学者们对不可靠的看法争议颇多,和隐含作者这个概念争议颇多有很大关系。布思对隐含作者的定义有两面性,他不但将隐含作者视为作者的"第二自我",同时也认为它是读者推导出来的。叙述学界对这个概念一直都有争议,导致不可靠叙

---

① Booth, W. *The Rhetoric of Fiction*. University of Chicago Press, 1961, p.58.

述概念也随之摇摆。提出判断不可靠叙述的认知方法的安斯加·纽宁就认为隐含作者本身就是个"模糊不清的'万能'批评术语"[①]，所以他才提出了认知方法。

布思主要研究了两类不可靠叙述，一类是事实的不可靠，另一类是价值判断的不可靠。前者指叙述者叙述的事件前后不一致或与文本中的事实不符，后者指叙述者在价值判断时出现了偏差。布思的学生詹姆斯·费伦发展了布思的理论。他在布思总结的两大类型或者是两大轴（事实/事件轴和价值/判断轴）的基础上，增加了第三大轴：知识/感知轴[②]，指叙述者对事件、人物、事实等的认识或感知不可靠，并根据这三个轴列出了六种不可靠叙述：事实/事件轴——错误报道/不充分报道，价值/判断轴——错误判断/不充分判断，知识/感知轴——错误解读/不充分解读。费伦指出，这三个轴之间可能会出现对照关系，比如在一个轴上可靠，在另一个轴上不可靠。申丹指出，这三个轴"在有的情况下会构成因果关系"[③]，比如知识/感知轴的不可靠会导致价值/判断轴的不可靠。费伦总结了不可靠叙述的一些特点：第一，在报道、解读、判断这三条轴上产生的不可靠叙述经常可以互为因果；第二，叙述者在叙述过程中，并不总是可靠或不可靠，可能会有时可靠，有时不可靠；第三，不可靠类型在"错误"和"不完全"两类之间有时难以分辨。[④]费伦还专门讨论了第一人称叙述不可靠的问题，认为布思在讨论第一人称叙述时没有考虑到这里的"我"有时是叙述者，有时是人物，对待这种情形要认真分辨后再讨论。

申丹发展了不可靠叙述的概念，指出人物也可能不可靠，即将人物的所作所为和隐含作者进行对比。[⑤] 申丹举了《红楼梦》中刘姥姥到大观园第一次看到西洋钟的那段文字，刘姥姥不认识西洋钟，看着觉得是一个匣子下面挂着一个秤砣，还会响。书中这段话用了刘姥姥的视角、全知叙述者叙述，申丹认为

---

① 安斯加·纽宁《重构不可靠叙述概念：认知方法与修辞方法的综合》，詹姆斯·费伦等《当代叙事理论指南》，申丹、马海育、宁一中译，北京大学出版社，2007年，第84页。

② Phelan, J. *Living to Tell about It*, Ithaca: Cornell University Press, 2005, pp. 149—153; Phelan, J and Martin, M. "The Lessons of Waymouth.: Homodiegesis, Unreliability, Ethics and The Remains of the Day", in Herman, D ed, *Narratologies*, Ohio State University Press, 1999, pp. 191—196.

③ 申丹《何为"隐含作者"》，载《北京大学学报》（哲学社会科学版），2008年第2期，第138页。

④ Phelan, J. *Living to Tell about It*. Cornell University Press, 2005, pp. 149—53.

⑤ 申丹《何为"隐含作者"》，载《北京大学学报》（哲学社会科学版），2008年第2期，第141页。

这时叙述者是可靠的，但是人物眼光不可靠，所以这是一种人物不可靠。她也指出，人物不可靠通常出现在第三人称叙述中，而研究不可靠叙述的学者们更多地关注第一人称叙述，这对不可靠叙述是一种有益补充。

还有一些学者虽然认同不可靠叙述的存在，但是他们并不认同或者没有弄清布思开创的判断标准。比如丹尼尔·施瓦茨（Daniel Schwarz）在评论费伦提到的石黑一雄小说《长日将尽》中的不可靠叙述时，就提出了反对意见。[①]费伦认为小说中以第一人称叙述出现的史蒂文斯谈论他以前的同事肯顿小姐时，只从工作的角度谈起，没有说起自己对她的感情，这可能是事实/事件轴的不可靠，因为没有进行充分报道，也可能是知识/感知轴的不可靠，因为他可能自己也没意识到自己的感情和他对肯顿小姐的认识之间的关系。施瓦茨则认为史蒂文斯并没有不可靠，因为他没有说谎。说史蒂文斯没说谎当然有可能，但是这不是判断不可靠叙述的标准。判断不可靠叙述要考察叙述者和隐含作者的关系，而不是考察叙述者本身是否诚实，自己是否觉得自己可靠。史蒂文斯究竟是不是可靠的叙述者，取决于隐含作者是否认为他刻意隐瞒了信息，是否应该为失去肯顿小姐遗憾悔恨。纽宁认为史蒂文斯之所以这样，是他的"幻觉和自我欺骗"[②]，因此他是可靠的叙述者。其实恰好相反，如果这是史蒂文斯的自我欺骗，那么正说明了他是不可靠叙述者，因为他违背了隐含作者实际想说的意义：他应该感到悔恨。

关于不可靠叙述的另一大争议在于纪实性叙述，比如新闻会不会不可靠。申丹认为如果纪实叙述掺杂了虚构成分，叙述的不是客观事实，就不可靠。这种所谓的不可靠，赵毅衡称之为"不真实"[③]。从不可靠叙述判断标准来看，申丹这种判断是将叙述者叙述的事实和文本接收者所在世界的事实进行对比得出的，实际上已经不是布思的标准了。纪实性叙述的叙述者撒谎是可能的，但是纪实性叙述的体裁决定了它说的必须是实在世界的事实，体裁规定它的隐含作者说的必须是事实，叙述者也要和其一致。所以如果我们坚持布思的判断标

---

① Schwarz, D. "Performative Saying and the Ethics of Reading: Adam Zachary Newton's Narrative Ethics", *Narrative* 5, 1997, p.197.

② Nünning, A. *Unreliable, Compared to What? Towards a Cognitive Theory of Unreliable Narration: Prolegomena and Hypotheses.* Transcending Boundries: Narratology in Context, Grunzweig, W., Solbach, A. ed, Gunther Narr Verlag, 1999, p.159.

③ 赵毅衡《广义叙述学》，四川大学出版社，2013年，第235页。

准，那么纪实性叙述只可能"不真实"，而不可能"不可靠"。

二、认知叙述学家对不可靠叙述的讨论

（一）塔玛·雅克比对不可靠叙述的研究

塔玛·雅克比（Tamar Yacobi）开创了从认知角度考察不可靠叙述的先河，她的开创之作《论交流中虚构叙述可靠性问题》（*Fictional Reliability as a Communicative Problem*）[①] 第一次从读者（文本接收者）的角度考察了不可靠叙述。接下来，她在论文《作者的修辞、叙述（不）可靠性、多样的解读：以托尔斯泰的〈克莱采奏鸣曲〉为例》（"Authorial Rhetoric, Narratorial (Un) Reliability, Divergent Readings: Tolstoy's 'Kreutzer Sonata'"）一文中提出了判断不可靠叙述的五种阅读机制[②]：一是关于存在的机制，将不可靠归因于虚构世界偏离现实的可能性，如托尔斯泰的《克莱采奏鸣曲》，叙述者说他的婚姻危机具备代表性，如果符合叙述文本的虚构世界中的现实，那么就是可靠的，否则就是不可靠。又如童话故事、科幻小说，甚至卡夫卡的《变形记》，雅克比以叙述文本和实在世界做比较来判断是否可靠。可以看出，前者符合不可靠叙述的定义，后者却不符合。二是功能机制，雅克比将不可靠机制归因于作品的功能和目的。三是文类原则，雅克比将不可靠机制归因于文类特点。四是关于视角的原则，雅克比将不可靠机制归因于读者（文本接收者）的认知。五是创作机制，雅克比将不可靠原则归因于作者的疏忽或者意识形态等问题。

总体考察雅克比的研究，可知她的第一种判断标准有一半并非不可靠叙述。她的第二种、第三种判断标准分别从作品主题和文本体裁出发，这种标准很模糊，并不能作为判断不可靠叙述的绝对标准。她的第四种判断原则完全依赖文本接收者，是认知的看法，但是并不完全可取，不少学者都提出判断不可靠叙述的认知方法如果将判断标准完全归于文本接收者，那么文本阐释就千差

[①] Yacobi, T. "Fictional Reliability as a Communicative Problem", *Poetics Today* 2, 1981, p. 113.

[②] Yacobi, T. "Authorial Rhetoric, Narratorial (Un) Reliability, Divergent Readings: Tolstoy's 'Kreutzer Sonata'", Phelan, J, Rabinowitz, P. ed. *A Companion to Narrative Theory*. Blackwell, 2005, pp. 108—123.

万别，没办法判断到底是不是不可靠叙述了。她的第五种判断标准干脆将原因归于作者，这当然有可能，但是未免难以考察，也无法真正作为标准来使用，因为从本书上一节的讨论也能看出，文本阐释不能说和作者完全无关，但又不可能完全取决于作者。

（二）安斯加·纽宁和薇拉·纽宁对不可靠叙述的研究

安斯加·纽宁近年来一直致力于不可靠叙述研究，影响很大。他受到雅克比的影响，也从文本接收者出发来讨论如何判断不可靠叙述。他认为隐含作者的概念模糊不清，所以干脆釜底抽薪，重新设定了不可靠叙述的概念："不可靠不是相对于隐含作者的范式和价值而言的，而是相对于读者或批评家对世界的概念知识而言的。"[①] 纽宁认为要从文本接收者的角度研究如何判断不可靠叙述，就要研究文本接收者的认知框架，于是他为文本接收者设立了十种判断不可靠叙述的认知框架："（1）一般的世界知识；（2）历史世界模型与文化符码；（3）显性的人格化理论与隐性的心理整合和人类行为模型；（4）对特定时期的社会、道德、语言规范的了解；（5）读者个人的知识、心理特征；（6）一般的文学规约；（7）文类规约与模型；（8）文类与文体框架的范式；（9）参照前文本的互文框架；（10）具体文本所建立的结构与范式。"[②] 这十种认知框架也即不可靠叙述的判断标准完全依赖于文本接收者的知识结构。正如不少学者批判的那样，这会导致各种各样的判断，最终反而失去了判断标准。安斯加·纽宁以纳博科夫的小说《洛丽塔》为例，认为如果文本接收者认同叙述者亨伯特这位"幼女的骚扰者"，那么就不会觉得亨伯特的叙述不可靠；如果文本接收者不认同亨伯特，那么就会觉得亨伯特不可靠。这种判断看似合理，但是这么说和没说一样，实际上也违背了安斯加·纽宁自己关于文化、人类行为模型、特定时期社会道德的认知框架。这种完全依赖文本接收者自由判断的标准

[①] Nünning, A. *Unreliable, Compared to What? Towards a Cognitive Theory of Unreliable Narration: Prolegomena and Hypotheses. Transcending Boundries: Narratology in Context*, Grunzweig, W., Solbach, A. ed, Gunther Narr Verlag, 1999, p.70.

[②] Nünning, A. *Unreliable, Compared to What? Towards a Cognitive Theory of Unreliable Narration: Prolegomena and Hypotheses. Transcending Boundries: Narratology in Context*, Grunzweig, W., Solbach, A. ed, Gunther Narr Verlag, 1999, pp.67—68；中文翻译转引自：尚必武《对修辞方法的挑战与整合——"不可靠叙述"研究的认知方法述评》，载《国外文学》，2010年第1期，第13页。

其实是个无底洞。

安斯加·纽宁的伴侣薇拉·纽宁（Vera Nünning）[1]从另一个角度切入了这个问题，她在《不可靠叙述与历史上价值与规约的多变性：以〈威克菲尔德牧师传〉为文化－历史叙述学研究案例》（"Unreliable Narration and the Historical Variability of Values and Norms: The 'Vicar of Wakefield' as a Test Case of a Cultural-Historical Narratology"）一文中考察了同一部作品在不同的历史时期如何由可靠变为不可靠。薇拉·纽宁认为只有综合考察意义建构时的历史情境和文本创作时期的历史情境，才能分析不可靠叙述。这是一种修辞叙述学立场，实际上反驳了以安斯加·纽宁为代表的认知立场。

之后安斯加·纽宁也反思了这种完全依赖读者的做法，于是折中提出了"认知－修辞"方法。他指出，判断不可靠叙述者要靠一些认知模式和"观察者心里的构思图式（Conceptual Schema）"[2]，即"（1）所有那些被称为'常识'的观念；（2）某种特定文化衡量正常心理行为的那些标准；（3）关于语言规范的某种认识；（4）文化所认可的道德和伦理标准"[3]。

申丹认为这种"认知－修辞"方法实际上也是徒劳的，修辞立场和认知立场本质上是对立的，一个以隐含作者为标准，另一个以文本接收者为标准，二者无法调和，所谓"认知－修辞"方法不过是安斯加·纽宁对修辞立场的妥协。申丹对如何判断不可靠叙述提出了两个要件："其一是解读叙述者的话语，其二是脱开或超越叙述者的话语来推断事情的本来面目，或推断什么才构成正确的判断。"[4]

通过对不可靠叙述的修辞方法和认知方法进行考察，我们可以看出，二者的矛盾在于判断标准，但是这两个判断标准并不是完全对立的。安斯加·纽宁显然很矛盾，他一方面想坚持文本叙述者的认知立场，另一方面实际上他也认

---

[1] Nünning, V. "Unreliable Narration and the Historical Variability of Values and Norms: The 'Vicar of Wakefield' as a Test Case of a Cultural-Historical Narratology", *Style* 38, 2004, pp. 236-252.

[2] 安斯加·纽宁《重构不可靠叙述概念：认知方法与修辞方法的综合》，詹姆斯·费伦等《当代叙事理论指南》，申丹、马海良、宁一中译，北京大学出版社，2007年，第89页。

[3] 安斯加·纽宁《重构不可靠叙述概念：认知方法与修辞方法的综合》，詹姆斯·费伦等《当代叙事理论指南》，申丹、马海良、宁一中译，北京大学出版社，2007年，第90页。

[4] 申丹《叙事、文体与潜文本——重读英美经典短篇小说》，北京大学出版社，2011年，第65页。

识到了不能任由文本接收者随意解读,还需要有一个标准,所以才有了"认知－修辞"方法作为妥协,但是他没有处理好二者的关系。修辞叙述学家研究的重点是不可靠叙述的种类,即费伦的三大轴,而认知叙述学家主要研究的是不可靠叙述的认知判断方法,如果认知叙述学家能够提出一个合理的判断方法,将二者结合起来,必然能够大力推进不可靠叙述理论。

三、从认知图式判断不可靠叙述

本书沿用布思的判断法则,所以判断不可靠叙述的根本点在于要确定何为隐含作者,何为叙述者。提出隐含作者概念的布思也曾经考虑过文本接收者的作用,他说:"我们对隐含作者的感觉,不但包括我们从所有人物的行动与受难中提取的意义,也包括了其中隐藏着的每一点道德与情感的因素。"[①] 如果说布思的话还有些试探之意,安斯加·纽宁则坦率地说:"与其说不可靠性是叙述者的一种性格特征,还不如说它是读者的一种阐释策略。"[②] 本书上一节已经从认知图式的角度讨论了如何确定隐含作者的问题,认为隐含作者要同时具有文本时空和接收者时空的世界图式,而且要具有阐释社群时空能够共享的文本图式和语言图式。但是因为涉及文本接收者所归属的阐释社群,所以应将其理解为一个类似公式的概念,隐含作者的解读要参考其相关函数(认知图式)的变化。

赵毅衡认为广义叙述学的叙述者"呈二象形态:有时候是具有人格性的个人或人物,有时候却呈现为叙述框架"[③]。广义叙述学的研究对象包括多类叙述,不仅是文字文本,还包括戏剧、电影、游戏等演示类叙述,心像等类演示类叙述。在文字文本中,叙述者常常是人格化的,甚至可以由人物来充当,但是演示类叙述文本中,如电影,其叙述者是屏幕呈现出来的框架,还能够讨论其镜头移动带来的特性。这个框架叙述者虽然并不像人格叙述者一样能和文本接收者用语言交流,但至少还有些变化。戏剧的叙述者则是一个没有什么人格化特征的舞台框架,甚至文本接收者也被固定在座位上,想自己寻找一个变化

---

① Booth, W. *The Rhetoric of Fiction*. University Chicago Press, 1983, p.73.
② 安斯加·纽宁《重构不可靠叙述概念:认知方法与修辞方法的综合》,詹姆斯·费伦等《当代叙事理论指南》,申丹、马海良、宁一中译,北京大学出版社,2007年,第84页。
③ 赵毅衡《广义叙述学》,四川大学出版社,2013年,第92页。

角度都不行。游戏叙述更是严格设定好了框架，不容参与的人物或受述者随意更改。不过判断不可靠叙述，并不在于叙述者一定要是一个人格化的叙述者，演示类叙述的框架叙述者只要能够表意，也可以用来进行比对判断。

从符号学的角度看，根据符号意指三分式，即再现体—对象—解释项[①]，我们可以解释：为什么虽然文本接收者对同一个叙述文本的解释千差万别，但是我们直觉上同一个文本的解释总还是有一些共通之处。在叙述文本理论中，再现体就是叙述文本，对象是叙述文本的外延意义，即直接意义，解释项是叙述文本的内涵意义，即延伸意义。文本接收者理解的"一千个人眼中有一千个哈姆雷特"是内涵意义，叙述文本的外延意义是相对稳定的。

从这个角度考察费伦对不可靠叙述的分类，三大轴其实对应了叙述文本解读的不同层面：事实/事件轴的判断标准针对的是文本接收者解读出的叙述文本的外延意义，是文本接收者从叙述文本中理解到的叙述文本体现的世界的事实。价值/判断轴的判断标准针对的是文本接收者解读出的叙述文本的外延意义，是文本接收者根据自己的语境知识对叙述文本做出的价值判断。知识/感知轴比较特殊，它基本针对的是叙述文本的局部，判断标准取决于文本接收者的认知能力，文本接收者用自己的认知能力来进行比较。

根据盖·库克的理论，叙述文本和文本接收者拥有的认知图式可分为世界图式、文本图式和语言媒介图式。本书还增加了文本接收者的认知能力图式。从认知能力图式的角度来看，文本接收者对不可靠叙述的判断就是将叙述者的认知图式与文本接收者推断出的隐含作者的认知图式加以比较。事实/事件轴比较的是世界图式中的事实，文本接收者根据叙述文本提供的信息就可以进行判断。价值/判断轴比较的是世界图式中的价值标准，接收者需要根据现实世界中的伦理价值图式去重构隐含作者并进行综合判断。知识/感知轴比较的是构筑认知图式的能力，文本接收者根据可能世界设定的规则及现实世界中的逻辑规则图式进行判断。

通过以上分析可以看出，三大轴的判断虽然都是和隐含作者比较，但是比较的层面不一样。事实/事件轴的判断不存在什么争议，基本上是一种静态知识的判断，包括对事物的认知、对时空的认知等。价值/判断轴可能会有比较

[①] 赵毅衡《符号学：原理与推演》，南京大学出版社，2011年，第97页。

大的争议，因为这涉及叙述文本的内涵意义，不同的文本接收者自然会有不同的看法，这种情况下我们采用斯坦利·费什的"阐释社群"[①]理论来设定标准。在费什的理论中，阐释社群是共同分享一套阐释策略的文本接收者，这样价值/判断轴就能维持一定的稳定性，同时它的可变性也不被剥夺。知识/感知轴和文本接收者的个人情况关系也很大，文本接收者将自己的认知能力融入对隐含作者的构筑中来和叙述者、人物进行比较。如果文本接收者自己的认知能力欠缺，可能就认不出叙述文本存在知识/感知轴上的不可靠。要想获得相对稳定的阐释，也要采用"阐释社群"的阐释标准。知识/感知轴因为涉及人的认知能力，所以和主体相关的范畴都属于它的判断范围，如人的认知能力、视角等。

在叙述文本之外，还有文本间不可靠。比如同人、续书、改写等形式。如果不同叙述文本有确切的关系，却出现了三条轴线上的冲突，我们就认为这是文本内不可靠。如果接收者认为不同的文本共享一个底本，那么这就是文本间的不可靠。如果差异过大，接收者会倾向于认为不同的文本有不同的底本，这样也就不存在不可靠问题了，它们已经成了两个不同的故事。

四、几种不可靠叙述

不可靠不是一成不变的，可以分为全局不可靠和局部不可靠。全局不可靠比较难以维持，一般都是出现在短篇小说、短电影等文本中，比如麦克尤恩的短篇小说《他们到了死了》(*Dead as They Come*)，讲的是一个精神有问题的人爱上了一个塑料人体模特，最后又把模特毁坏了的故事。这个精神有问题的人是叙述者，他从不认为自己有问题，反而对自己做的事十分自得。对其三大轴进行分析也可以看出来，这种全局不可靠主要体现在价值/判断轴，其他两轴一般难以维持全局。

另一种全局不可靠文本是几个局部不可靠的集合，但是由于其互相不能纠正，于是造成了全局不可靠，如黑泽明导演的电影《罗生门》，两个人和一个灵魂即三个人物卷入了一个杀人事件，每个人对这个杀人事件的叙述都不一

[①] Fish, S. *Is There a Text in This Class?*: *The Authority of Interpretive Communities*. Havard University Press, 1980, p. 56.

样,且无法互相纠正。这种情况其实已经类似于文本间的不可靠了,只是这三个人的故事被作为次文本世界包裹在一个文本世界中,这种不可靠可以包括三大轴的不可靠。

还有一种全局不可靠是结局纠正过晚,如中国汉代的赋这种"劝百讽一"的文学体裁。《上林赋》用了绝大部分篇幅铺陈狩猎的场面,最后才予以劝谏。从隐含作者角度来看,《上林赋》显然是为了劝谏,但是叙述者的重点又显然在铺陈狩猎场面上,这就造成了不可靠叙述。这种不可靠叙述一般也是价值/判断轴的不可靠。

局部不可靠的情况非常多,很多全局可靠的叙述文本中都有局部不可靠的情况,三大轴在这里都适用。局部不可靠通常都要由可靠的部分来对比,事实/事件轴的不可靠最容易判断,因为有明显的对比。价值/判断轴虽然有时是局部的,却仍然需要整个叙述文本的隐含作者来作对比,比如《红楼梦》中的叙述者对贾宝玉的评价:"天下无能第一,古今不肖无双。"刚看到这样的评论,文本接收者根本判断不出这是可靠还是不可靠,只有读完了《红楼梦》,或至少读了很大一部分,才会知道叙述者是在说反话。知识/感知轴的不可靠在很大程度上要靠文本接收者自身的认知能力来判断,比如老舍的小说《月牙儿》。月牙儿用第一人称叙述自己少女时代的生活时,用的是很成熟、很世故的语言:"我们的锅有时干净得像个体面的寡妇。"但是作为少女,她本不该有如此沧桑的口气和如此成熟的认知自己生活的能力,故而也形成了叙述者不可靠。

第四节 认知叙述学视野下聚焦研究

一、经典叙述学中的聚焦

19世纪以前,西方学者并不关注叙述视角问题,即使偶有提及,也是为了阐明文学作品的道德意义。近现代小说理论家福楼拜和詹姆斯开始注意小说技巧,并讨论了视角(Point of View)。到了20世纪,视角问题俨然成了叙述学界的一个大问题,几乎所有的叙述学家都讨论过它,于是也出现了很多类似术语,如"Centre of Consciousness""Angle of Vision""Post of Observation""Focus of Narrative"等,直到热奈特提出聚焦(Focalization)。此后,视角和聚焦成为讨

第二章　叙述文本中主体的认知策略

论叙述文本视角问题的常用术语，二者内涵基本等同，本书同时采用这两个术语。

热奈特澄清了谁看（who sees）和谁说（who speaks）的区别，即聚焦者和叙述者的区别，聚焦也成为研究视角问题的主要术语。热奈特在《叙述话语》一书中将聚焦分为三大类[①]：第一类是无聚焦（Non-Focalization）或零聚焦（Zero-Focalization），即无固定观察角度的全知叙述，他采用了托多罗夫的公式来表达这三种聚焦，第一种是"叙述者＞人物"。第二类是内聚焦（Internal Focalization），指叙述者采用某个人物的观察角度，即"叙述者＝人物"，又可分为三个层次：固定式内聚焦（采用固定人物视角）、变换式内聚焦（接连采用不同人物视角）、多重式内聚焦（采用不同人物视角观察同一事件）。第三类是外聚焦（External Focalization），"叙述者＜人物"，仅从外部客观观察，不涉及人物内心。这种分类本应该是视角分类，但是热奈特用了托多罗夫的公式，还是牵涉了叙述者。而且他的分类其实有两个标准：一是聚焦者在故事外观察，还是在故事内观察，参考的是聚焦者的位置；二是是否观察人物的内心，讨论的是聚焦的对象。这就造成了热奈特分类的混淆。但是热奈特的研究还是为视角问题提供了一个"较好的讨论出发点与有益的参照"[②]。不少学者如里蒙－凯南、米克·巴尔都在热奈特分类的基础上对视角进行了重新分类，但是一直还没有一个分类法能做到十分完善。

里蒙－凯南高度赞扬了热奈特区分"谁看"和"谁说"的做法，但是对热奈特的分类提出了异议。[③] 她认为聚焦只分为内聚焦和外聚焦即可，且将零聚焦归入了外聚焦类。她认为热奈特的分类标准不一，于是对热奈特的分类进行了修改完善；她还认为热奈特提出的聚焦人物混淆了聚焦者和聚焦对象，并细化了外部聚焦者和内部聚焦者、叙述聚焦者和人物聚焦者等概念；她又探讨了可感知的聚焦者和不可感知的聚焦者，这一看法后来被戴维·赫尔曼发展成了"假定聚焦"理论。

西摩·查特曼对以上理论都提出了异议，他认为前面这些学者的研究都混

[①] Genette, G. *Narrative Discourse: An Essay in Method*. Lewin, Jane trans. Cornell University Press, 1980, pp. 189-198.
[②] 谭君强《叙事理论与审美文化》，中国社会科学出版社，2002年，第108页。
[③] Rimmon-Kenan, S. *Narrative Fiction: Contemporary Poetics*. Methuen, 1983, p. 138.

淆了聚焦、视野、透视等概念，叙述者只能透过人物意识来看待事物，所以人物意识是聚焦的过滤器（Filter），其实叙述者不能聚焦，只有人物能，但是聚焦者可以有自己的感知和倾向（Slant）。① 这种看法也引起了很多争论，但是查特曼对人物感知和人物意识的重视为认知叙述学对人的认知能力的重视奠定了基础。

在不断重新思考和讨论视角/聚焦分类的过程中，不少学者都发现了一个问题：虽然"谁看"和"谁说"的区分是一个非常卓越的见解，但是实际上，两者的关系很复杂，如果不通过叙述者"说"，那么其实文本接收者没法知道聚焦者"看"到了什么。从热奈特的分类起始直到现在造成的混乱可以看出，涉及聚焦的层面非常多，并不仅仅是"谁看"的问题。热奈特经过几年的思考后，也提到"听觉的聚焦"，他自己建议将他提出的"谁看"改为范围更广的"谁感知"。② 这个更改很合理，因为即使不提听觉聚焦，热奈特之前的研究就已涉及了人物的内心世界，内心世界就是只能感知而不能看的，只是比喻性的"看"。仔细考察不同学者对聚焦的看法和分类，我们可以看出，聚焦实际上涉及四个层面：一是叙述者，二是聚焦者，三是聚焦的对象，四是叙述的对象。不弄清楚它们之间的关系，就没办法弄清楚聚焦的问题。

首先，聚焦的对象和叙述的对象是同一个对象，不然，在热奈特之前，也不会有那么多人弄不清楚谁看和谁说的问题了，因为叙述者和聚焦者针对着同一个对象。

其次，要考察叙述者的情况。在文字文本中，根据叙述者相对于故事的位置，可以分为故事外叙述者和故事内叙述者。故事内叙述者就是人物叙述者，根据人物地位，可以分为旁观者、次要人物和主要人物；根据叙述者被感知的程度，可以分为显身叙述者和隐身叙述者。这几种分类因为标准不同而不同，但在实际运用中可以互相交叉。之所以要做这样的分类，一是因为叙述者的情况确实复杂，二是因为叙述者在不同的位置，会对叙述者和"谁看"之间的关系产生不同的影响。

再者，要考察聚焦者的情况。在文字文本中，聚焦者既可以是叙述者，也

---

① Chatman, S. "Characters and Narrators: Filter, Center, Slant, and Interest-Focus", *Poetics Today*, Vol. 7, No. 2, 1986, p. 197.

② Genette, G. *Narrative Discourse Revisited*. Cornell University Press, 1988, p. 64.

可以是人物。当是叙述者时，聚焦者既可以是故事外叙述者，也可以是故事内叙述者，即人物是叙述者时，根据人物和事件的关系，又可能有三种情况：旁观者、次要人物和主要人物。按照叙述者被感知的程度的分类，聚焦者可以和显身叙述者配合，也可以和隐身叙述者配合。

聚集问题之所以这么难分类，与前面提及的复杂情况有很大关系，聚焦者和叙述者有时重合，有时分裂，有时若即若离。从整个文本来看，一个叙述者统领一个叙述层，但是中间可以更换很多次聚焦者，这些聚焦者既可以轮流出现，又可以一起出现，还可以几个聚焦者对应同一个事件重复出现，甚至叙述者聚焦和人物聚焦也能出现在一个叙述层。如果要认真讨论聚焦问题，就不得不分清楚每种情况。

赵毅衡指出："叙述者从定义上说是全知全能，各种变化，只是他自觉地限制自己的权力：充溢框架的主体性，不是单一的视角因素。"[①] 他还提出了要以"视角+方位"的搭配方式来分类，就是综合叙述者和聚焦者的情况来考察聚焦。

第一，"隐身叙述者＋全知视角"，相当于热奈特的零聚焦。第二，"隐身叙述者＋主要人物视角"，如《包法利夫人》，以爱玛为视角人物；也可以是"隐身叙述者＋复式主要人物视角"，如伍尔夫的《到灯塔去》。第三，"隐身叙述者＋次要人物视角"，如海明威的《刺客》，也可是"隐身叙述者＋复式次要人物视角"，这个类型比较少见，有茅盾的《泥泞》。第四，"隐身叙述者＋旁观者视角"，这一类又被称作场记式，全不知式，如海明威《白象似的群山》。第五，"显身叙述者＋主角人物视角"，即第一人称全知，如狄更斯的《大卫·科波菲尔》，这一类型还可以有变体：书信式小说、日记式小说或第二人称受述者。第六，"显身叙述者＋主要人物视角"，但不是第一人称全知，如塞林格的《麦田里的守望者》，也可以是"复式显身叙述者＋主要人物视角"。第七，"显身叙述者＋次要人物视角"，如柯南道尔的《福尔摩斯探案全集》，也可以是"复式显身叙述者＋复式次要人物视角"，如福克纳的《献给艾米丽的玫瑰》。第八，"显身叙述者＋绝对旁观人物视角"，这个分类暂时没有找到合适例子。赵毅衡的这个分类非常全面，完全涵盖了其他学者的分类，并且不止可

[①] 赵毅衡《广义叙述学》，四川大学出版社，2013年，第249页。

以应用于记录类叙述，也可以应用于演示类叙述的视觉聚焦层面。

二、演示类叙述的视听聚焦

演示类叙述分析主要有以戏剧为代表的演示类和以电影为代表的记录演示类。演示类叙述和记录类叙述的不同之处在于媒介，且不同之处又是巨大的。文字类叙述的叙述者比较明确，因为没有叙述者说出来，文本就没办法存在。但是演示类叙述的叙述者常常让人迷惑，尤其是戏剧，仿佛它没有叙述者，因为它是直接演出来的，电影至少还是由摄像机拍出来的。但是作为广义叙述的一员，演示类叙述和文字类叙述的差别真有那么大吗？

赵毅衡的广义叙述学理论很好地说清楚了这个问题："从信息传达的角度说，叙述者是叙述信息源头，叙述接收者（即'受述者'）面对的故事，必须来自这个源头；从叙述文本形成的角度说，任何叙述都是叙述主体选择经验材料，加以特殊安排才得以形成，叙述者有权力决定叙述文本讲什么，如何讲。"① 从这个角度判断，戏剧和电影肯定也有这个源头，那么唯一的问题是这个源头是什么。波德维尔认为是一套指令，专门研究电影叙述的安德烈·戈德罗和弗朗索瓦·若斯特认为这是一个"大叙述者"，或者叫"大影像师"，是"第一层次的机制"，做了"最大程度的隐蔽"。② 电影中的人物再怎么讲故事，都是次叙述者。赵毅衡认为广义叙述学的叙述者"呈二象形态：有时候是具有人格性的个人或人物，有时候却呈现为叙述框架"③。没有必要强行统一小说的人格化叙述者和电影的框架叙述者。这两者的不同也确实由此体现，人格化的叙述者可以充满激情，也可以非常冷漠，还可以跳出来对人物指指点点，但是框架叙述者就沉默得多，这就让演示类叙述的聚焦问题变得复杂起来。

戏剧的叙述者就是舞台呈现的框架，但是戏剧还是常被人认为没有视角，因为舞台位置是固定的；观众坐在舞台下的固定位置上，且通过固定的框架叙述者去看表演，似乎视角是不动的。但其实，舞台上的布景和灯光都能够对观众的聚焦进行引导，布景可以调整观察角度，灯光可以吸引观众的注意力。

---

① 赵毅衡《广义叙述学》，四川大学出版社，2013年，第92页。
② 安德烈·戈德罗《从文学到影片——叙事体系》，刘云舟译，商务印书馆，2010年，第197页。
③ 赵毅衡《广义叙述学》，四川大学出版社，2013年，第92页。

电影的视角/聚焦比戏剧好理解一些,毕竟镜头会移动。戈德罗和若斯特在《什么是电影叙事学》中将电影的聚焦分为三个层面①:认知聚焦、视觉聚焦和听觉聚焦,认为只有这三者结合才能呈现完整的影视聚焦。他们着重区分了视觉聚焦和认知聚焦,认知聚焦被认为是对记录性文本的聚焦研究(视觉聚焦研究)的一种细化,认知聚焦被认为是聚焦者看事物的角度,他们以电影《罗生门》为例做了说明。小说《罗生门》的文本中有四个人物聚焦同一个事件,热奈特认为这是一种内聚焦的形式,但是戈德罗和若斯特认为在同名电影中,如果是内聚焦,观众就不该看到这四个人的脸,所以他们认为热奈特的分类过于简单,而应该将其分为视觉聚焦和认知聚焦。视觉聚集主要关注摄像机所展现的和人物看见的事物之间的关系,认知聚焦关注聚焦主体看事物的角度,也会受到一些听觉聚焦的影响,总体涉及观众的认知。视觉聚焦和认知聚焦的信息量有时一致,有时分离。比如《罗生门》的视觉聚焦是内视觉聚焦,而认知聚焦是观众认知聚焦,因为观众的认知包含了四个次叙述者,所知比人物要多。

首先讨论视觉聚焦。戈德罗和若斯特对视觉聚焦的划分参考了热奈特的体系,视觉聚焦(Ocularisation)根据摄像机所展现的与被视作人物所看见的之间的关系,分为内视觉聚焦和零视觉聚焦。内视觉聚焦是聚焦者处于叙述文本的故事世界内,零视觉聚焦是聚焦者处于文本之外。他们没有讨论热奈特的外聚焦。吴迎君认为,文字文本中的第一人称外聚焦和第三人称外聚焦在电影拍摄方式中无法实现,除非有听觉信息同时帮助提示,但是电影中的模糊镜头可以算是一种外聚焦,如对观众来说模糊的景深,对人物来说则是清晰的。② 戈德罗和若斯特还将内视觉聚焦分为原生内视觉聚焦和次生内视觉聚焦,原生内视觉聚焦是电影画面和人物所见相同,如用晃动的镜头表示这是个喝醉的人的目光,次生内视觉聚焦是电影画面要靠语境或链接才能被理解为是人物的目光产生的画面,如人物交谈时的正/反镜头。

戈德罗和若斯特对视觉聚焦的分析很有道理,对内视觉聚焦的分析也很有创意,突出了电影聚焦的独特点,但是总体分析过于简单,实际上不能说明电

---

① 安德烈·戈德罗,弗朗索瓦·若斯特《什么是电影叙事学》,刘云舟译,商务印书馆,2010年,第189页。

② 吴迎君《结构主义电影叙述学》,四川大学出版社,2013年,第90页。

影聚焦的复杂情况。吴迎君也指出他们的分类没有考虑到镜头的景别和移动方式等"叙述眼光"①上的差别。

认知聚焦指聚焦主体的角度,这在小说中尚不太明显,但是在电影镜头中角度很重要。认知聚焦根据不同聚焦主体(叙述者、文本中的人物、观众)获得信息的差异分为内认知聚焦、外认知聚焦和观众认知聚焦三种。内认知聚焦指观众所感知的局限于人物的感知,此时和内视觉聚焦重合。外认知聚焦被定义为只要影片不处于原生内视觉聚焦,观众就一定是外认知聚焦,如希区柯克导演的《火车怪客》的开头,镜头只拍了两双脚在走路,观众的认知被局限,少于人物感知。观众认知聚焦指观众可以将获得的信息组合起来进行认知,如上文所举例子。戈德罗和若斯特对认知聚焦的考察实际上是将视觉聚焦和听觉聚焦结合起来考察,也是从文本接收者(观众)的角度来看观众实际上感知到的信息。这其实与视觉聚焦、听觉聚焦的研究没有冲突。但是通过戈德罗和若斯特的论述,人们可以看出认知聚焦并非什么新奇发现,而是文本接收者处在不同位置时对接收到的信息的分析理解。内认知聚焦和外认知聚焦是局部的,当文本接收者对整个文本进行综合认知时,采取的自然是观众认知聚焦。

戈德罗和若斯特的独到之处在于专门考察了听觉聚焦情况,他们也指出听觉不像视觉可以划分出镜头来定位,在分析中确实有很多模糊之处。他们根据"声音的定位、倾听的个人化、对话的清晰度"②三个方面参考他们设定的视觉聚焦框架,将听觉聚焦分为:零听觉聚焦、原生内听觉聚焦、次生内听觉聚焦。零听觉聚焦指的是电影声音和画面内时空声源自然属性一致,原生内听觉聚焦指声音且无蒙太奇或视觉帮助建构,如果靠蒙太奇或视觉帮助建构的则是次生内听觉聚焦。吴迎君认为戈德罗和若斯特的声音分析没考虑到同步声和非同步声的区别,于是为其添加了"外听觉聚焦"③,即电影画面没有显示声源,但是有声音。吴迎君也提到,听觉聚焦还涉及人物话语、音响、音乐之间的互换关系,所以实际上听觉聚焦还是一个尚待发展的课题。

目前学术界对演示类叙述进行听觉聚焦的研究还较少,实际上,视觉和听

---

① 吴迎君《结构主义电影叙述学》,四川大学出版社,2013年,第91页。
② 安德烈·戈德罗,弗朗索瓦·若斯特《什么是电影叙事学》,刘云舟译,商务印书馆,2010年,第184页。
③ 吴迎君《结构主义电影叙述学》,四川大学出版社,2013年,第108页。

觉聚焦是密不可分，同时作用于观众的。声画对位是对视觉和听觉配合的要求，但二者不一定是同步的，声画不同步往往可以形成特殊效果。演示类叙述的视听聚焦还有待建设。

戈德罗和若斯特还提到了电影显示心理画面的独特之处。在文字文本叙述中，心理画面如幻觉、梦等是能够被说清楚的，但是电影叙述的大叙述者则要靠画外音或者特殊的镜头设置来表现，如仿照漫画的形式在总体画面上画个圈，在里面显示心理画面；仿照照片的形式在画面上显示叠印或渐隐效果等。如果大叙述者不做出这些指示，那么观众就很容易混淆。如电影《美丽心灵》，讲一个聪明的患有精神分裂症的数学家的故事。在电影前半部分，观众经常看到数学家和他的大学室友、室友的侄女以及一个神秘的人物帕切尔进行交谈；直到电影后半部，数学家接受治疗，观众才明白那三个人其实是数学家幻觉中的人物。这就是因为大叙述者没有给观众提示，甚至故意将人物的视角融入了大叙述者的视角，这是一种不自然的做法。当数学家和幻觉中的人物交谈时，观众本不应该看到数学家的脸，但是在电影画面中，数学家和幻觉中的人物总是同时出现，甚至和同属数学家生活的真实世界中的人一起出现。

戈德罗和若斯特的电影聚焦分析分类很不完整，也没有说明叙述框架（大影像师）和人物分别聚焦的情况。赵毅衡提出，广义叙述学的"人格－框架"叙述者考虑到了各类叙述的叙述者，据此而来的"视角＋方位"分类，也同样适用于演示类叙述。

三、认知叙述学对聚焦问题的研究

（一）戴维·赫尔曼的假定聚焦

赫尔曼的假定聚焦（Hypothetical Focalization）理论是从认知的角度来探讨聚焦者不在场问题的，这是对米克·巴尔关于可感知的聚焦者和不可感知的聚焦者理论的推进。他在论文《假定聚焦》（"Hypothetical Focalization"）中提出了该理论，后来又在《故事逻辑：叙述的问题及可能性》（*Story Logic：Problem and Possibilities of Narrative*）一书中对其加以完善。赫尔曼在进一步的研究中将假定聚焦分为两类：直接假定聚焦和间接假定聚焦①，它们的区别在于叙述文本是否明确指出假设性的观察者或见证者。直接假定聚焦的例子如"也许只有一位心细的观察者的眼睛才能看到……"，提到了假定的聚焦者为"心细的观察者"。间接假定聚焦的例子如"要是能独自向外走走……"，这里没提到假定的聚焦者是谁。赫尔曼研究的是一种特殊的聚焦者，既不是叙述者，也不是文本中的人物的聚焦者，表达一个假设的事件。赫尔曼的研究是对视角/聚焦理论的一个有益补充。

（二）曼弗雷德·雅恩的窗口聚焦及其扩展

曼弗雷德·雅恩从文本接收者的角度出发，提出了窗口聚焦（Windows of Focalization）②理论，认为聚焦就相当于通向叙述世界内外的窗口，聚焦者就是感知屏（Perceptual Screen），文本接收者通过这个窗口看到叙述文本中的事件和人物，窗口就是叙述聚焦模型的核心隐喻。经典叙述学往往把聚集看作过滤器（Filter），而雅恩认为聚焦是触发器（Trigger），是规范、引导读者想象感知的窗口。这个见解从人的认知特点出发，非常合理，文本接收者理解文本必须要顺着聚焦者的目光前进。

在《聚焦的机制：拓展叙述学工具》（"The Mechanics of Focalization: Extending the Narratological Toolbox"）一文中，雅恩对"窗口聚焦"进一步完善，以聚焦者的时空位置为出发点，把窗口聚焦分为四种类型③：严格聚焦（Strict Focalization）指从一个确定的位置进行观察；环绕聚焦（Ambient Focalization）指从一个以上的视角进行变换性、总结性或群体性的观察；弱聚焦（Weak Focalization）指从一个不确定的位置进行观察；零聚焦（Zero Focalization）则无固定观察位置。

雅恩的四分法虽然照顾到了文本接收者跟随聚焦者这个出发点，但是并不够完善，他没有依据聚焦者处于文本内还是文本外做区分，即没有做内聚焦和

---

① Herman, D. *Story Logic: Problem and Possibilities of Narrative*. University of Nabraska Press, 2002, p. 360.
② Jahn. M. "Windows of Focalization: Deconstruction and Reconstructing a Narratological Concept", *Style*, 1996, 30 (2), pp. 241−267.
③ Jahn. M. "The Mechanics of Focalization: Extending the Narratological Toolbox", *GRATT*, 1999, (21), pp. 85−110.

外聚焦的区分，他的环绕聚焦实际上就是热奈特分析内聚焦时提出的"变换式"和"多重式"。雅恩也没有区分聚焦者是叙述者还是人物，他的理论受到亨利·詹姆斯《一个贵夫人的画像》序言的启发："小说之房不止有一个窗口，而有千百万，……每个隙口都有一双眼睛……"[①] 雅恩认为这双眼睛就是叙述者，他也提到这双眼睛是聚焦者，但是没考虑到人物聚焦的情况。申丹认为雅恩的"弱聚焦"是个比较有力的概念[②]，弥补了以往研究的不足。弱聚焦通常是局部出现，只是聚焦者位置不确定，但是聚焦方式和其他聚焦没有什么不同。

（三）认知叙述学的城堡聚焦模型

从叙述学的角度来看，赵毅衡的"视角+方位"分类已经非常齐全，但是从认知的角度来看，结合雅恩的窗口聚焦理论对其进一步阐发，为其打造一个"城堡模型"，还是能带给我们更多的启迪。

雅恩的理论来自"小说之房"的隐喻，从文本接收者感知到的聚焦者的目光牵引，对基础的聚焦情况进行分类，符合文本接收者的认知实际，只是没有考虑到叙述者和人物都可以作为聚焦者的情况。如果加上这个因素，那么"小说之房"中就不能仅有一双眼睛了。但是叙述者和人物是否能同在一所"小说之房"中呢？答案要考察实际叙述者在故事内和故事外两种情况，故事外叙述者才能在"一览众山小"的小说之房中；而故事内叙述者，即人物叙述者，和故事外叙述者不在一个叙述层，自然不能分享一所房子。所以一个更好的隐喻是将整个故事世界比作一座城堡，这座城堡坐落在一片迷雾中。故事外叙述者则住在一座能够俯瞰整个城堡的高塔中，人物叙述者住在城堡中高低不等的房子里，文本接收者则处于迷雾之外，他只能通过叙述者传达的信息来了解城堡中发生的事。

当故事外叙述者（高塔叙述者）进行叙述时，他的目光可以笼罩一切，但是他有时也会休息一下，这时便由人物叙述者（城堡内叙述者）进行叙述。人物叙述者由于所住房子位置高低不一，所以通过窗口能够看到的景象也不一

---

① Jahn. M. "Windows of Focalization: Deconstructing and Reconstructing a Narratological Concept", *Style* 30, 1996, p. 251

② 申丹、王丽亚《西方叙事学：经典与后经典》，北京大学出版社，2011年，第99页。

样，这便有了"视角+方位"模型的变化。显身叙述者和隐身叙述者的区别显然在于隐身叙述者始终坐在房子中的窗户之后，是一个旁观者；而显身叙述者可以走出房子，加入发生的事件之中，作为次要参与者或者主人公。米克·巴尔和戴维·赫尔曼提到的假定聚焦者也应该能够在城堡模型中体现出来，我们可以将其设定为"幽灵聚焦者"，幽灵聚焦者飘荡在城堡里，却不是实体，只有特定的叙述者才能看到它。

文本接收者在接收文本信息的过程中，就像在迷雾中接受高塔叙述者传递的报告，即全知叙述，相当于零聚焦。高塔叙述者可以通过人物的目光来进行叙述，自限视角，即"隐身叙述者+人物视角"，可以选择主要人物视角、次要人物视角及旁观者视角三种。高塔叙述者有时会委托人物叙述者传递报告。高塔叙述者既可以关注人物叙述者的报告，也可以不关注，即"人物叙述者+人物视角"，也有三种可选视角。这样一共有七种视角。

赵毅衡将"显身叙述者+主要人物视角"分为两类，一类是第一人称全知，另一类是正常的只处理自己视角范围内的第一人称。第一人称全知实际上并不自然，如《大卫·科波菲尔》中大卫·科波菲尔知道自己出生之前的事，其实是将全知叙述者的视角融入了显身叙述者的视角。正如之前提到的《美丽心灵》，将人物视角融入了大叙述者的视角。这种用法不合理，但是已经有了实践存在，文本接收者只能利用概念整合的手段来理解。这两类应该被列入两种特殊"视角+方位"来对待。前者可命名为"显身叙述者+人物视角融入全知视角"，后者可命名为"隐身叙述者+全知视角融入人物视角"。

最特殊的是赵毅衡八种分类中的第八种，"显身叙述者+绝对旁观人物视角"。赵毅衡提到了几个例子但又否认了，如方方的《风景》，用一个死去的婴儿做叙述者，但这应该是他提出的第五类，即第一人称全知。又如罗伯-格里耶的几部小说，虽然是第一人称叙述，但是实际效果是"隐身叙述+全知视角"，即第一类。从城堡模型看，是否存在"显身叙述者+绝对旁观人物视角"呢？与"隐身叙述者+绝对旁观人物视角"对比，"显身叙述者+绝对旁观人物视角"是人物叙述者自己叙述自己从窗口旁观的事件，"隐身叙述者+绝对旁观视角"，是高塔叙述者从一个只在窗口旁观的人物视角来看，或以城堡模型来看，这两种叙述虽然换了个叙述者，但是叙述角度并没有变，在文字文本中的该如何表现令人困惑，但是从演示类叙述来看，这两种"视角+方位"只能体现出一种形式，即"大叙述者＋旁观人物视角"，因为大叙述者不可能是一个人物叙述者。实际上也是如此，当人物叙述者绝对旁观时，他的地位已经相当于高塔叙述者，故而本书认为应该将"显身叙述者＋绝对旁观人物视角"并入"隐身叙述者＋绝对旁观视角"。关于罗伯-格里耶的例子，即赵毅衡分类的第五类，则应该与《美丽心灵》并列为两种特殊种类。

所以，从城堡模型来看，"视角＋方位"分类应该分为八类，但是取消了赵毅衡分类的第八类，将赵毅衡分类的第五类和以《美丽心灵》为代表的一类分别重新命名，即"显身叙述者＋人物视角融入全知视角"和"隐身叙述者＋全知视角融入人物视角"。

第五节　原型范畴理论与人物类型分析

一、叙述学视野下的人物理论

叙述学研究中关于叙述文本是否有人物卷入的争论经久不休。所谓人物，并不仅仅指文本中出现的人类，而是有灵之物，即具有人性的事物，比如拟人化的动物。赵毅衡评述了历史上各家对人物是否是叙述要件的看法[①]，提出叙述必须卷入人物，因为有人物才有情节，叙述文本才具有人文性，也才有伦理意义，是二次叙述的必要条件和根本原因。科学报告等陈述即使有人物参与，也不允许二次叙述，因为其要求确定的结论。

叙述学关于人物的理论主要分为两个层面：一是将人物看作一个抽象叙述功能，不考虑人物的精神世界。这种看法可以追溯到亚里士多德在《诗学》中对人物行动的强调。这类研究的主要参与者是俄国形式主义流派的普洛普和法国结构主义流派的格雷马斯。普洛普以俄罗斯民间故事为研究对象，将人物分为七种行动角色：主人公、假主人公、敌人、赠予者、帮助者、被追求的人、派遣者。格雷马斯发展了普洛普的理论，将七种行动角色改为处于三种对立关系的六个行动元：主体/客体、发送者/接收者、帮助者/反对者。格雷马斯认为，这六个行动元的张力关系构成了情节结构，并且指出，每个行动元不一定

[①]　赵毅衡《广义叙述学》，四川大学出版社，2013，第11页。

只对应一个人物，一个人物也不一定只对应一个行动元。这种分析基本以语言学的模式来展开，追求人物的语法功能，虽然能使文本呈现出清晰的架构，但是并不利于对不同文本实际意义的解读。

另一种人物研究源于传统小说批评。19世纪，欧洲现实主义小说兴起，塑造了一批有血有肉的人物形象，当时的作家和批评家都高度重视叙述文本的人物塑造，尤其是人物内心世界的展现。虚构的人物内心世界丰富多彩，丝毫不亚于实在世界里的真人。人物形象与情节密不可分，解读叙述文本的意义，当然不只是考察文本的抽象结构。

但是叙述文本中的人物千差万别，怎样对其进行研究是一个重要课题。英国小说家和文学批评家爱德华·福斯特（Edward Forster）在《小说面面观》中从文本接收者的立场出发，认为真正优秀的作品必然不是只叙述人物外部行动，而是要展现人物丰富的内心世界，这有利于接收者从作品中学习伦理道德知识。他以人物的思想和行动是否一致为标准，将人物分为扁平人物（Flat Character）和圆形人物（Round Character）两类。[①]

扁平人物具有单一的思想和特质，在整个文本中不会有太大变化，如狄更斯小说《大卫·科波菲尔》里的密考伯太太，无论密考伯先生如何穷困，她的一切思想和行动都可以用她的话"我永远不会抛弃密考伯先生"来表现。扁平人物的特点在于具有固定的、比较单一的特征，很容易辨认并概括，是比较抽象化的、浓缩性的漫画式人物，具有类型化的特点。这种人物看起来难免单调，但是也易于突出主题，给文本接收者留下鲜明印象。扁平人物也并非一定缺乏艺术性，《西游记》的孙悟空、《欧也妮·葛朗台》中的老葛朗台，都是具有鲜明特色的扁平人物。

圆形人物性格比较复杂，具有多面性，有时还能随着情节的发展而发展。福斯特认为很多优秀作品之所以让人回味无穷，就是因为其塑造了圆形人物，如《追忆似水年华》中的老管家，《包法利夫人》中的包法利夫人。福斯特认为圆形人物不但能够丰富情节，而且能够增加文本的逼真性，因为圆形人物思想复杂，更像实在世界中的人，有利于展现人性的复杂，具有更高的艺术

---

① 爱德华·福斯特《小说面面观》，方土人译，载《小说美学经典三种》，上海文艺出版社，1990年，第255—264页。

价值。

扁平人物与圆形人物的区分有道理但过于简单，而且只能是相对而言的，有些人物相对于其他人物更扁平化，有些则更圆形化。扁平人物往往也并不只具有一种单一特征，而是某种特征占据了主导地位。这种简单的区分很难显现出众多叙述文本中各色人物的众彩纷呈。

如何解读叙述文本的意义是认知叙述学研究的着力之处。人物形象对于叙述文本意义的解读非常重要，人物的功能论仅从叙述结构的角度来考察人物，实际上并不能解释叙述文本中各色人物对解释文本意义的贡献。福斯特的人物分类又过于简单，而认知理论中的原型范畴理论可以细化福斯特的人物理论，为分析叙述文本中的人物形象提供一个新的研究角度。

二、范畴理论的变迁

范畴是反映事物本质属性和普遍联系的基本概念，范畴化是人用思维组构生活经验、认识和理解世界的重要方法，是人进行认知分类的一种活动。柏拉图最早使用范畴这个概念，亚里士多德发展了范畴理论，认为本质决定事物本身，范畴决定了事物本质，具有客观性、排他性。范畴与范畴之间分界明确，范畴内成员之间地位平等，共享客观特征。

20世纪50年代，英国哲学家路德维希·维特根斯坦（Ludwig Wittgenstein）在《哲学研究》一书中重新思考了范畴的概念。以"游戏"为研究对象，维特根斯坦发现，各种游戏之间有很大的不同，似乎没有一个或几个特征是共享的，但是它们彼此相似，如以AB，BC，CD的形式存在。他据此重新论证了范畴内的事物没有共有的本质特征，而是彼此之间具有家族相似性（Family Resemblance），像一个复杂的网络交织在一起。

原型范畴理论是20世纪70年代美国心理学家埃莉诺·罗施（Eleanor Rosch）根据之前的范畴理论进一步研究而提出的一种新的概念建构模式。该理论认为范畴内各成员具有不同程度的典型性，具有最多共有特征的典型成员被称为原型，是范畴的认知参照点，其他非典型成员根据与典型共享的特征的多少散落在典型四周的不同位置。还有一些特征是只有部分成员才具有的，这些非共有特征以家族相似的方式分布在不同成员之间，具有最多家族相似属性的成员就是典型。范畴也可以有多个原型。决定范畴范围的是共有特征，决定成员地位的是以家族相似方式存在的非共有特征，但是范畴通常并没有明显边界，而是保持开放性。原型范畴理论有很强的操作性，可以清楚地解释范畴典型和各成员之间的地位和关系。范畴并非稳定不变，语境对其有重要影响。

另外，罗施也提出，范畴有层次之分，上面讨论的是范畴的横向特点，它还有纵向层次。在纵向层次中，基本范畴是人最常应用和掌握的层次，易于辨认，与其他范畴区分度很高，一般认为基本范畴具备完形感知功能。另外还可能有更高的上位范畴和更低的下位范畴。上位范畴突出成员明显的共有特征，聚合了大量的下位范畴。下位范畴是对上位范畴的进一步细化，具有自身的家族相似性特征。

原型范畴理论看起来是一种概念组构理论，但是这种理论建立在对人的认知特点的考察基础上。人的认知特点在于并不是一面对信息就全盘接受，而是有选择性的，人在组构这些信息时，也不是将其散乱地随意堆叠在一起，而是将其组构成一个个灵活而相关的小范畴，为了方便提取信息，还为每个范畴设立具有代表性的原型。这种认知方式使人能够灵活而快速地提取和存储信息。

原型范畴理论虽然起源于哲学、心理学研究，同样也被引入语言学、语用学研究中。原型范畴针对的不仅仅是具体事物，也针对抽象概念、认知图式。将其引入人物形象分析，可以帮助我们对人物形象进行细致分析和比较。

三、原型范畴理论对福斯特人物理论的扩展

福斯特把人物分为扁平人物和圆形人物。扁平人物性格鲜明，性格特征一致，即使有其他性格，也是单一特征占据主要地位。比如"守财奴"人物形象的典型特征就是爱财如命，这种类型的人物形象有很多，如巴尔扎克《欧也妮·葛朗台》中的老葛朗台、莎士比亚《威尼斯商人》中的夏洛克、莫里哀《悭吝人》中的阿巴贡、果戈理《死魂灵》中的泼留希金、《儒林外史》中的严监生，他们都是扁平人物，共同特征都是爱财如命，但是在其他方面还有些许不同的特征：老葛朗台狡诈吝啬，为了不把妻子的遗产分给女儿，做出各种丑态；夏洛克冷酷狠毒，为了敛财要割别人的肉；阿巴贡爱财的同时也贪图享受，讲究排场；泼留希金对自己分外刻薄，穿着破衣烂衫，还偷别人东西；严监生虽然爱财，却也和亲人讲些人情。"守财奴"人物形象是一个基本范畴，而葛朗台、夏洛克、阿巴贡、泼留希金、严监生等人都是下位范畴，他们共享

基本范畴的共有特征。作为基本范畴的成员，也有其他家族相似的非共有特征，但在自己的范畴中也拥有其他特征。几位外国的守财奴都阻挠儿女的婚姻，严监生终归还是期盼儿子能够成才；葛朗台和泼留希金宁可守着财产过自虐般的生活，阿巴贡和严监生却还要适当讲究排场。

圆形人物形象比较复杂，常常是不同层次范畴的聚合。就单个人物形象来说，常常以一到多个特征为典型，并有许多非典型特征围绕。如《红楼梦》中的王熙凤，她的典型特征是泼辣大方以及权欲心重，其他非典型特征也包括精明、要强、毒辣、言辞爽利等。典型特征和非典型特征之间也有紧密联系，她的泼辣大方联系着她的精明和要强以及言辞爽利，而她的权欲心重，联系着她的狠辣。这些特征相辅相成，让凤姐成为一个鲜活传神的人物形象，有的读者认为若是《红楼梦》没有凤姐，就没有这么好看了。

考察系列型的人物群像，起源于对俄国文学中"多余人"形象的研究，这也是一个易于辨别和相对完整的基本范畴，它还囊括了几个下位范畴，如俄国文学中的"多余人"、中国文学中的"零余者"、德国文学中的"少年维特"、法国文学中的"世纪病者"、英国文学中的"拜伦式英雄"。这些下位范畴各有不同之处，但是都有"多余人"形象的共有特征：他们往往有较高的文化修养，处于新旧时代交替的变革期，他们一方面感染了新时代呼求变革的风气，内心渴望有所作为；另一方面又带有旧时代的种种痼疾，缺乏行动力，最终陷入彷徨。

"多余人"与"守财奴"不同，前者人物形象都相当饱满，属于圆形人物的共有特征也很明显，但是不同国家文学中的"多余人"显然还带着各自文化语境下的特点。俄国文学中的"多余人"形象有四个代表人物，每个人物又是俄国文学中"多余人"形象的进一步下位范畴。普希金《叶甫盖尼·奥涅金》中的奥涅金，想通过减轻农民负担来进行社会改革，不但遭到其他地主仇视，他本身也带有地主的劣根性，故而改革以失败告终。他的自负也让他错过了美好的爱情，最终精神崩溃。莱蒙托夫《当代英雄》中的毕巧林，抱有建功立业的幻想，然而找不到正确道路，只能玩世不恭地发泄内心的不甘和痛苦，最终害人害己，趋于绝望。屠格涅夫《罗亭》中的罗亭，热衷于研究种种关于社会和人生的理论，但是在生活中碌碌无为。冈察洛夫的《奥勃洛摩夫》中的奥勃洛摩夫，心中有不少理想，但是从来懒得去实施，友谊和爱情都不能唤起他的奋斗意志，最终默默无闻地死去。俄国文学的"多余人"从充满奋斗的热情到没有人生目标，再到直接懒惰等死，体现了一个时代"多余人"的可叹与可悲。

中国文学中的"零余者"形象受到俄国文学中"多余人"的影响，但是深深浸透着中国特色。有学者认为《红楼梦》中的贾宝玉已经露出了"零余者"的端倪，贾宝玉是补天时无用的一块石头，这正证明了他的才华与必然的结局，他呼吸到了那个时代的"悲凉之雾"，然而终究无能为力，最后只能遁入空门，寻求精神解脱。到了现代，鲁迅《伤逝》中的涓生对人生充满憧憬，然而在实践中却最终归于失败。巴金《家》中的觉新，本来也希望奋发进取，最终也屈服于落后的家庭，逆来顺受。还有茅盾《倪焕之》中的倪焕之、郁达夫《沉沦》中的"他"，相比俄国的"多余人"，显示出了中国的"零余者"在当时黑暗社会中的分外无力。

德国歌德的《少年维特之烦恼》中的维特，内心怀着美好愿望，却软弱无力，最后用自杀来保护自己的内心。法国缪塞的《一个世纪儿的忏悔》中的奥克塔夫精神迷茫，企图在爱情中寻找寄托。英国的拜伦塑造了一系列"拜伦式英雄"，这些人物勇敢坚强，勇于反抗黑暗的社会，但由于只凭一腔热血，不结合实际，多以失败告终。拜伦笔下最后一个英雄唐璜，心中充满正义和理想，然而常常随波逐流。

这些"多余人"让文本接收者既受到了他们充满热血的内心世界的鼓舞，也体会到必须改变当时的黑暗现实才有可能真正有所作为。提出"多余人"概念的赫尔岑说："全靠有了那个时代的'多余人'，新的一代才没有成为多余的。"[①]

原型范畴理论能够扩展福斯特的扁平人物和圆形人物分类理论，使人物形象分析、人物群像系列分析具有良好的可操作性，有助于我们深入理解叙述文本人物形象的意义。

四、单个叙述文本的人物范畴比较分析

一个叙述文本一般都不只有一个人物，而不同人物之间也会形成复杂的范

---

① 赫尔岑《赫尔岑论文学》，辛未艾译，上海译文出版社，1989年，第72页。

畴关系。以《红楼梦》为例,其中人物众多,相映成趣。《红楼梦》的人物研究成果很多,但是基本是单个人物或少数人物对比研究。下文以《红楼梦》中的十二钗为研究对象,研究她们的原型范畴,可以增强对《红楼梦》人物形象的理解,也有助于推进对《红楼梦》整个文本的理解。

首先,林黛玉和薛宝钗是两个相当重要的人物,作为典型各自统领了一个范畴。虽然红学史上常有对二者的褒贬和谁更重要的争论,但是刘再复等学者也指出,《红楼梦》第五回的警幻曲演红楼梦中,金陵十二钗正册是将林黛玉和薛宝钗并列的,"可叹停机德,堪怜咏絮才。玉带林中挂,金簪雪里埋"。后面的红楼梦曲子,也并未将二者分出高下,而是"山中高士晶莹雪""世外仙姝寂寞林"。二者成为一个对比,是各自范畴的典型。

在林黛玉范畴中,"晴为黛影"。晴雯是一个距离较近的非典型成员,和林黛玉的共同特征比较多,比如有些小心眼、爱恨分明、内心纯真、没有物欲、美丽脱俗,但她们的非共有特征包括林黛玉更爱哭;晴雯性格更刚烈一些,身份也低于黛玉,没有黛玉的才华。之后有戏子龄官,龄官外貌气质酷似黛玉,和黛玉的共有特征有痴情、有些小性子、带些倨傲,但龄官的地位更低下。还有寄住在贾府的妙玉,妙玉和黛玉的共有特征也很多,都身世孤苦、才华非凡、为人有些傲气,但是妙玉性格更加孤僻。她们二人的关系就好像黛玉是红尘中的妙玉,而妙玉是出世的黛玉。不得不提的是,赵姨娘也可以说是林黛玉范畴更边缘的非典型成员,从贾府的情况推断,年轻时的赵姨娘和贾政很可能就像晴雯与贾宝玉,赵姨娘和林黛玉的共同特征是有些小心眼、长得美丽,但是她物欲强烈、性格卑劣,这就和黛玉天差地别了。但赵姨娘和晴雯还有家族相似的特征,她们都曾是或现在是贾府的丫鬟,已经成为或者将来可能成为姨娘。黛玉作为范畴的典型成员和这些非典型成员有些共有特征体现在性情上,有些共有特征体现在身份地位的类比上,而这些非典型成员也各有家族相似的非共有特征,由此形成了一系列黛玉范畴群像。

在薛宝钗范畴中,"袭为钗副"。袭人和薛宝钗的共有特征最多,是离薛宝钗最近的非典型成员,她们都为人稳重、待人和气、很得众人喜爱,但也富有心机,一样规劝宝玉读书。她和宝钗的非共有特征自然也有,袭人身份是丫鬟,是宝玉未来的姨娘,她自然没有宝钗的才华。而与袭人地位相似的还有贾政的周姨娘,周姨娘在书中很少出现,但是她默然无声的"老实",也像将来要成为宝玉姨娘的"老实丫头"袭人。再远一些,相似者还有李纨,李纨性情温顺似宝钗,但是李纨只顾着自己和儿子贾兰,不太参与年轻未嫁姐妹的交流。按照高鹗补的后四十回,薛宝钗也定然是在贾宝玉离去后带着儿子像李纨一样生活。

比较特殊的是秦可卿,秦可卿乳名"兼美",一向被认为是兼有黛玉和宝钗的特征,也是她引领贾宝玉进入太虚幻境的。秦可卿的存在也说明《红楼梦》并未对黛玉和宝钗厚此薄彼,她们对贾宝玉几乎同等重要。秦可卿就相当于同时跨入了林黛玉的范畴和薛宝钗的范畴,兼有她们的一些美好特征,既袅娜纤巧,又行事温柔和平。但是秦可卿显然也与她们两人有很大区别,《红楼梦》中写到她性情风流,最终因此丧命。红学研究一般认为,林黛玉和薛宝钗代表了"灵"的一面,而秦可卿则代表了"欲"的一面,她们三人组合起来才是一种完整的人的范畴。

与林黛玉范畴和薛宝钗范畴存在交叉的还有史湘云。湘云的性情和她们两人都不太像,而是洒脱自然。但是宝钗替湘云分担了一些生活上的困难,宝钗虽然家境富有,然而幼年失怙、哥哥混账,也很能理解家中不幸的感受。在这个层面上,她们互相理解。湘云与黛玉起先关系并不和睦,然而最终成了一对好友,她们共享的特征可见于第七十六回,两人夜半联诗:"寒塘渡鹤影,冷月葬花魂。"这时只有她们两个能够分享彼此的心境。红学家周汝昌推断《红楼梦》原先的设定最终是贾宝玉和史湘云成就"金玉良缘",最重要的根据是史湘云曾经得过一个金麒麟。而从原型范畴理论分析来看,史湘云与秦可卿同样兼有林黛玉和薛宝钗的范畴,秦可卿的兼美大概还体现在外在,而史湘云的兼美则更加内在。所以这大概既可以作为一个辅助证据显示史湘云这个人物的重要地位,也可作为一个辅助证据证明史湘云恐怕最后不会从贾宝玉的生活中毫无关系地消失。

王熙凤也是一个大范畴的典型,她性情泼辣、处事大方、精明强干但手段狠毒。贾探春和王熙凤的共有特征在于精明强干,却又不像王熙凤热衷弄权。但探春对贾府的未来认识很清醒,这点又类似秦可卿。和王熙凤关系再远些的还有原本是贾宝玉丫鬟的小红,小红聪明能干,很有王熙凤的风采,被王熙凤看中,替她跑腿办事。小红也很有决断,知道在贾宝玉身边没有什么前途,便毅然跟着王熙凤了,也勇敢地和贾芸表明了心意。王熙凤范畴中更远一些的位置还包括王夫人，王夫人曾经是管家媳妇，也贪权贪利、刻薄寡恩。她的过去就是王熙凤的现在。王熙凤的范畴再远一些，也有秦可卿。秦可卿和王熙凤地位相当，都是两府的管家媳妇，两人也性情相投，但秦可卿比王熙凤清醒，看透了贾府的结局，死后还托梦给王熙凤，这点是和探春共有的家族相似特征。

贾府的"四春"也是《红楼梦》中的重要人物。有学者研究认为，这四春分别代表了不同的范畴，迎春、探春、惜春分别暗含了中国传统文化儒释道三家的取向①，各自统领一个范畴，象征了对待贾府覆灭的不同文化取向及其结局。元春入世最深，也最清醒，却被家族和政治利益摆布，身不由己，最终难逃一死。元春是整个贾家乃至四大家族命运的人格化象征，虽然作者对她着墨不多，却几乎可以将她作为整个《红楼梦》的上位范畴来看。

王熙凤的女儿巧姐也是十二钗之一，但是《红楼梦》前八十回提及很少，她的主要表现应该在八十回之后，按照判词以及高鹗续补的四十回，可以推测巧姐的命运大概是在贾府破败后历经磨难，被刘姥姥救出，从此隐于乡野生活。巧姐的人物形象并不丰满，但从其命运可以看出，她的范畴应和元春应和，她代表着《红楼梦》希求的另一条路：贾府如果不是一味沉堕下去，早做准备，那么会有什么样的结局？秦可卿临死托梦于王熙凤，就暗示了这条路：多买祭祀产业，日后败落还能有个平安生活。所以巧姐的范畴也该是《红楼梦》的另一个上位范畴，指出《红楼梦》的另一种可能结局。如果说其他十钗都是局中人，元春和巧姐就是某种程度上的局外人。

《红楼梦》除了这些出众的女儿们，其他人物也有各自的范畴。贾宝玉的范畴最为复杂，他几乎和其他所有人的范畴都有交集，但又自成一派，他是局中人，也是局外人。

中国古代文学评点常说人物相似相犯，其实就能纳入范畴原型理论来阐释。在情节复杂、人物繁多的叙述文本中，用原型范畴理论分析人物之间的关系，可以深化对叙述文本的理解。

---

① 李鸿渊《〈红楼梦〉中迎春、探春、惜春人物形象比较谈》，载《河南教育学院学报》（哲学社会科学版），2011年第5期，第14页。

第六节 从认知的角度分析人物思维

一、人物思维理论的发展

人物是叙述文本不可或缺的重要组成部分，对人物类型的分析固然重要，对人物思维的分析也是人物理论的重要一环。思维风格（Mind Style）是英国文学批评家罗杰·福勒（Roger Fowler）首先提出的术语，指的是"个人心理自我的独特语言表征（Distinctive Linguistic Representation of an Individual Mental Self）"[①]，即思维风格是语言表述出来的人物独特的思维特征。思维风格一直是认知文体学的一个重要研究对象，主要根据语言表征来研究。

人物思维研究也是叙述学重点关注的方向之一，热奈特在《叙事话语 新叙事话语》中讨论了叙述者的话语和人物话语的互相转换，并根据叙述者话语和人物话语之间的"叙述距离"区分了三种话语[②]：一是叙述话语或讲述话语，即叙述者的话语，是距离最远的话语；二是间接叙述体的转换话语，即叙述者转述人物话语，是一种距离适中的话语；三是人物话语，人物拥有完全的发言权，也就距离最近。显然，如果从认知的角度来看，这个叙述距离也可以指文本接收者与人物之间的距离，也就是文本接收者的思维和人物的思维之间的距离。叙述者的话语掩盖了直接的人物思维，文本接收者不能直接接触人物思维，而人物自己的话语则直接表达了自己的思维，文本接收者的思维可以和人物思维直接碰撞。多里·柯恩（Dorrit Cohn）也对虚构叙述中的人物思维做了类似区分，将话语形式分为三类加以讨论[③]：叙述的独白（Narrated Monologue，相当于热奈特分类的第一种）、心理叙述（Psychonarration，相当于热奈特分类的第二种）、引用的独白（Quoted monologue，相当于热奈特分类的第三种）。

---

① Fowler, R. *Linguistics and the Novel*. Oxford University Press, 1977, p.103.

② 热拉尔·热奈特，《叙事话语 新叙事话语》，王文融译，中国社会科学出版社，1990年，第113—117页。

③ Cohn, D. *Transparent Minds: Narrative Modes for Prensenting Consciousness in Fiction*. Princeton University Press, 1978, p.16.

第二章 叙述文本中主体的认知策略

艾伦·帕默（Alan Palmer）扩展了他们的理论，认为人物的思维包括两方面：一是"行动中的社会性的思维"，二是"在物质语境中有目的性的心理机能"。① 所以考察人物的思维，要在叙述文本提供的情境中，综合考察人物的思想和行动，将人物思维和人物话语的表达方式统一起来理解。帕默的理论并非独树一帜，实际上，很多文学批评家已经这样做了，乔纳森·卡勒（Jonathan Culler）在《结构主义诗学》中就曾提到文本接收者要从行动和心理两个层面去建构人物思维，但没有从认知的角度具体说明文本接收者该如何去建构。帕默指出，在叙述文本中，人物话语对建构人物思维其实只能起到有限的作用，主要还是靠文本接收者对人物行动的认知来建构。帕默认为人物行动可以分为身体层面和心理层面，心理层面为身体层面提供了"动机、理由、意图"，构成了一个思维——行动连续体（Thought-Action Continuum），但他也指出人物行动中的思维并不直接显露，还需要文本接收者的分析。帕默进一步讨论了群体思维（Intermental Thought），以及群体思维和个体思维之间的对照或冲突。

从认知的角度对人物思维进行进一步研究的还有乔纳森·卡尔佩珀（Jonathan Culpeper）和拉尔夫·施耐德（Ralf Schneider）。卡尔佩珀的主要贡献在于建立了一个人物认知模式，包括五个部分②：一是人物图式知识，指文本接收者拥有的人物认知原型；二是人物印象的情境模型，指文本接收者根据人物心理对人物的推断；三是人物命题的文本基础，指文本接收者推断的结论；四是人物表达形式的表层结构，指文本接收者在文本中遇到的文本表达方式；五是人物阅读控制系统，指文本接收者的认知动机。文本接收者有可能根据由上而下的认知策略，从自己的认知动机出发，根据文本信息一步步推断人物思维，也可能在人物阅读控制系统的监控下，发现自己的认知图式有问题，转而采取由下而上的认知策略。总体来说，两种认知策略常常是互相影响、彼此转换的。施耐德的研究重点在于分析了文本提供的可供分析人物思维的各种

---

① Palmer A. *Fictional Minds*. University of Nebraska Press, 2004, p. 11.
② Culpeper Jonathan. "A Cognitive Stylistics approach to characterization", in Semino, E. and Culpeper, J eds. *Cognitive Stylistics: Language and Cognition in Text Analysis*, Amsterdam / Philadelphia: John Benjamins Publishing Company, 2002, pp. 251–277.

信息的形式，主要分为三大类①：一是叙述者、人物自己或其他人物对人物特征、语言或非语言行为等的描写或表现；二是意识的呈现及人物的思维风格；三是虚构空间和人物呈现过程中推断出来的人物特征。

根据以上学者的理论贡献，本书从认知的角度将涉及人物思维的叙述文本信息分为三个层面：一是叙述文本中的话语形式，二是叙述文本中的人物行动，三是叙述文本中的人物特征及空间表征。

二、从叙述文本的话语形式讨论人物思维

根据热奈特的分类，叙述文本的话语形式可分为三类，简单来说，一是叙述者的叙述话语，二是叙述者转述人物的话语，三是人物自己的话语。这个分类比较粗糙，还可以进一步细分。

先说叙述者的叙述话语是如何构建人物思维的。叙述者话语的权力最大，可以把持整个故事，叙述者既可以随意点评人物，又可以直接介绍人物的思想特征，如简·奥斯丁的《傲慢与偏见》，开头就直接评价班纳特先生"真是个古怪人，他一方面喜欢插科打诨，爱挖苦人，同时又不苟言笑，变幻莫测"②。班纳特太太则是个智力贫乏、不学无术、喜怒无常的女人。在叙述者的话语面前，文本接收者通常是一个旁观者，虽然叙述者的话语非常清楚直接，但是文本接收者很难移情于此，导致文本接收者和人物的心理距离比较远。比较特殊的是第一人称叙述，这要求叙述者必须在叙述文本时间结束之后才能进行叙述，所以叙述者和人物虽然都是"我"，但是叙述者和人物并不处于同一时间段，他们的话语有时会掺杂在一起，但总的来说，叙述者话语还是控制着人物话语。

演示类叙述的叙述者话语很少，主要以画外音或者字幕形式出现，有时也会以特殊的方式提醒文本接收者，如改编自麦克尤恩同名小说的电影《赎罪》，在情节推进的过程中，有时会出现打字机的声音，但是画面里并没有打字机出现；到了后面，文本接收者才明白，前面的情节是人物布里奥妮经过想象用打字机打出来的，那个打字机的声音实际上在提示文本接收者这段情节的叙述者

---

① Schneider, R. "Towarda a Cognitive Theory of Literary Character: The Dynamics of Mental-Model Construction", *Style*, 35, 2001, pp. 607-640.

② 简·奥斯丁《傲慢与偏见》，王科一译，上海译文出版社，2010年，第3-4页。

是布里奥妮，而不是电影的框架叙述者。但总的来说，演示类叙述使用叙述者话语引导的时候比较少。这需要文本接收者依靠自己的判断力，因此也就更依赖另外两种话语形式。

不过叙述者话语对人物思想的揭示虽然可以很直接，但是未必可靠。当叙述者和隐含作者的看法不一致时，就会形成不可靠叙述。如《红楼梦》中叙述者对贾宝玉的评价是"潦倒不通世务，愚顽怕读文章；行为偏僻性乖张，那管世人毁谤"。"天下无能第一，古今不肖无双；寄言纨绔与膏粱，莫效此儿形状。"叙述者说贾宝玉潦倒、顽劣、性格乖张、行为不妥，是个无能不肖的人。但是读了《红楼梦》，文本接收者都知道贾宝玉其实并不是叙述者所说的这种人。

叙述者转述话语或者人物话语，就涉及几种话语形式。叙述文本的引语形式可以分为四类。根据是否直接记录人物的语言，可以分为直接式和间接式；直接式就是人物话语，间接式是叙述者转述话语。根据引语是否有引导句，可以分为引语式和自由式；引语式有引导句，自由式没有引导句。这四种情况两两结合，又可以形成四种话语形式，分别举例如下：

直接引语式：他走了过去，说："我不会忘记今天的一切。"
间接引语式：他走了过去，说他不会忘记今天的一切。
直接自由式：他走了过去，我不会忘记今天的一切。
间接自由式：他走了过去，他不会忘记今天的一切。

叙述者转述话语包括间接引语式和间接自由式，间接式中的叙述者有改造人物话语的权力，在很多情况下，叙述者可以改变人物话语的语气、用词习惯，甚至可以缩略人物话语，还可以任意改变人物话语的质地。间接引语式还多了一个引导句指明这是转述语，间接自由式则更加随意，有时会将人物话语当作叙述者的话语。比如，简·奥斯丁的《劝导》中，有一句间接自由式是这样的："他不能原谅她——但他并非冷漠无情。"这其实是女主人公的想法，最终男主人公也原谅了她。但是如果文本接收者将其当作全知叙述者的话语，可能就会以为男主人公不会原谅女主人公。这种含混能起到迷惑文本接收者、增加阅读趣味的效果。

文本接收者面对间接式时，和人物之间的心理距离也比较远，但是文本接收者和叙述者的距离则比较近，只能通过叙述者去了解人物。叙述者对转述语的态度和处理方法会显示出叙述者的倾向，叙述者对人物话语的简短转述可以起到遮蔽某些话语的作用，比如一些不文明的话或是冗长无味的话，从而也起到塑造人物形象的作用。在《傲慢与偏见》中，达西终于向伊丽莎白求婚成功，叙述者根本没认真转述达西如何倾诉衷肠，只是简单地说："他正像一个狂恋热爱的人一样，立刻抓住这个机会，无限乖巧、无限热烈地向她倾诉衷曲。"① 达西一向是一个冷静而优雅的人，虽然失之傲慢，但也勇于改过。曾有文学批评者指出，此处之所以不详细写达西如何倾诉衷肠，就是不想让达西显得像个坠入爱河的傻瓜，而是要维护其冷静优雅的形象。

　　直接式是最能直接展现人物话语的形式，保存了人物话语的语气、词汇等质地，使文本接收者就像在和人物直接交流，和人物的心理距离最近。尤其是直接自由式，一般用于心理独白，是意识流小说的主要话语形式，文本接收者就像直接进入了人物的内心空间，能够真切感受到人物的思想、人物的情绪，很容易被人物感染。无论是人物所说的话，还是人物心里所想，都是体现人物思维和情感的最直接证据。直接式甚至有种特殊的音响效果，《红楼梦》中小红第一次为王熙凤办事，给王熙凤回话，口齿十分伶俐："只管请奶奶放心。等五奶奶好些，我们奶奶还会了五奶奶来瞧奶奶呢。五奶奶前儿打发了人来说，舅奶奶带了信来了，问奶奶好，还要和这里的姑奶奶寻两丸延年神验万全丹。若有了，奶奶打发人来，只管送在我们奶奶这里。明儿有人去，就顺路给那边舅奶奶带去的。"王熙凤也赞她"说得齐全"，于是便把她要到自己身边了。这番直接引语，充分显示出小红聪明利落、处事镇定的性格。

　　演示类叙述较少采用叙述者话语，相比记录类叙述，更多地采用了直接式，即使采用了间接式，也往往会在直接式中表现，比如一个人物转述另一个人物的话语——"我听见他说……"演示类叙述的引语式和自由式区别比较清楚，引语式不是由引导句而是由人物表现出来，就是人物直接说话，有说话张嘴的动作；自由式一般是心理活动，虽然有配音，但是人物嘴不动，只有说话的声音，文本接收者也就明白那是人物心里想的话了。演示类叙述偏重于直接引语式和直接自由式，这让文本接收者有强烈的真实感，人物就像和文本接收

---

① 简·奥斯丁《傲慢与偏见》，王科一译，上海译文出版社，2010年，第3—4页。

者面对面一样,心理距离很近。如果缺乏了叙述者话语的干扰或帮助,文本接收者就需要更多地依靠自己的认知努力来理解人物的思维,心理距离的接近能够帮助文本接收者移情人物进行理解。

三、从叙述文本中的人物行动讨论人物思维

人物通过所作所为来展现人物的思维,既是叙述文本常见的手法,也是文本接收者自然而然就能理解的认知策略。如海明威的小说《老人与海》,海明威奉行"冰山写作"法则,叙述者的话语很简练,很少评价,人物话语也很少、很简练。但是海明威小说中的人物都具有很强的行动力,《老人与海》中的老人桑地亚哥出海八十四天一无所获,但是他坚持第八十五次出海,在远海上为制服马林鱼,与之周旋了三天三夜;归途中又与吞食自己劳动果实的凶猛鲨鱼展开殊死搏斗,战斗到手无寸铁,最终,鲨鱼吃光了马林鱼,桑地亚哥只带回了马林鱼的骨架,然而他在梦中还是梦到了狮子。桑地亚哥的一系列行动展现出了一种百折不挠的硬汉形象,他极少的几句话中也有一句为整个故事以及他整个人做了很好的点缀:"一个人并不是生来就要被打败的,人尽可以被毁灭,但却不能被打败。"[①] 通过一次性的行动来展现人物的性格和思维方式,具有一种一往无前的意味,往往是人物思想的一次升华或转折,比如桑地亚哥第八十五次出海,经历了一场既失败又胜利的战争,在物质所得上,他可能是失败的,因为他只带回了鱼的骨架;但是在精神上,他是成功的,因为他面临如此一场恶战能够坚持到底,所以他最后梦到了狮子,那是他精神强大的象征。

通过多次相同或类似的行动来展现人的思想或性格,靠的往往是信息的累积,这就会展现出人物思维复杂的一面,或者展现出人物思维逐渐变化的过程。《老人与海》大致提过的前八十四次出海,体现的就是老人坚持不懈、百折不挠的性格,而第八十五次出海是一次升华。池莉的《烦恼人生》写了人物印家厚一天琐碎纷乱的生活,带孩子、挤公交车、赶轮渡、上班、发奖金、接待参观……印家厚忙碌不休,充满困顿、心酸和纠葛,但其间偶尔也闪耀着一点温情和快乐,展现了一个当代都市普通人的平凡生活。但是通过印家厚的这

---

① 海明威《老人与海》,海观译,上海译文出版社,1979年,第79页。

些行动,可以看出作为一个当代都市普通人的代表:印家厚虽然处处受制约,但他不曾反抗,遇到能力范围内的事,他也会伸出援手;虽然备受打击,但他也未绝望,偶尔有一点温情,他就满足了。这样一个人,有着逆来顺受的一面,对生活没有什么大的追求;但他也有着坚韧的一面,面对困难不曾倒下,而且心地善良。这是一个通过一次次行动累积出来的思想复杂、有多个层面的人物形象。

在演示类叙述中,人物虽然也可以用话语剖白自己的心迹,但是很多情况下还是要靠行动来展现人物的思想脉络,叙述文本要求有情节。对人物行动的分析实际上是文本接收者对人物行动的评价和判断,并根据自己的认知图式对人物行动做出论断。这种考察人物行动的认知方式使文本接收者和人物的心理距离比较接近,因为文本接收者用来判断的标准就是一个人在这种情况下应该怎么做,而这个人常常会是他自己。就像一个人在看演示类叙述的体育比赛时,常常会激动得手舞足蹈,实际上这个人可能只是收看电视节目,比赛跟他的现实生活毫无联系。这种激动来源于文本接收者和比赛中的人物的心理距离感很近,这是文本接收者的一种心理感受、一种移情、一种代入感。

人物行动和有关人物的叙述话语可以成为彼此纠正不可靠的一个标尺,前文在分析叙述话语的几种形式时提到,叙述者话语未必可靠,人物话语也是如此。实际上,人物行动也未必完全可靠,但是这种不可靠常常是叙述文本想办法对文本接收者产生的误导。比如金庸小说《笑傲江湖》中岳不群这个人物,在整个叙述文本的前半部分一直是一个高风亮节的君子;但是到了后半部分,他的目的被揭穿,这时文本接收者会发现,之前无论是叙述者还是其他人物,都对这个人物持褒扬态度,而且叙述者也隐瞒了一定的信息,对文本接收者进行了误导,从后半段被揭穿的岳不群的心理层面来看,他的行动实际上都是以高风亮节的表面态度掩饰其卑劣目的;文本接收者再回想之前岳不群的行动,最开始他无缘无故出现在整个事件的中心,其实已经是一个疑点了,只是文本接收者并未深究,而是顺着误导理所当然地对人物进行分析解读。如果文本接收者足够敏锐,就不会那么容易被误导,即使误导的力量很强大也起不了作用。这取决于文本接收者的认知图式,文本接收者熟悉的认知图式就是相信叙述者和人物都对这个人物的正面评价,虽然有小的疑点,但是文本接收者还是采取了由上而下的认知策略,直到更重要的信息出现——揭穿了岳不群的心理和行动目的,文本接收者才建立起了新的认知图式。

四、从叙述文本中的人物特征及空间表征讨论人物思维

以往的叙述学研究已经提出过人物塑造的三种方式:通过人物行动揭示人物性格、静态描写以及"专名的暗示与粘结"①。人物特征对人物思维的影响主要在于人物的外貌和衣着描写等静态描写以及人物的姓名或绰号。比如契诃夫的《套中人》对人物别里科夫的衣着是这样描写的:"他只要出门,哪怕天气很好,也总要穿上套鞋,带着雨伞,而且一定穿上暖和的棉大衣。他的伞装在套子里,怀表装在灰色的鹿皮套子里,有时他掏出小折刀削铅笔,那把刀也装在一个小套子里。就是他的脸似乎也装在套子里,因为他总是把脸藏在竖起的衣领里。他戴墨镜,穿绒衣,耳朵里塞着棉花,每当他坐上出租马车,一定吩咐车夫支起车篷。"②别里科夫不仅追求衣着要像一个套子一样将自己包裹进去,还要把身边的事物都装在套子里。这种衣着就转喻性地表现了他有企图封闭自我并封闭他人的心理,他的思想也是装在套子里的。别里科夫的衣着从形象的层面引导着文本接收者对人物的思维理解。

从外貌来转喻人物的思维或性格,是叙述文本经常采用的手法,文本接收者都知道,小说中,好人总是器宇轩昂,坏人则獐头鼠目。《水浒传》中的李逵长得"黑熊般一身粗肉,铁牛似遍体顽皮。交加一字赤黄眉,双眼赤丝乱系。怒发浑如铁刷,狰狞好似狻猊"。这种丑陋粗壮的外貌暗示了李逵思想简单、行为粗暴,他的外貌粗糙杂乱,像黑熊、铁牛这样难看、笨重而有力量的动物。

但有时作家也会故意借此来一点创新,比如雨果的《巴黎圣母院》中,敲钟人卡西莫多长得丑陋不堪,却有一颗金子般的心灵,这就是在挑战文本接收者的思维定式,也就是挑战其认知图式。在文本接收者熟知的认知图式中,叙述文本中的人物思想好与坏和外貌的美与丑正相关,故而卡西莫多一出场就会引起文本接收者先入为主的看法,然而随着情节的进展,文本接收者会意识到

---

① 傅修延《讲故事的奥秘——文学叙述论》,百花洲文艺出版社,1993年,第218页。
② 契诃夫《契诃夫小说选》汝龙译,人民文学出版社,1984年,第673页。

之前的认知图式的错误，从而不断纠正已有的认知图式，采用新的认知图式来认知这个人物。

用人物的姓名和绰号来表现人物思想和性格的做法源远流长，中外都有不少绝佳的例子。如莎士比亚的《亨利四世》中的一个人物叫Rumour（意为谣言），他所说的果然都是谎言，另一个人物叫Hotspur（意为急躁的人），此人果然性格暴躁傲慢。普鲁斯特的研究者让－伊夫·塔迪埃（Jean-Yves Tadie）就指出，普鲁斯特在《追忆似水年华》中使用盖尔芒特这个姓氏就颇有深意。这个姓氏来自一位城堡主，在《追忆似水年华》中《盖尔芒特家那边》这一部分就曾有一个副标题《人名》。中国小说《水浒传》中的人物都有绰号，宋江的绰号是"及时雨"，象征着他这个人急公好义的性格。《红楼梦》里林黛玉号为"潇湘妃子"，引用了传说中舜死后，他的两位妻子娥皇、女英泪洒斑竹，投湘水殉情的典故。林黛玉不仅爱哭，她对纯洁爱情的追求及她的人生命运也和两位殉情的女性颇有相似之处。《红楼梦》里更有卜世仁（不是人）、霍启（祸起）等众多谐音名。当然有时绰号也可以反用，如金庸的小说《笑傲江湖》里面的人物岳不群，绰号"君子剑"，他相貌堂堂、风度翩翩，说话时也是满嘴仁义道德，却是个道貌岸然的伪君子，用他的外在形象蒙蔽了很多人。

文本还可以用叙述文本构筑的文本世界中的空间来表征人物的思想和性格。叙述文本的文本世界通常是一个堪比实在世界的虚构世界，人物在文本世界中，必然要存在于某些空间，和人物关系最密切的往往是人物的家。福克纳的小说《纪念爱米丽的一朵玫瑰花》中，爱米丽小姐住的房子"虽已破败，却还是桀骜不驯，装模作样，真是丑中之丑"。房子总是关着前门，里面"一股尘封的气味扑鼻而来，空气阴湿而又不透气"[①]。这座曾经高贵现在没落的房子和爱米丽小姐落后于时代，压抑封闭又自命不凡的性格相得益彰，整个文本并没有直接的语句来表现爱米丽小姐的思想，从她住的房子却不难想象她被拒婚后会做出杀人藏尸的举动来。《红楼梦》中的大观园更是以一个个小空间来象征人物的性格，也彰显了人物的思想。林黛玉的潇湘馆是"有千百竿翠竹遮映"，充满自然气息，"书架上放着满满的书"，体现出林黛玉不但崇尚自然，

---

① 福克纳《纪念爱米丽的一朵玫瑰花》//陶洁选编，《福克纳作品精粹》，杨岂深译，河北教育出版社，1995年，第35页。

而且是个很有才华的人。薛宝钗的蘅芜苑则是"愈冷愈苍翠""雪洞一般",体现出薛宝钗冷静的性格,也体现出她"罕言寡语,人谓藏愚;安分随时,自云守拙"的思想倾向。

第三章 叙述文本的空间和时间认知

第一节 叙述文本空间与认知地图的构建

一、叙述文本的四个空间

根据广义叙述学包含的文本种类,从媒介的角度看,绘画、建筑、雕塑等使用触物媒介的文本偏向空间维度,文字、小说、历史、传记等使用文字媒介的文本偏向时间维度,而电视、电影等使用电子媒介的文本则同时重视空间和时间的维度。在我们生活的世界中,时间和空间是事物存在的次序,二者不可分割。空间类媒介直观,但解读要靠语境,很难精确表意,时间类媒介则能丰富自由地表意。随着人类文明的发展,时间类媒介的叙述自然越来越占优势,但时间类媒介叙述的解读需要人更多地动用大脑能力来想象。

在交通不便的古代,人们出行和传递信息十分不便,对时空的感受具体而深刻。20世纪以来,随着交通工具和传播媒介的发展,"时空压缩"成了不可阻挡的趋势,不同的空间可以同时显现在网络上,两地之间旅行的时间也大大缩短,广阔的地球空间变成了"地球村"。于是在现代以前,文学艺术文本的时空表现形式往往和实在世界相仿,充分探寻人在不同时空中的不同感受。20世纪后,人们对时空的感受彻底改变了,福柯、列斐伏尔、弗雷德里克·詹姆逊等人都从政治经济的角度讨论过空间问题,戴维·哈维、爱德华·苏贾则从地理学的角度对社会问题进行了批判,文学艺术也开始探讨不同的时空形式。艾略特和庞德的诗,普鲁斯特和乔伊斯的小说,都注重实验如何用时间类媒介来表现空间,如普鲁斯特的小说,被认为用"视觉瞬间静止"的方式打破了线性时间感觉。

西摩·查特曼《故事与话语》、米克·巴尔《叙述学：叙事理论导论》、马克·柯里《后现代叙事理论》都讨论了叙述文本的空间，还有一些学者以论文的形式讨论了叙述文本的空间。他们的讨论范围大致是空间的分类和与空间有关的一些因素。查特曼仅仅将空间分为故事空间和话语空间，前者指故事发生的当下环境，后者指叙述者存在的空间。安·达吉斯托尼（Ann Daghistany）和J. 约翰逊（J. Johnson）将其分为开放空间和封闭空间，讨论故事发生的空间是封闭的，而且边界不明。露丝·鲁浓（Ruth Ronen）讨论的则是故事发生空间的分层。这些分类标准不一，也不够全面。米克·巴尔讨论了与空间有关的视角、形式等因素。凯斯特纳（Joseph Kestner）探讨了小说如何仿照空间媒介中雕塑、图像和建筑的特点来建构空间。可以看出，这些讨论各有特点但非常散乱，要想深入研究叙述文本的空间问题，必须先弄清楚叙述文本的空间分类。

根据皮尔斯符号学，皮尔斯提出了符号意指三分式：再现体—对象—解释项。符号再现体相当于索绪尔的能指，而索绪尔的所指可分为对象和解释项两项，其中对象接近符号的外延义，而解释项接近符号的内涵义。从叙述文本的角度来说，再现体是接收者看到的文本的组织形式，对象是接收者理解的叙述文本被捋顺后的故事内容，解释项是接收者从故事中理解的意义。从实在世界来看，叙述文本的再现体通过媒介形式存在，和接收者同处于实在世界。对象是从再现体推出的，位于接收者的大脑中，是在一个抽象的空间。解释项也是从再现体推出的，也位于接收者的大脑中，也是在一个抽象的空间。所以，在符号的三个空间之外，实在世界的空间也和叙述文本密不可分。

仔细分析，可知叙述文本的空间分为三个不同层面：一是再现体层面的空间，即叙述文本的形式结构安排，如中国套盒结构、链条结构、循环结构等。二是对象层面的空间，即故事空间，主要是叙述文本中构筑的世界，因为情节必然发生在一定的时空中。故事空间虽然由接收者在思维活动中重新整理构筑，但是完全可以从文本中找到客观证据，而且可以由不同接收者达成共识。三是解释项层面的空间，这个层面的空间是一种抽象的思想空间，靠接收者的思维活动形成，一千个读者心中有一千个哈姆雷特，不同接收者对同一故事空间的解读可以各不相同。除此之外，叙述文本作为一个符号，靠媒介物存在，和符号的发送者、接收者共同存在于实在世界中。从四个空间的划分可以看出，符号空间和对象空间都是可以考究、得出确切的结论的，而解释项空间则比较复杂，涉及实在空间中的不同发送者和接收者的复杂经验，故而只能依靠阐释社群来取得相对稳定的解释。实在空间的影响也体现在媒介层面，如采取身体、实物、言语等媒介的表演型叙述，即使每次的表演采用同样的符号空间和对象空间，即采用相同的故事情节，也不能保证每次的表演都完全一样，因为表演者每次的发挥都可能有差别。而对于小说这样的文字媒介或者雕塑等记录型媒介，实在空间对其本身的影响并不大，一部小说可以流传千百年不变，变化的只是不同时空接收者的解释。

我们解读一部叙述文本，就是为了解读出一种意义。从一般读者到文学批评家、理论家，讨论的往往都是符号的所指，但所指是可以分为对象和解释项分别进行讨论的。赵毅衡指出，艺术符号本身带有"跳过对象"的倾向[①]，依靠增强解释项与对象的距离感来取得艺术效果。叙述文本是艺术符号，也要追求解释项的丰富内涵，但是叙述文本比较特殊，它包括人物参与的事件，因此必然要有对象。要想讨论叙述文本的解释项，必须先弄清符号的对象。对象空间包括整个故事空间，故事空间根据对象不同可以分为纪实叙述和虚构叙述，纪实叙述的对象空间可以追溯到实在世界，而虚构叙述的对象空间则可以是包括可能世界、不可能世界和实在世界的"三界通达"[②] 复杂世界，一般被统称为可能世界。实在世界就是物理世界，而可能世界虽然可能有各种时空组合方式，但是也是以实在世界的物理形式为基础构成的。认知地图作为一种认知心理学理论，可以从认知的角度深入分析人是如何理解叙述文本的故事空间的。

二、将认知地图引入叙述研究

心理学认为，人在记忆中重建空间环境的形象而识别和理解空间，这种在人的头脑中根据经验建构的类似地理地图的认知模型就被称为认知地图（Cognitive Map）。作为记忆编码系统的认知地图有两个来源，一是对外界环境的感知，二是根据某些信息通过形象思维形成。认知地图的形成受环境因

[①] 赵毅衡《符号学：原理与推演》，南京大学出版社，2011年，第307页。
[②] 赵毅衡《三界通达：用可能世界理论解释虚构与现实的关系》，载《兰州大学学报》（社会科学版），2013年第2期，第1页。

素、个人因素和认知要求的影响。认知地图的概念最初是 1948 年格式塔心理学家托尔曼（Edward Tolman）研究老鼠穿过迷宫的空间认知策略时提出的。[①] 在此之后，对认知地图的研究主要分为两个方面：一是研究构建认知地图的心理过程，二是研究认知地图和地理地图的关系以及认知地图的结构、类型等。对叙述文本认知地图的研究同样也应该包含类似的两个方面：一是人的心理对认知地图构建的影响；二是叙述文本的空间设置对人的接收理解的影响。前者从叙述文本接收者的角度进行分析，后者从叙述文本本身的特征进行分析。

（一）从接收者的角度研究人的空间认知心理

1981 年，比约恩森（Richard Bjornson）将认知地图引入文学研究，认为认知地图是人在解读文学文本的过程中对其中呈现的空间关系和意义组织的心理构造。[②] 事实上，人依靠对叙述文本空间的想象的确能够媲美对现实空间的直观感受。比约恩森指出，这个心理地图不像地理地图一样有清晰的边界。叙述学家玛丽-劳尔·瑞安发展了认知地图在文学中的应用，将其定义为关于空间关系的心理模型。[③] 她认为人对空间关系的再现既可以通过经验感知，也可以通过阅读文本理解。在叙述文本中，故事讲述的是有智力行为的行动者的运动，行动者必须在空间中运动，并作用于某些实体。瑞安选择了马尔克斯的小说《一件事先张扬的凶杀案》为研究对象，将自己经过精读绘出的模范地图（Master Map）和学生通过记忆所绘的认知地图进行对比研究。瑞安先从文本话语的角度分析了文本描绘空间的几种方式，如直接描写、暗含在事件的报道中、通过人物运动描绘空间等。接下来她考察了认知地图的三个方面。一是清单，考察在叙述文本中出现的空间信息是否被增减。可以看出，跟主要人物、主要情节相关的信息被记得更准确、更全面。读者有时会根据个人经验代入其他信息，比如小说中的主要空间里有个广场，有几个学生画的广场中都有喷

[①] 罗伯特·索尔索等《认知心理学》（第 7 版），邵志芳等译，上海人民出版社，2012 年，第 274 页。

[②] Bjornson, R. "Cognitive Mapping and the Understanding of Literature", *SubStance* 30, 1981, pp. 51–62.

[③] Ryan, M L, "Cognitive Maps and the Construction of Narrative Space", Herman, D ed. *Narrative Theory and the Cognitive Science*, Stanford: CSLI, 2003, p. 215.

泉，但小说中并未提到喷泉，可见是学生自己根据以往生活经验代入的。二是空间关系，考察叙述文本中不同空间的关系是否被理解，读者会重点关注主要情节的空间，以此衡量与其他空间的关系瑞安读者有时也会将自己的经验代入其中，比如一个学生将小说中的街道画成十字架形来表明她所理解的小说中具有的道德批判意义。三是绘制策略，考察学生采取什么视角来绘制地图，有的学生画的是立视图，有的学生画的是俯视图，有的学生画的是立视加俯视图。瑞安并未指出原因何在，但是这显然也和读者个人经验有关，立视图和俯视图都是常见的地图绘制方式，俯视图比较抽象，而立视图比较形象，正如下文所分析的，两者结合其实更符合人的记忆方式：形象记忆和语义记忆相结合。比约恩森和瑞安的分析颇具新意，本书拟在二人研究的基础上，参考认知心理学，尤其是认知地图的理论，进一步推进对叙述文本空间认知的研究。

安道尔·托尔文（Endel Tulving）提出人的记忆有两种组成方式：情节记忆（Episodic Memory）和语义记忆（Semantic Memory）。[①] 情节记忆往往源于个人生活经历，具有事件发生的时空关系，而语义记忆是与具体时空无关的一般知识，但二者并非截然不同，很多知识可以同时存在于情节记忆和语义记忆中。从对空间知识的掌握来看，认知地图也体现出这两种趋势，人们记得有些地点的具体空间形象，有些仅仅是抽象知识，前文提到的接收者的画图方式就体现了人这两种记忆方式的结合。文字媒介的小说没有人肉眼可见的具体画面或可听的声音，多媒介的电影则声色俱全，在对空间信息的接收上，前者主要靠接收者的想象，即使是非常具体的描写，不同接收者也可能想象出不同的空间；后者则是具象的信息，不会给接收者想象的余地。但心理学研究证明，不仅仅是看到的画面或听到的声音可以形成形象的情节记忆，人们通过阅读文字，利用想象和联觉同样可以形成情节记忆，而不仅仅是抽象的语义记忆。但抽象的语义信息也有优势，即使今天的电子技术已经非常发达，3D技术对真实的模拟已经非常绝妙，甚至能创造出实在世界中不存在的奇景，比如《阿凡达》中的生命之树，但是语义信息依然能够描绘出画面无法表达的场景，因为人的想象是没有极限的。而且人的想象各有不同，经由小说改编的电影，

[①] 罗伯特·索尔索等《认知心理学》（第7版），邵志芳等译，上海人民出版社，2012年，第199页。

由抽象信息变为具象，很难符合不同文本接收者的不同要求。

对认知地图的构建也研究了人在理解地理类地图以及周围环境时的记忆特征及重建过程，并研究个人评价对记忆的影响。在对周围空间的观察中，人的注意力是有选择性的，总有一些信息会突出，另一些则容易被忽略，但是心理学研究认为这些被忽略的信息并非被舍弃了，在一定条件下可以被人们重新注意到。叙述文本总是从某个视角进行叙述的，其中对空间的描写必然也带有选择性的特点，所以即使是模范地图，也很难像地理地图那样拥有明确的边界和比例，各个空间之间的关系也不一定能够被准确衡量。叙述文本经常利用这一点设置悬念，先前似乎被无意提到的空间会在后面的情节中起到重要作用。在对地理空间进行认知时，人会对曾经发生过重要事件的地点进行情感化的渲染，个人感受会影响对空间的理解。这些空间经过意义积累，很容易引发人的感情反应。这可以是历史文化的积淀，如圆明园；也可以是艺术作品的积淀，如电影《西雅图夜未眠》中男女主人公在帝国大厦定情，后来又被电影《北京遇上西雅图》再次演绎；还可能是个人化的积淀，如接收者个人在生活中有深刻感受的地方，如果在叙述文本中有同名的地点，很容易产生感情代入。

佩里·托恩代克（Perry Thorndyke）和芭芭拉·海因斯－罗斯（Babara Hayes-Roth）通过实验总结出人了解空间的两种方式：纵览（Survey）和路径（Route）。[①] 纵览是从整体来观察全局，对整个空间进行定位；路径则以边走边看的方式动态地显示空间。前者往往更多地以抽象知识的形式存在，而后者则更容易产生形象记忆。从叙述文本来看，前者使读者一次性接收有关空间的信息，储存在记忆中；如果空间信息集中出现，接收者就很难判断哪些信息和故事情节相关度比较大，而缺乏联系的孤立信息难以被记忆，读者很容易跳过这些信息，瑞安的研究也提到过这一点。大多数文本会随着行动者的行动而逐步揭示这些信息，要想得到叙述文本的全景，就要随时合成这些信息，有些叙述文本的空间设置很复杂，不能简单按照路径顺序合成，而是需要接收者充分理解文本信息。比如雷蒙德·库弗的小说《保姆》，文本中的信息前后矛盾，只有当接收者理解这是在不同空间发生的相似的事，才能理解这个文本的空间

[①] 罗伯特·索尔索等《认知心理学》（第7版），邵志芳等译，上海人民出版社，2012年，第199页。

设置:人在面对事件时做出的不同选择都会导致不同的可能,每种可能都相当于另一个时空。前现代的小说往往喜欢在故事发生之初先总体描写故事发生的空间,采取纵览的方式,如《巴黎圣母院》。而现代以来,叙述文本更多随着人物的行动展开相应的空间,采取路径。这其中有几个原因。一是前现代的叙述文本往往模仿实在世界的空间构成,预先交代作为一种引入;而现代叙述文本采取复杂的空间形式,难以一下交代清楚,也是把空间展开作为一种悬念。二是现代以来,随着交通和媒介技术发展,人们对叙述文本的熟悉度提高以及生活节奏加快,也不再有必要先行介绍故事背景,读者看到"一个宇航员"这样的语句就会自动联系科学背景和宇宙空间等知识信息。

(二)从文本的角度研究空间设置对接收者构建认知地图的影响

加斯东·巴斯拉(Gaston Bachelard)在《空间诗学》中从现象学和心理学的角度分析了空间的一些原型意象,如阁楼、角落等,指出人对这些原型意象都有类似的感受,在阅读中遇到这些意象时,都会引起仿佛现实中的心理感受。人的既存心理图式对认知空间有影响,但空间特质同样会对人的认知产生影响。玛丽-劳尔·瑞安等人的研究主要集中在前一方面;凯文·林奇(Kevin Lynch)研究的虽然是实在世界的真实空间,但他把心理学引入了地理空间研究,他对城市空间形态形成的城市意象的研究,能够启发我们对叙述文本的空间设置如何影响接收者构建认知地图的研究。

林奇在从人的知觉角度研究城市空间形态时,认为对环境空间的感知"拓展了人经验的潜在深度和强度","环境意象是观察者与所处环境双向作用的结果"。[①] 叙述文本必须在一定的视角下被叙述出来,所以接收者对叙述文本空间的感知要依靠叙述文本的视角,这和人在实在世界中感受空间的方式很相似。林奇将构成城市意象的认知地图分为五个要素:道路、边界、区域、节点和标志物。

道路是"观察者习惯、偶然或潜在的移动通道"[②],往往可以成为象征,公路电影、公路小说自成一派,就是利用了道路作为移动通道这个特性。道路的特性决定了人可能走到理想的目的地,也可能走进死胡同;可能迷路,也可

[①] 凯文·林奇《城市意象》,方益萍、何晓军译,华夏出版社,2013年,第4页。
[②] 凯文·林奇《城市意象》,方益萍、何晓军译,华夏出版社,2013年,第36页。

能走回原地。所以道路往往被视作人生的隐喻，公路叙述文本也就成为人对内心世界的一种探索：追寻、逃离、迷失或者回归。执着于探索内心世界的人物往往都在某个方面和现实世界格格不入，叛逆者的形象尤其被叙述文本喜爱，艺术符号也喜欢选择标出的人物形象。电影《末路狂花》表现的是一场疯狂的逃离直至末路。小说《在路上》在追寻中迷失，电影《荒野生存》是在探索中升华。电影《泰囧》则以喜剧的形式探讨了如何从迷失之途回归：在异国他乡一路疯狂追逐利益而不得后，主人公终于明白了自己疯狂行为的无意义和因此对家庭亲人造成的伤害，也从光怪陆离的泰国回到了熟悉的中国街头。道路的宽窄、长短、新旧等形式特征也同样影响着文本接收者的理解：追寻的道路是漫长的，逃离的道路是逼仄的，迷失的道路是空旷或多岔路的，回归的道路是从陌生到熟悉的。道路的起点、终点、方向和长度多与目的相关，《西游记》中师徒四人一路向西代表了坚定的信念，历经九九八十一难展现了人物的决心，清晰的起点会说明逃离或追寻的缘由，清晰的终点则指明人物经过一场旅途得到的意义，但这些特征并非必须存在。

边界是两个部分的分界线，是空间连接的中断，边界意味着分隔和超越困难。突破边界经常是叙述文本的主题，爱尔兰作家约翰·伯恩的小说《穿条纹睡衣的男孩》被改编成电影，宣传海报就是在一道铁丝网的两边，两个男孩凝视着彼此，这个悲剧故事让人反省划分边界的残酷。虚构叙述文本的空间往往不止一个层面，不同层面的空间之间也要有边界。在中国民间流传的牛郎织女故事中，牛郎和织女分别属于凡人和神仙的空间，他们难得相会，只能在七夕靠喜鹊搭成的桥见面。村上春树的小说《世界尽头与冷酷仙境》，连接两个不同层面空间即现实世界和精神世界的是一个水潭，人在穿越时会下起暴风雪。有时边界以道路的形式展现出来，《西游记》中主人公要经过九九八十一难才能从凡间走到西天。但是边界在隔断两个区域的同时，也成了两个区域的连接之处，所以可以看出，尽管边界造成了穿越的困难，但同时也为到达另一个空间提供了希望。丹麦和瑞典合拍的电视剧《桥》（*Bron*），先后被美国翻拍为《边桥谜案》（*The Bridge*），被英国和法国联合翻拍为《边隧谜案》（*The Tunnel*），情节和人物设置类似，只是把原先的地点——丹麦和瑞典的边界分别换成了美国和墨西哥的边界以及英国和法国的边界，讲的是警察如何破获边界偷渡案和走私案。这部剧集被多次翻拍，可见其魅力非凡，穿越边界如此艰难,然而穿越边界带来的对求生的希望和对利益的渴望使人不可抗拒。

区域是因具有某些共同特征而形成一定面积的分区,被认为是空间意象的基本元素。前文分析边界的部分提到过,叙述文本的区域往往能分为多个层次,不同区域的划分原则要求同一区域的空间内具有主题的连续性和可识别性。叙述文本中的空间区域主题往往能够体现文本的风格,如美剧《犯罪现场调查:拉斯维加斯》以夜色中璀璨奢靡的市区和烈日下干旱荒凉的沙漠相结合的拉斯维加斯为基本区域,充满了戏剧性和传奇风格。恐怖片的区域一般黑暗而逼仄,科幻片的区域往往是浩瀚的宇宙。不同空间的清晰度不一定相同。《红楼梦》中的太虚幻境就很难说明其地理位置,但大观园就清晰得多,能绘出地理型的地图来。这是表达意义的需要,仙境自然要迷离虚无,而凡间则像实在世界一样清晰可辨。不同区域往往和不同的社会阶层相联系,比如"朱门酒肉臭,路有冻死骨"。朱门和路边分属不同的区域。司汤达的小说《红与黑》展现了出身不高的于连如何被一级一级更高的区域诱惑,不择手段向上爬,最终他的追求破灭,他也看透了这种追求的虚妄,愤然接受了死亡,也就是选择了离开这些区域的主题——腐朽的贵族阶级专制。电影《盗梦空间》对区域的应用十分巧妙,人物穿梭于现实和梦境两个不同区域,靠一个转动的陀螺是否能够停下来分辨现实空间和梦境空间;梦境虽然无限神奇,但也无限模仿现实,故而人物有时还是分不清自己到底处于哪个空间中。

节点既可以是道路和区域的连接点,也可以是区域的核心集中点,有时被认为是"战略性焦点"①。《犯罪现场调查:拉斯维加斯》是罪案剧,所以节点总是警局,所有的线索最后都会汇聚在这里并互相连接。巴尔扎克的小说《高老头》创作了伏盖公寓这个节点,以此为中心点,通过高老头在这里的生活的变化,揭示了新生的资产阶级意识如何击溃没落的贵族意识。节点常常以道路连接点的模式出现,如火车站、飞机场、加油站、旅馆等空间,有时也可能是一个广场或者一个公园;故事的情节转折点往往也发生在节点位置,如《荒野生存》的主人公在路途中每个停留的地方遇到的事都让他一步步更明确他追寻的目标,而电影《后会无期》的主人公在每个节点收获的只有失望。电影《周渔的火车》中,女主人公在两个男主人公之间摇摆不定,同时她坐的火车也在

---

① 凯文·林奇《城市意象》,方益萍、何晓军译,华夏出版社,2013年,第55页。

两个火车站之间不断来回,空间完美地象征了这个故事的意义。

标志物通常是一个突出元素,可以形成周围区域的参照物,"被用作确定身份或结构的线索"①。将节点和标志物相比,节点在道路或边界之间,或区域内,而标志物则是一个外部参考点,使外部人员能够快速认出并将其作为向导。在叙述文本中,标志物往往是不可或缺的,是具有奇观或高潮效应的魔力空间,具有与基础空间不同的异质性,被认为是一个叙述文本中具有标志性的精彩部分,有时甚至能突破文本空间,影响实在世界。爱情电影中男女主角定情的地点常常是巴黎的埃菲尔铁塔、美国的帝国大厦、韩国的济州岛、中国的西湖等地,因为那是一个个浪漫的标志物。标志物要容易识别,所以往往是各种名胜古迹,如果不是这种在实在世界空间中被社群反复使用、意义累积形成的象征,那就一定是在文本中不断进行意义积累而导致理据性上升的空间符号,并带有原本不具备的异质性,如电影《魂断蓝桥》情节转折都发生在一座滑铁卢桥上,最终使这座桥成了一个标志物;中国民间故事中的白娘子和许仙,两人相遇、失散又重逢,都是在西湖的断桥上。这时,这两座桥已经不仅仅是文本空间的一个组成部分,而成为一个特殊的标志物。故事的力量甚至渗透到了实在世界中,使滑铁卢桥和断桥也成了实在世界中浪漫爱情的标志物。标志物甚至可以不仅仅是地域性的,比如一个埃菲尔铁塔的项链吊坠也具有和埃菲尔铁塔同样的意义功能。标志物还可以形成序列,比如埃菲尔铁塔、凯旋门和卢浮宫共同成就了巴黎的浪漫气质。

道路、边界、区域、节点、标志物五种元素在叙述文本中并不孤立,而是互相影响,它们之间可以互相强化,也可能互相削弱。一个叙述文本可能包括多层次的五种要素,也可能会有缺失。空间可能在不同时间产生变化,如夏天的空间和冬天不同。边界模糊不清,就会影响区域的风格,有时叙述文本故意模糊处理空间边界,给接收者制造悬念。《盗梦空间》的结尾,主人公走向两个孩子,这是他一直梦寐以求的场景。他习惯性地转动了陀螺,直到电影落幕,都并未显示陀螺是否停止旋转。这到底是主人公的心愿终于在现实中成真,还是他沉浸在一个美梦中?答案我们不得而知。两个区域被用作对比在叙述文本中很常见,如《人间喜剧》中的拉斯提涅一边看到的是破败的伏盖公

---

① 凯文·林奇《城市意象》,方益萍、何晓军译,华夏出版社,2013年,第60页。

寓,另一边看到的是伯爵夫人等人的奢侈生活,这种刺激使拉斯提涅的心灵产生了巨大的变化,这种对比使两个不同空间相得益彰。在公路类型叙述中,道路和节点通常紧密联系,每个不同节点总会带来新的情节转折。空间的色彩和方位也会带给接收者不同的心理感受,如电影《红色沙漠》,故意让颜色失真,空间扭曲,利用空间特征对人心理的影响来体现工业化让人产生的不安定感。

空间的命名对空间也具有莫大意义。《红楼梦》大观园中每一个园子,都成了不同人物的精神象征:怡红院代表了贾宝玉对女儿们的博爱,潇湘馆代表了林黛玉的缱绻情思,蘅芜苑则代表了薛宝钗的冷清高洁。最有名的例子可能是"乌托邦",这个词的本义是没有的地方,托马斯·莫尔的小说《乌托邦》使它成了专有名词,成为一个"特殊的空间"、一个象征,指理想中完美的世界。后来甚至还出现了与之相对的"反乌托邦"小说,如奥威尔的《1984》。

从以上这些分析可以看出,叙述文本的空间绝不仅仅是为人物行动和情节发展提供一个场所,而是为理解文本做出了不可忽视的贡献。接收者对叙述文本对象空间的理解与接收者的个人经验有很大关系,叙述文本空间的设置同样可以引导接收者对叙述文本的理解。要解读叙述文本的意义,解读出其中对象空间的构造是必要的一环。

第二节 叙述文本的时间认知模型

一、实在世界的时间和叙述文本的时间

(一) 实在世界和叙述文本的三种时间观念

时间和空间同为物质存在的基本方式,也是人类认知世界的重要维度之一。时间研究遍布哲学、美学、社会学、生物学、物理学、心理学等多个学科,体现出时间对人类认知的重要性。时间认知是人对时间长短、快慢、先后等变化的认知,包括对时刻、时段和时向的认知。时刻是一个具体的时间点,时段是两个时间点之间的间隔时间,时向是不同的时间段或时间点的顺序。现代物理学认为时间是线性不可逆的,这被认为是科学的、真实的看法。但是,人对时间的感知一般是模糊的,并不精确,当然也能通过训练达到精确,不过常常要借助外在空间的事物来对其进行较准确的测量,比如看表、看太阳的位

置。20世纪之后,存在主义哲学家以法国哲学家柏格森的"绵延"理论为基础提出了"心理时间观"①,指出线性的时间观实际上是将时间当作一个线性不可逆的空间概念来理解,以空间为尺度对其进行测量。古代文明尤其崇尚循环时间观,如日夜的时间循环、四季的时间循环,实际上也是一种以空间为尺度衡量时间的方式,而"心理时间"从人的切身体验出发,对时间的感知实际上是绵延的、不可分割的流动状态,与线性时间观或循环时间观以一个时刻替代另一个时刻前进的方式不同,而是一种意识流动的轨迹;并且,心理时间是相对主观的,既能光阴似箭,也能度日如年。实际上,线性时间观与循环时间观并没有太大矛盾,循环时间观只是线性时间观呈现出的规律状态,并非否认其线性的不可逆本质:日夜的循环、四季的循环只是线性时间长河中的一个个或小或大的单位。心理时间观才是与线性时间观有着不同基础的理论。线性时间观便于对时间的测量和掌握,但心理时间观依靠的是人的认知能力。

叙述文本中的时间表现中,这两种时间观都有表现,其不同之处在于,线性时间观是一种客观的、不能被人力左右的时间存在方式,而叙述文本作为人物参与的事件,是无法避免人的认知能力对时间的看法的。戴维·赫尔曼在讨论叙述文本的时间理论时提到过②,热奈特的时间理论实际上假设了一个前提:文本接收者能够认识到故事的时序、时距以及频率。赫尔曼认为,在一些涉及心理创伤的叙述文本中,有时并没有清晰的感知,如果叙述文本的时间比较模糊,就不能认定这个叙述文本质量有问题,而是要根据其带来的效果决定。举个例子,不能因为意识流小说以意识流动的随意性来体现心理时间,就认为其不可理解。其实模糊时间在叙述中很常见,比如"很久很久以前""刹那间"这样的说法,并不仅仅限于人物有心理问题的时候。这实际上就是要考虑两种时间观错位带来的效果,而不是一味根据"科学的"线性时间观否认心理时间观。

叙述文本中的线性时间叙述方式能带给人一种纪实性叙述般的真实感,中国古代的很多小说都很喜欢写清楚虚构的故事发生在某年某月某日,就像其曾发生在实在世界中。《红线传》的故事发生在唐至德年间,《杜十娘怒沉百宝

---

① 吴蠡甫《现代西方文论选》,上海译文出版社,1983年,第87—88页。

② Scholes,R. et al. *The Nature of Narrative*. Oxford University Press,2006,p.316.

箱》发生在明万历二十年。但有时叙述文本中的时间过于精确,反而会让人产生不真实感,因为人不可能时时刻刻都能够准确把握时间,这主要涉及叙述文本中的人物对时间的感知,这是心理时间擅场。电影《重庆森林》的人物台词中有很多关于精确时间的话语,比如"我们最接近的时候,我跟她的距离只有0.01公分,57个小时之后,我爱上了这个女人"。这种表述反而拉开了文本接收者和人物的心理距离,因为人很难精确地测量出两人擦肩而过的距离,也无法预知一个精确的时段之后会爱上某个人,于是这让接收者站在了一个全能的预言者的位置。线性时间观带给人的真实感在于让接收者产生这件事发生在实在世界的错觉,而模糊的心理时间带给人的真实感在于让接收者对叙述者或人物产生一种代入感——我们都是不完美的,无法掌握时间的凡人。

(二)叙述文本的三个时间概念

叙述文本的时间一般按照故事话语划分为"故事时间"和"话语时间",相当于底本时间和述本时间。查特曼指出,故事时间就是"事件之间的自然时序"[1],即经过整理的文本情节呈现的以实在世界的线性时间观为基础的时间,即"被叙述的时间"。虽然情节包括人物的心理时间,但是这种整理方式只考虑文本呈现的物理世界的"科学"时间。比如典故"黄粱一梦"的出处《枕中记》,它的文本世界呈现的是从"主人方蒸黍"到"主人蒸黍未熟"这段短暂的时间,而它呈现的人物卢生的梦境次文本世界则是卢生从入睡时到过世一辈子那么长时间。这种时间差异的对比正是文本的独特之处。如果只考虑文本中物理世界的"科学"的时间,那么卢生的梦境根本不能算叙述文本的时间。尤其是后现代文本如库弗的小说《保姆》,展现了在同一时间段内发生的互相矛盾的事件,完全无法建立一个"事件之间的自然时序",但是我们并不认为这篇小说就是胡说八道、毫无意义的。于是,在讨论叙述文本的时间分布的时候,要考虑到其不同层次的文本世界中的时间设置。

叙述文本的主要研究对象是话语时间。叙述文本很少会按照实在世界的线性时间进行叙述,而要进行各种变形。但是这种变形必须要建立在线性自然观的基础上,文本接收者以熟悉的线性自然观为基础,去分析话语时间设置的目

---

[1] Chatman, S. *Story and Discourse: Narrative Structure in Fiction and Film*. Cornell University Press, 1978, p. 63.

的。在文本接收者去阅读、观看、体验文本的时候,接收者首先面对的是话语时间,而故事时间其实是在理解文本的过程中逐渐整理出来的。于是接收者在理解文本时间的时候,首先要以熟悉的线性时间观为预设,在理解文本的过程中逐渐进行整理修改。而现代叙述文本往往有情节提要或者预告片这种提前放送的"广告",也能够帮助文本接收者进行预设。科幻电影《星际穿越》(Interstella)的预告片就提醒接收者这是一部有关航天技术的电影,接收者就会预设这部影片存在非常复杂的时空理论。

在文本接收者理解文本的过程中,接收者会以线性时间观为理解基础,在整理话语时间的过程中不断构筑故事时间,而故事时间并不一定会有一个清晰的仿照实在世界的时间维度,但是以实在世界的线性时间观为参照,可以进行扩展理解,比如《星际穿越》涉及虫洞和黑洞理论,一般接收者对这些复杂的天文科学理论不会很清楚,而电影以形象的方式进行了展现。接收者可能不懂为什么虫洞两端的时间流速不同,但是这并不影响接收者接受这个设定来欣赏这部电影。

热奈特提出了研究叙述文本话语时间的三个重要范畴:时序、时距和频率。时序涉及时间的方向与顺序,因为事件的因果关系要遵循因在前、果在后的次序,所以时序也常常涉及因果关系。叙述文本有时会先说果后说因,倒叙还可以制造悬念,如东野圭吾的小说《白夜行》,在一个现在发生的案件里,交织着警察的回忆、关联着过去发生的案件,中间也不断有错误信息的误导,又一步步被更正,只有读完整个文本,文本接收者将所有这些错乱时序的故事整理成线性顺序,才能明白这个案件的来龙去脉,阅读过程中,接收者就像在做拼图游戏。预叙是在事件尚未发生时,由叙述者提前叙述出来。热奈特认为预叙不利于悬念的产生,中国古典小说常会用预叙,比如用卦辞、神仙语言、梦境等形式表现,还常采用卷首诗的形式。《红楼梦》第五回,贾宝玉在太虚幻境看到的册子和听到的《红楼梦》曲子,就是对整个故事发展的预叙。倒叙和预叙看起来都像是先说果后说因,但是这涉及叙述者所在的时间位置:倒叙时,果是现在时,叙述者在果这里;预叙时,果是未来时,叙述者在因这里,于是预叙带有一种宿命感。倒叙时,文本接收者像是一个侦探,从外界来观察事件的起因;而预叙时,文本接收者则容易产生一种伴随人物左右的代入感,因为减少了对结局的期待,反而更能让接收者沉浸在故事情节中。

时距是指故事时长和文本长度之间的关系，故事时长是故事时间的长度，一般以物理世界的线性时间长度来衡量，记录类文本的长度可以用小说中的行、页的数量来衡量，这种比较根本不在一个层面，所以只是一种比喻性的对比。比如乔伊斯的《尤利西斯》，整本书的故事时段只有一天（中文译本的页数都在一千页左右）。常见的对比其实是将叙述时间和故事时间进行对比，如人物的直接引语对话可以被认为是场景，即叙述时间和故事时间时长相等。"很多年过去了"则是省略，即一段时间直接被省略不提。故事时间远远大于叙述时间的是概述，如《鲁滨孙漂流记》中详细叙述了鲁滨孙在荒岛二十七年的生活，但是被救回家后，只用了三言两语就叙述了他从结婚生子到妻子逝去后再次准备出海的很多年时间。有时故事时间可以停顿，如叙述者停下叙述故事情节而介绍背景或进行情景白描等。演示类文本的时间显示方式和实在世界类似，人物对话就是直接引语，故而文本一般采用等时的场景和省略交叉进行的方式，情节重要的部分是同步的场景，一个人喝茶、说话，都和实在世界的时间进行方式是一样的；但是不重要的情节可以省略或概述，比如镜头一黑表示深夜，再亮起来就表示第二天的清晨。慢镜头可以放慢节奏，如表现人物震惊时表情的慢镜头，让接收者更真切细致地感受到人物的情绪；而加速的镜头，如行人过马路的多倍速镜头，则让接收者体会到现代社会人的快节奏生活。人对实在世界时长的感知并不准确，经常会受到主观的影响，叙述文本对时距的控制能够形成一种节奏，如同音乐的声音媒介节奏会给人带来不同的感受，缓慢拉长的时间让人觉得舒缓，快速的节奏则会让人有紧迫感。

频率是指一个事件在故事中发生的次数与其在叙述文本中出现的次数的对比。叙述一次只发生了一次的事件，是单一叙述。叙述多次只发生了一次的事件，是重复叙述，比如鲁迅的《祝福》中，祥林嫂总是说她儿子阿毛被狼吃了的故事，阿毛被吃的事件只发生了一次，但是祥林嫂重复了很多次。叙述一次已发生的事件，但是还有数次类似的事件，是概括叙述。比如《了不起的盖茨比》中，尼克叙述盖茨比每逢周末举行宴会的情景，尼克只叙述了一次，但是讲的是很多次类似的情景。事件出现的频率对接收者的感知影响也很大。人的记忆是有选择性的，重复能够加深人的记忆并起到强调的效果，但是完全的重复，如祥林嫂的故事，会使人厌烦，而有变化的重复则更有趣，如电影《罗拉快跑》中，罗拉为了救男友跑了三次，一次不成功便选择不同的方法再跑一次，同中有异。

二、时间认知模型与图形/背景理论

维维安·埃文斯（Vyvyan Evans）在《时间的结构：语言、意义和时间认知》一书中提出了三个时间认知模型：时间移动模型、自我移动模型、时间序列模型。[①] 这三种模型是在认知语言学研究中提出的，研究对象主要是词汇和句子。这种模型将时间的观察者和时间本身当作两个并列的实体。第一种时间移动模型指时间在动，而观察者不动。第二种自我移动模型指时间不动，而观察者在动。第三种时间序列模型里没有观察者，而是一系列时间事件先后排列。虽然这是语言层面的研究，但是也可以借鉴来用于叙述文本分析，给我们新的启发。

这三种时间认知模型的分类主要取决于提到时间的观察者。本节第一部分对叙述文本时间分析主要着眼于总体分析，而时间认知模型从观察者的角度来分析时间设置，是一个新的研究角度。

鲁宾在1915年提出了图形/背景理论，图形/背景分别相当于知觉主体（Perceiver）和知觉场（Perceptual Field），图形是突出的实体，背景则是未分化的衬托图形的实体。后来认知语言学家莱纳德·塔尔米（Leonard Talmy）将其引入语言学研究，提出图形/背景是同时存在的两种基本认知概念，前者被定位，后者是参照点。塔尔米的研究主要集中于对语言学中人的注意观的分析。他对图形/背景的定义如下："图形是一个移动的或概念上可移动的实体，它的路径、位置或方向被认为是一个变量，相关的问题就是这个变量的具体的值。背景是一个参照实体，它有一个相对于参照框架静止的场景，焦点的位置、路径或方向可以通过这个参照框架来描述。"[②] 语言学上的图形/背景与视觉研究中的图形/背景略有不同，主要区别在于语言学的图形/背景是实体，视觉研究中的图形/背景可以是实体，也可以是彼此关联的事件。语言学将图形/背景理论用于词汇和句子研究，认为其有几个特征：一是图形和背景是共存

[①] Evans, V. *The Structure of Time: Language, Meaning and Temporal Cognition*. John Benjamins Publishing Co. 2003, pp. 201—251.

[②] Talmy, L. *Toward a Cognitive Semantics. Volume I: Concept Structure Systems*. MIT Press, 2000, p. 312.

的；二是图形和背景不一定是一对一的，一个图形可以对应多个背景；三是图形/背景作为组合可以嵌在另一层次的组合中。在进一步的研究中，图形/背景理论已经被用于语用领域，如外语教学实践研究。

埃文斯的时间认知模型体现了图形/背景理论，并将其引入叙述学研究领域。时间和观察者作为并行实体，可以分别以对方为背景，而自己为凸显的图形。在叙述文本中，时间认知模型提到的观察者，可以忽略谁看和谁说的区别，因为这里考察的时间是故事层面的，主要考虑的还是"谁看"的层面，所以在这里就直接用观察者的概念，在需要时再做区分。时间移动模型要求一个静止的观察者，但时间移动；自我移动模型的观察者要求时间不动，观察者可以移动；叙述文本的情节一般都比较复杂，视角也频繁转换，时间移动模型和自我移动模型一般都是局部的，整个叙述文本很难从头到尾采用一种认知模型。时间序列模型貌似没有观察者，但是时间序列模型以实在世界的线性时间观为基础，实际上就要以一个文本世界或次文本世界作为一个小世界来考察，才能谈得上序列，也就是说，和前两种时间认知模型比起来，时间序列模型是一种相对整体的考察模型。与其说时间序列模型没有观察者，不如说时间序列模型的观察者是高于这个小世界的叙述者或构造者，故而能够从整体看待这个认知模型。

首先，时间序列模型是以实在世界为基础来进行认知的模型。考察这个模型，要从叙述文本的文本世界或次文本世界整体进行。叙述文本的预叙和倒叙都违反了线性不可逆时间原则，前文提到，这是因为叙述者所在的位置不同。这个叙述者即观察者处在这个小世界之外，才能来分析这个小世界的时序问题。倒叙时，观察者站在这个小世界之后；预叙时，观察者站在这个小世界之前。电影《本杰明·巴顿奇事》就是一个关于时间的寓言。本杰明·巴顿的生命时序与这个世界的所有人正好相反，他生来是一个老者，越活越年轻，最后成为一个婴儿，他的心灵却和其他人一样遵循着从幼时到成熟再到衰老的时序。这种时序的错位让他度过了一个奇异的人生。这部电影更重要的意义并非在于猎奇，而是展现了心灵时序的伟大之处。库弗的小说《保姆》在相同的时间里，发生着互相矛盾的事件，比如同一时间段里，一个段落说保姆给孩子洗了澡，另一个段落说保姆没有给孩子洗澡，实在世界的时间不能重叠，但是根据线性时间观将文本进行整理形成十四个平行的次文本世界后，文本可以被解读为关于人生选择的寓言。观察者需要站在这十四个次文本世界之外才能考察其意义所在。对于多层次的文本世界如《枕中记》，就要将文本世界中卢生短暂的一个梦的时段和次文本世界中卢生梦中一生那么长的时段进行对比，才能解读出其意义：人生如梦。

其次，自我移动模型和时间移动模型多处于叙述文本的局部。以图形/背景理论来看，这两种模型分别是以观察者和时间互为图形和背景来形成的，这也是人认知时间和空间的方式。所以这两种模型更多取决于人物或叙述者的视角。

在叙述文本中，时间的流速常常并不是匀质的，有些是因为叙述者为了某些目的进行调整，有些涉及人物的心理，因此心理时间往往是模糊的。当概述和省略时，一般采用自我移动模型，将时间看作静止的参照物，观察者迅速跨越不重要的时段；场景一般采用时间移动模型，如一个人在一个墓碑前站了很久一动不动，时间在流逝，而观察者静止，让文本接收者深刻体味这一刻人物深沉的思绪。大多数场景采取和实在世界一样的时间规则，如电影里人物谈话、喝茶，和实在世界是等时的，此时的重点落在人物或事件上，其实就相当于人物和事件静止，在时间流动中自然进展。停顿常出现在文字叙述文本中，如对有关情节的背景进行介绍，是一种自我移动模型。《红楼梦》中描述王熙凤等人的服饰和宴席菜色，《巴黎圣母院》介绍巴黎风光，此时时间都是静止的，观察者四处观看，为文本补充必要信息。

与叙述节奏相关的频率，也可以用来考察其时间移动模型。单一叙述是按照线性时间观进行的。重复叙述多次讲述只发生了一次的事件，采用的是自我移动模型，观察者不断回到某个时间段，不厌其烦地重复。概括叙述讲述一次发生了多次的类似事件，则是时间移动模型，观察者静止，将多次类似的事件集中起来叙述。

第三节　叙述文本中的时空隐喻

一、概念隐喻

从古至今，隐喻经历了哲学、逻辑学、修辞学、语言学等不同学科的研究。经过追根溯源，目前最新研究指出，隐喻始于人对世界的认知方式。隐喻作为人的基本认知模式，是人扩展自己的认知范畴，从具象认知走向抽象认知的必然途径。

对认知隐喻进行深入研究的首推乔治·拉考夫（George Lakoff）和马克·约翰逊（Mark Johnson）。他们在 1980 年的著作《我们赖以生存的隐喻》(*Metaphors We Live by*) 中研究了隐喻作为一种思维和行为方式的认知原理，并提出了"概念隐喻"的定义："隐喻的本质是用一种事情或经验理解和经历另一种事情或经验。"[①] 概念隐喻是隐喻的深层结构，而语言隐喻其实是隐喻的外在表象。概念隐喻的运作机制是从源域（Source Domain）到目标域（Target Domain）的映射（Mapping）。源域和目标域都是一种概念域，源域是人比较熟悉的领域，是喻体；目标域是不太熟悉的领域，是本体。从源域向目标域映射时，其心理基础是二者要有本体上或意识上的对应关系，即意象图式（Image Schemas）。意象图式是人在日常生活经验中反复出现的熟悉的并相对简单的基础性认知结构，如容器结构、路径结构。这些意象图式可以在多个层面应用，如在叙述文本中，容器图式就常被应用于房屋，容器既有包裹保存作用，又有封闭作用；房屋既能让人感到安全，又能让人感到危险；人会钻进，也会逃出，体现出房屋对人的一种包含关系的经验。恐怖电影中常有受害者为了逃避凶手追杀躲进一座房屋，企图得到庇护，结果反而被凶手控制在房屋里不能逃脱的情节，就充分体现了容器图式的认知经验。

拉考夫和约翰逊将概念隐喻分为三类，分别是结构性隐喻（Structural Metaphor）、方向性隐喻（Orientational Metaphor）和本体性隐喻（Ontological Metaphor）。结构隐喻是以一种概念结构来构造另一种概念结构，比如人生如旅程就是用旅程的概念结构来构造人生的概念结构，旅程有始点和终点，有高低起伏等，都可以用来比喻人生，但是人生和旅程只能是部分对应，人生的其他特点不可能完全等同于旅程的特点，不然两个概念就无法区分了。方向性隐喻是参照空间方位构成的一系列隐喻，如上下方位，可以用于表示政治、身份等。本体性隐喻是把想象、感情、事件等抽象事物用实体来表示，如"我的大脑生锈了"，就是把大脑意识的疲惫状态比喻为机器生锈不能

[①] Lakoff, G., Johnson, M. *Metaphors We Live by*. The university of Chicago press, 1983, p. 1.

工作的状态。本体性隐喻可以分为事物和物质隐喻、容器隐喻、拟人隐喻三种，如拟人即是从人的具身经验来体会抽象事物，如"失望打败了我"，就是把失望比喻为敌人。但是拉考夫和约翰逊在2003年的进一步研究中也提出，这三种人为的分类有很大的交叉性，所有的隐喻都是结构性和本体性的，也有很多隐喻具有方向性，故而已经基本不再使用这种分类方式，但是这种分类方式还是能揭示出隐喻的特性。

弗里德里希·温格瑞尔（Friedrich Ungerer）和汉斯－约尔格·史密德（Hans-Jorg Schmid）[①]在此基础上进一步发展了隐喻的认知机制研究，他们提出在源域和目标域之间，还应有一个映射域（Mapping Scope）。映射域不仅包括源域和目标域能成为隐喻的概念域之间的属性联系，也包括二者构成的整个认知模型或文化模型的内部关系和结构。隐喻的映射关系可以分为贫乏映射（Lean Mapping）和丰富映射（Rich Mapping）。贫乏映射指映射域只有单一对应属性，在这种情况下，被隐喻的一般是具体事物，凸显的是其个别属性；丰富映射的映射域包含的属性、结构关系比较多，被隐喻的一般是抽象的概念，是为其提供一个概念结构。丰富映射可以是结构性隐喻，如人生是旅程，人生和旅程的映射域有时间段、起点和终点、旅行感悟等多个层面；丰富映射也可以是模糊的、松散的，如陌生化的隐喻，例子有超现实主义诗歌流派的保罗·艾吕雅的"地球蓝得像一个橘子"。读者几乎无法找出映射域，这导致读者不得不重新扩大认知图式的思索和建设，最终不得不将映射域诉诸非理性关系，这也正是超现实主义诗歌的主旨所在。

概念隐喻要遵循以下几个特点。第一，概念隐喻是源域和目标域的部分对应，如果二者完全对应，则成为相同概念，也就不是隐喻了。第二，源域对目标域的映射是单方面的，不能反过来执行。第三，源域的意象图式结构要与目标域的内部结构相一致。

"隐喻无所不在，在我们的语言中、思想中，其实我们人类的概念系统就是建立在隐喻的基础上的。"[②]拉考夫和约翰逊对隐喻的研究虽然多为语言层面的，但又并不限于语言层面，他们指出隐喻既然存在于人的思维方式中，也

---

① Ungerer, F,. Schmid, H-J. *An Introduction to Cognitive Linguistics*. Longman, 1996, p.119.
② Lakoff G., Johnson, M. *Metaphors We Live by*. University of Chicago Press, 1980, p.3.

就存在于生活中。他们研究语言的隐喻，也研究句子的隐喻、语篇的隐喻。叙述文本层面的隐喻研究，自然也在概念隐喻的研究范围内。

二、叙述文本的空间隐喻

在实在世界中，人的切身体验是通过与实在空间接触而产生的。概念隐喻的基本认知结构意象图式就来自人这种最基本的经验，其他概念隐喻都是在此基础上逐渐发展建立的。意象图式与意象、图式都不太相同，也不仅仅是二者的简单结合。意象图式介于二者之间，是一种抽象的意象，是相对具象的图式。"意象图式一般可定义为空间关系和空间运动的相似的动态表征。"[1] 意象图式有如下特征[2]：一是可以用简图表示，如用圆形表示容器图式，用线段表示路径图式；二是属于是语域的一种，可以像语域一样组织概念；三是有正负特征，如中心边缘图式，中心和边缘互为正负；四是有静态和动态两种特性，这个论断推进了早期认为意象图式是动态的观点，实际上在路径图式中，我们既可以考察动态的经历，也可以考察静态的结构；五是可以转变。

拉考夫和约翰逊在《我们赖以生存的隐喻》中列出了20多种具有代表性的认知图式，如上下图式（Up-down Schema）、容器图式（Container Schema）、路径图式（Path Schema）、力图式（Force Schema）、中心边缘图式（Center-periphery Schema）、平衡图式（Balance Schema）、循环图式（Cycle Schema）等。

叙述文本的空间研究可以从叙述文本的文本世界划分进行考察。文本世界理论将叙述文本划分为三个层次，其实就是以空间进行划分。话语世界存在于实在世界中，是人可以感知到的媒介层面。文本世界是整个叙述文本构成的世界，不一定要完满自如，只是就这个层面而言进行整体考察。次文本世界则是文本世界中以各种规则划分的小世界。这些小世界或者以文本世界中的物质世界为参数，或者以文本中人物的意识世界为参数，还有单独一类专门考察在前两者中都不存在但是在意义解读中存在的世界。

空间具有实体性、容纳性、位置性和位移性，在此基础上空间隐喻可以分

---

[1] Colston, G. "The cognitive psychological reality of image schemas and their transformations", *Cognitive Linguistics* 6, 1995, p. 349.

[2] 李福印《认知语言学概论》第2版，北京大学出版社，2011年，第192页。

为四大类：实体隐喻、容器隐喻、方位隐喻、位移隐喻。前三种隐喻倾向于静止的空间结构（如上下图式、容器图式、中心边缘图式、前后图式、部分整体图式），适用于文本世界中设置参数的考察，而位移隐喻注重运动的空间（如力图式、路径图式、平衡图式），适用于文本世界整体架构的考察。

（一）叙述文本的文本世界的空间隐喻

有一类叙述文本非常喜欢采用路径图式的形式结构，这类叙述文本常被称为公路电影、公路小说，有些探险类叙述文本也属于此类。在这类叙述文本中，人物要经历漫长的旅程，就映照着路径图式。路径图式的简图可以用线段来表示，路径图式的基本要素包括：起点、终点、路径、方向、障碍等。荷马史诗中的《奥德赛》中，奥德修斯一路漂流回到家乡的历程就是路径图式的文本。《西游记》中师徒四人一路历练取得真经的过程也是路径图式的文本，此外还有《堂吉诃德》《天路历程》《在路上》……文学艺术历史中路径图式的叙述文本数不胜数。现代电影《末路狂花》《荒野生存》《泰囧》《后会无期》等也继续延续着路径图式。以《西游记》为例，这段路径有清晰的起点和终点，也有明确的起因和目的——从东土大唐到西天取经。一路向西，这个方向包含着哲学意味，西方作为日落的方向意味着另外一个与太阳下的人世不同的世界。这段路径有九九八十一个小节点，既代表了路途的长度，也代表了八十一个障碍，只有成功通过这些考验才能到达终点。路径图式文本源远流长，并在各个时期都受到青睐。旅程即路径常被当作人生的喻体，于是路径类叙述文本往往不止表现人物的穿行，也成为人的意识成长的隐喻。

叙述文本的回旋跨层则是循环图式的代表。循环图式的要素有：起点、不受阻碍的进程、回到起点。进程通常会有一个从高峰到低谷的循环。回旋跨层显示叙述文本自己形成了一个永不停歇的循环。《镜花缘》是三个次文本世界的循环，试图从虚构的文本世界中跨越到实在世界。《百年孤独》则是两个次文本世界彼此吞噬湮灭，也形成了自给自足的无限循环。不同世界的每一次循环的开始到结束到再次开始，都是一个低谷到高峰再到低谷的循环。循环图式也可以表现在文本世界设置参数上，比如四季的轮回循环。

力图式和平衡图式最常见的例子是好莱坞最卖座的影片模式：正邪斗争。力图式的基本要素是：互相作用、有方向性、沿着一条路径运动、有强弱之分、有因果顺序等。平衡图式的基本要素是：对称、有对称方、可以互相转化等。超级英雄和大反派各占一方,殊死搏斗,形成两个次文本世界的交锋,也是力的互相作用;为了整个影片结构的平衡,开始时反派常占据上风,此时反方力大,正方力小,随着情节的发展,整个结构呈现为正方的力不断击败反方的力,力的方向即叙述文本呈现出的价值观的方向——在人类社会中,绝大多数情况下都是以"正义战胜邪恶"作为正项的,整个叙述文本结构呈现出一种此消彼长的情形,最终的结局一般都是正方英雄赢得胜利。力图式也未必都呈现为平衡图式的状态,但是人喜欢平衡图式是有心理基础的,因为人都有一种完形的倾向,失衡会给人造成心理上的不适,甚至会进一步引起生理不适。所以即使不少文艺评论都批评这种类型电影的俗套,但这种类型电影换个世界参数和实体参数设置,比如可以是007特工粉碎敌人的阴谋,也可以是超人打败外星侵略者,依然能不断博得观影者的好评,这与这种意象图式符合人的心理需求有密切关联。

部分整体图式也是文本世界的一种形式,其要素有:整体是部分的有机构成,具有部分简单叠加所不具备的整体意义。部分整体图式显示了次文本世界的一种组织方式。这种图式的典型叙述文本有小说《喧嚣与骚动》。该文本有四个叙述者,总体来说叙述的都是19世纪末20世纪初康普生家族的变迁,但每个人的叙述有重叠也有不同,只有将四个叙述者所叙述的四个不同部分合起来,才能真正理解故事发生了什么。

连接图式的要素是实体间的连接和断开关系。另叙述和否叙述就涉及连接关系。另叙述是一个节点同时连接了数个其他节点,否叙述则是本来连接的一个节点被取消了,需要重新连接。前者挑战了一因一果连接方式,后者挑战了时间的线性连接方式。

(二)叙述文本的文本世界设置的空间隐喻

文本世界的设置有世界层面的组成部分,如时间、空间、事物等物理部分;也有实体层面的部分,如人物及其心理的设置。第三类"不存在"的次文本世界实际上也是以前两者的参数进行设置的,只是在整体时空上与前两者有所区别。

空间的实体隐喻主要指将抽象的事物赋予实体事物的特质来进行理解,这在概念隐喻研究中主要是就语义而言的。从整个叙述文本看,叙述文本的故事往往不仅是展现一个外延意义、直接意义,也有更深一层的内涵意义、延伸意义。所谓的主题小说，就是专门为了某些特定的意义而量身打造的故事，是一种从目标域反过来打造源域的情形。从文本世界的参数来看，人物的意识尤其是内心情绪是比较难表现的，特别是人心口不一的时候，比如某故事中有一个遭遇不幸的女孩，虽然对男朋友强颜欢笑，其实却掩盖着内心的悲伤。小说文本还可以从容叙述，而现代的电影文本基本摒弃旁白，只用可视化的空间手段来暗示观众，这时就可以展现阴暗的天气、女孩颜色黯淡的服装、聚会场所带有缓慢哀伤情调的音乐等让观众体会到内心那种不可言说的消沉。叙述文本中的反派人物，往往是穿着暗色的衣服，住在阴暗潮湿的地方，与长相丑陋的生物（如老鼠）为伍，这是从空间参数的角度来映射反派人物内心的阴暗。

在参数设置方面，最能体现空间隐喻特质的还是容器隐喻和方位隐喻。容器隐喻主要有容器图式。容器图式是以人的身体为经验基础的。人体就是一个容器，它的基本要素包括：包含和被包含的关系，内外之分，有边界，为容器里的事物提供保护，限制容器里的事物外出，可以是透明或不透明的等。容器图式不但可以用于物理性的事物，而且可以用于抽象的观念。世界参数设置中的一个国家、一座房屋甚至一个池塘，只要符合容器图式的特质，都可以采用隐喻手段。恐怖电影《隔离区》中，记者一行人为了跟随消防员进行采访，进入了一幢公寓，然而进去才发现里面有致命病毒，会将感染的人变成丧尸，于是公寓被封闭起来，里边剩下活着的人不断被丧尸捕捉，拼命想办法逃出公寓。公寓成了一个容器，本来是透明的可进出的，然而病毒将其变成了封闭的不透明的容器，最终杀死了里面所有的人。电影《穿普拉达的女王》则讲了一个想进入观念的容器的人最终超越了容器的故事。不懂时尚的女孩安迪进入了时尚杂志社工作，起先她发觉很难适应这里的观念，这时她很羡慕时尚世界——一个容器，此时的容器对她来说还是不透明的，于是她想方设法改变自己并融入进去，终于被总编认可——进入容器，此时容器对她来说已经是透明的了，但是她发觉自己并不喜欢这个容器，这个容器让她丢失了以前生活中的幸福感，最终她选择离开这个容器。以容器图式为源域的叙述文本讲的总是有关进入和逃离的故事。

方位隐喻常见的图式有多种：上下图式、前后图式、中心边缘图式等。上下图式和前后图式与人的具身经验密切相关，都是人以自身为参照点来考察四周方位。以人的感知经验来看，人总是更细化对上和前两个方位的认知，这和人的生理构造有关，人的视觉器官、听觉器官、嗅觉器官甚至手脚，都更容易接触到上和前两个方位的信息，因此人也就更偏爱这两个方位。于是上和前，相对于下和后，更多被采用为褒义。从世界建构参数来看，上和前两个位置一般都带有正面意义或具有高的地位，比如办公室的位置、人物站立的位置等。从人物的意识来看，人物的位置有时就隐喻着人物的意识，坏人会隐藏在下水道里，阴谋算计的人在别人"后"面跟踪。站在众人之"前"代表了人物的进取心或者领导地位，住在摩天大楼最"上"面的顶楼或阁楼的不是有钱有地位的人，就是特立独行的艺术家。

中心边缘模式图式体现了一种原型范畴结构，它的要素是：中心是重要的，决定了事物的本质；边缘依靠中心。人与实在世界的关系就是人作为中心，而实在世界环绕在外。在叙述文本中，叙述者的视角就是中心。在电影开始时，即使银幕上是一个绿灯亮时众人过马路的场景，观众也能很快分辨出谁与故事有关，该注意谁，这是因为镜头即此时的视角注视的就是中心，在流动的人群中，总会有一个人或几个人始终处于镜头里，甚至只有他们的脸是清晰的，而其他人处于失焦状态。在世界建构参数中，中心与边缘一般都是很明显的。

三、叙述文本的时间隐喻

相对于空间的直观性，实在世界的时间是人的感官无法感知的。人只能通过对其他事物的改变进行感知才能理解时间。于是时间就把空间的改变作为源域映射出来，时间只能通过隐喻的方式才能被理解。时间隐喻一般采取表示空间方位和空间运动的上下图式、前后图式、内外图式、远近图式、来去图式等。

时间隐喻的要素有：有方向、线性存在。时间既可以被当作静态的轴线理解，又可以被当作动态的位移理解。位移隐喻就像人站在一条轴线上，而人对时间的认知一般有两种方式：一种是认为自己在动，时间不动；一种是认为时间在动，自己不动。如吕克·贝松2014年执导的电影《超体》（*Lucy*）中，露西的大脑开发程度很高，她控制了时间，既可以穿行于时间轴线内，比如回到过去看被认为是第一个直立行走的人类——看上去依然像黑猩猩的露西，这时，时间不动，运动的是露西。露西也可以坐在街头看着人来人往、日升月落，感悟世界的奥秘。她甚至可以挥手加速时间，或者放慢时间，这时运动的是时间，不动的是露西。《超体》把人对时间的认知展现得非常深刻，虽然实在世界的人和时间的关系没有这么夸张，但是认知方式是完全相同的。

时间隐喻也可以以实体隐喻、方位隐喻等方式表现出来。方位隐喻主要用于语言文字，如以前、以后、上个月、一个星期内等，可以明确地将时间标示出来。但是在演示性叙述文本中，不能用文字或语言叙述辅助时，就通过实体隐喻的方式来映射时间，比如文本世界设置是现代时，出现了一座古代建筑，就会让人知道此处在时间上有了一个跨越，这是用不同时间段的标志性事物来体现时间的位置。常用的方式也有在展示人的记忆时，电影画面变成黑白色，或者蒙上一层黄色滤镜，制造出旧照片的效果，隐喻着这个时刻叙述的是过去发生的事。

空间和时间隐喻都是叙述文本中不可或缺的叙述技巧，常见的规约性隐喻能够帮助接收者顺利理解文本，新奇的隐喻则会引导接收者进一步思考，从而得到艺术的享受。

第四章 叙述文本接受的认知过程

第一节 叙述文本信息加工的过程

一、知觉与图式识别

对叙述文本的解读首先要经历一个感知过程,即一个从感觉到知觉的过程。感觉是人对物理世界的一种探测,是客观事物作用于人的感觉器官,让人产生的对当前事物的反应,将外部世界与人的意识连接起来,带有偶发性。知觉是将感觉信息综合,对事物各方面的感觉特性进行总体综合反应。

首先,人的知觉是有选择性的,即人的注意能力是有选择性的。人的注意范围有限,在面对信息时,人会选择一部分,另一部分则被阻断了。人的注意选择的信息往往也不止通过一个感官渠道,而会首先注意一个渠道的信息,但其他部分的认知效果在一定时间内会呈现出一个衰减过程,并不会被直接过滤掉。注意力的选择遵守"图形/背景"(Figure/Ground)理论,该理论出自心理学,丹麦心理学家艾德格·鲁宾(Edger Rubin)的"脸/花瓶幻觉图"(Face/vase Illusion)研究展示了人类在进行视觉感知时,图形和背景的关系。当人观察此图时,会产生两种情况:一是看到白色背景上黑色的两张人脸,二是看到黑色背景上白色的花瓶,但是人不可能同时看到这两种图像,只能后期进行推理理解。图形通常是运动的,具有较高的凸显度,不太为人所熟知,背景的特征则相反。叙述文本解读也常体现这种特点,叙述文本由叙述者叙述出来,就已经经历了一个选择过程。而接收者在理解文本时,并不会充分理解所有信息,还要经历一个注意选择。叙述文本有时会利用这个特点隐藏信息,制造悬念。接收者因为这个特点会对叙述文本常读常新，因为每次在成为背景的熟悉信息之外，又会有新的信息成为图形。

图 4—1　脸/花瓶幻觉图

其次，知觉具有整体性。格式塔心理学指出，人都有一种完形倾向，即使得到的信息不完整或者不规整，也会倾向于将其看作完整的和规整的。叙述文本呈现出的文本世界，和实在世界相比肯定不够饱满，但是接收者一般都会将其看作完整的世界，会去补足其中的缺失。

当读者感受到输入的信息时，会在已有经验的基础上，形成对当前信息的假设或期待。精神分析学家诺曼·霍兰德就提出读者会从自己的先验图式启动一个反馈圈，用自己独特的方式向文本提出问题，然后根据对文本的理解回答问题。知觉即产生假设并验证假设直至得出解释的过程。认知心理学把读者已有经验形成的认知结构称为图式。图式可以分为很多层级，从简单到复杂。识别图式是人的一种基本认知能力。图式识别也就是人根据记忆中保存的图式和感官接收到的信息加以联系、对照、判断的过程。人的心理有无数种图式，人和人之间的图式也有所不同。图式是可变的，后天的习得会让我们学会新的图式或者改变旧有图式。

根据第一步，我们把感知对象和我们熟知的图式进行比较，这个熟知图式往往就是我们的期待视野。如果我们觉得所得信息和已知图式有很大重合，那么我们往往倾向于从上而下来认知，即信息对我们而言过于简单，我们根据模式就能很容易进行判断；如果我们把所得信息与已知图式比较，会发现所得信息与已知图式差别很大，不能够凭借已知图式轻松判断，那么这时我们就会自下而上来认知,即认真分析所得信息,而不是根据某种图式轻易判断,很可能在解读具体信息的过程中,我们还会对已知图式大幅度修改甚至为此建立新的模式。更常见的情况是:所得信息和已知图式能够部分重合,这时我们就在参考已知图式的前提下进行一定量的创新,来帮助我们理解所得信息。

而当一个文本的信息已经不能为我们已有的图式所理解时,这个读者很可能会放弃阅读,或者为了能够读懂而不得不去寻找新的图式。

一个有趣的情况是:当大多数人也就是前文所提到的阐释社群,对一个叙述文本的意义有了大概一致的解释时,另一个单独的读者可能会表示他认为自己的解释才是对的,而他不认同大多数人的解释。但人们很难说这个人的解释是错的,只能说他和大多数人的图式不一样。这种情况在历史上并不少见,一本小说有时会被它的时代抛弃,而在后世某个时候又忽然被读者垂青。这是因为认知图式除了受自身遗传和习得影响,也会受社会历史影响。时代不同,认知图式也会不同,所以人们对同一本小说的理解也会随着时代而不同。

二、记忆与信息加工

记忆是人能够将过去的经验与新的事物联系起来的心理基础。记忆是一个过程,包括信息编码、储存和提取三个环节。记忆从特性来区分可以分为两种:形象记忆和语义记忆。形象记忆往往源于个人生活经历,具有事件发生的时空关系,语义记忆是与具体时空无关的一般知识,但二者并非泾渭分明,很多知识可以同时存在于形象记忆和语义记忆中。记忆根据保持时间的长短可分为短时记忆、长时记忆和工作记忆。短时记忆是知觉经过选择后首先进入的记忆系统,短时记忆对信息进行编码,以形象记忆和语义记忆的方式进行短时间储存。然后信息会进入工作记忆,工作记忆是一个容量有限,用于暂时储存和操纵加工信息的系统。在这里,人为了理解信息,会调动长时记忆,并且把得到进一步加工的信息储存到长时记忆中去。长时记忆容量几乎无限,能够以形象编码和语义编码的方式长时间储存信息,并为以后的信息加工提供素材。

文本接收者固然要依靠一定的图式来认知文本,但是这是通过工作记忆来操作的。认知心理学认为,工作记忆有一个中央执行系统,通过贮存、比较、理解等不断更新。在阅读中,文本接收者需要不断调动工作记忆,而为了有效率地调动,接收者往往需要重点关注文本的一些关键部位。这与文本接收者的认知目的相关。如果文本接收者需要了解文本意义,可能会更关注它的语句意义;而如果文本接收者想了解它的遣词造句,就会更关注它的表达形式。文本接收者最终选择自己认为有意义的部分进入长时记忆,进入长时记忆往往需要文本接收者对信息产生深刻印象,这可能是因为复述即多次重复,也可能因为超过普通程度的刺激,如内容表达的超时代性或者叙述形式的创新。记忆产生了图式,从而影响文本接收者的认知,比如谍战题材电视剧刚出现时,因其紧张刺激的情节相当于在原有的经验基础上(如大家熟悉的抗日题材电视剧)建立一种新的认知图式,所以被观众喜爱;但是由于雷同的剧目越来越多,该认知图式已经成为自上而下的没有新意的套路化认知图式,遂被观众厌弃。

第二节 情绪对叙述文本接受心理的影响

一、有关情绪的研究

在认知心理学兴起前,心理学对情绪的研究基本集中在其身体反应和生理变化层面,也承认情绪可以成为行为的动机,但人们一般将情绪过程和认知过程划分为两个分离的过程。在生活经验中,人们也能发现,对待同一事件,不同人的情绪感受可能完全不同,比如对于地震灾害新闻,有人为灾区人民担忧,有人则无动于衷。有时人也会质疑自己的情绪与自己对事物应有的理解不一致。这使心理学不得不进一步考察情绪生理层面和认知的关系。心理学家克雷默研究了两个同样仅靠药物治疗抑郁症的病人,发现在服用药物后,两个人都感觉病情缓解,一个病人认为这才是自己本该有的情绪,认可了药物治疗手段;而另一个病人则认为药物制造了虚假情绪,而最终放弃了药物治疗。这显示了情绪和认知的复杂关系,当人的认知和情绪抵触时,人很难接受这种矛盾关系。[①] 认知心理学则重新深刻思考了认知和情绪的关系。

狭义认知心理学一般认为,认知是理性的、逻辑的思维活动,研究个体知识的习得,而情绪则带有难以捉摸的主观品质,只与个体心理健康层面有关,

---

① Kraemer, F. "Authenticity Anyone? The Enhancement of Emotions via Neuro-psychopharmacology", *Neuroethics*, 2011 (4), pp. 51—64.

二者是不同的心理过程。但当代的广义认知心理学认为，情绪是个体遇到的事件导致的心理活动，情绪离不开认知加工，认知往往也会受到情绪的影响，二者密不可分。

20世纪的美国心理学家阿诺德（Magda Arnold）最先将情绪的产生和认知活动联系起来，她提出情绪由刺激引起，但是同一刺激并不一定会导致不同个体产生同样的情绪反应，这是因为个体对刺激的认知评价不同。从刺激到情绪的发生要经历一个过程：刺激通过感知首先引起知觉，知觉对感知信息进行初步筛选，工作记忆会提取信息对知觉进行认知评价，从而引发相应情绪。情绪依赖情境事件，但不同个体的以往经验、期待等，必然会影响认知评价，从而影响情绪的产生和种类。她的理论将情绪与生理、认知、环境等因素结合研究，具有重要意义。

20世纪60年代，美国心理学家沙克特和辛格进一步提出了情绪产生必不可少的三个因素：一是外界的环境刺激，二是感觉器官的生理唤醒，三是认知对生理唤醒的解释评价引发情绪。他们的研究将生理因素和认知因素结合起来，细化了阿诺德提出的情绪引发过程，并指出认知评价是情绪产生的核心，个体对生理体验的认知解释决定了情绪的产生和种类。

1970年，拉扎勒斯对阿诺德的学说进行了更深层次的研究，提出了"认知－评价"理论，将认知评价分为三个层次：初评价、次评价和再评价。初评价是人对刺激事件与自身是否有利害关系及其紧密程度的判断，次评价是人对刺激的反应和控制，再评价是人对自己的情绪的评价。如果再评价是不合适的，人就会重新调整自己的评价过程。拉扎勒斯也特别强调个体的心理结构，如经验、价值观、性格等对认知评价起着决定性作用，社会文化因素也会起重要作用。

伊扎德（C. E. Izard）重视情绪的动机，讨论了情绪的性质和功能。他提出情绪系统是人格系统的六个子系统之一，是其核心动力；情绪能为有机体提供活力，也会驱动认知系统。伊扎德系统讨论了情绪的引发过程及其相关的认知、环境等因素。

从学者的研究可以看出，情绪过程既不仅仅是一个生理过程，也不仅仅是一个认知过程，而是二者结合发展的。但情绪过程不一定是一个发展均衡的过程，二者之间会有偏重。有时情绪过程更偏重生理，比如人遇到危险会感到恐惧，是一个快速的生理过程，几乎是自动化的反射，涉及认知评价较少；有时情绪过程则更偏重认知，人阅读一个叙述文本感受到的情绪变化，是复杂且持续时间较长，涉及对文本故事的认知理解和评价。

二、情绪对叙述文本接受的作用

人是有情绪的生物个体，在对叙述文本的理解过程中，必然会伴随情绪的影响。人能够对叙述文本产生丰富的情感体验，是不言自明的事实。研究证实，人对事物的认知过程始终伴随着情绪状态的影响。情绪可以分为正性情绪和负性情绪，二者都可能影响认知敏感度。但是就接收者是否肯继续阅读、观看、解读叙述文本而言，正性情绪的影响较大。人对负性情绪的认知敏感度比较高，一旦接收者不喜欢文本，产生厌弃情绪，那么很可能就会放弃解读叙述文本。

2013年6月，曾有这样一则新闻：广西师范大学出版社在微博上发起一项"死活读不下去的图书"调查，结果"四大名著"之一的《红楼梦》高居榜首，成为很多读者心目中"最难读"的书，另外三大名著也悉数上榜。此外，《百年孤独》《追忆似水年华》《尤利西斯》等外国名著也跻身前十名之列[1]，而这些名著正是高校文学艺术研究的经典文本。赵毅衡用符号双轴原理分析了两种文化经典形成的不同模式：一种是"批评性经典重估，是在符号聚合轴上的比较选择操作"，另一种是"群选经典，实是连接，连接，再连接，是组合轴上的连接操作"。[2] 这两种不同的操作方式背后是不同的阐释群体，前者是知识分子，后者是大众，不同的群体采取的也是不同的选取标准。前者的标准体现出一种文化身份，而后者的标准体现出社会化的群体结合。从认知心理学的角度来看，无论是哪种标准，其阐释群体寻求的都是一种情绪上的归属感和稳定感。二者的标准之所以不同，是因为二者的认知图式不同。知识分子采取的是一种具备文艺理论基础的深度理解、专家式理解，而大众往往只以生活经验为基础对其进行理解。

在新闻采访中，有的调查参与者谈到自己为何不喜欢读这些知识分子偏爱

---

[1] 《图书"死活读不下去排行榜"走红：〈红楼梦〉居榜首》，http://www.chinanews.com/df/2013/06-25/4967760.shtml.

[2] 赵毅衡《符号学：原理与推演》，南京大学出版社，2011年，第389页。

的经典文本时，表示这些文本读起来难以理解、缺乏连贯情节、文本太长、时间碎片化等，这就体现出一种负性情绪——畏难情绪。其实这些文本一直以来的经典定位本身就对文本接收者造成了一种精神压力。经典就意味着复杂、具有重要意义，就容易造成先入为主的畏难情绪。而这些文本拥有复杂的文本图式设置，没有一定的文艺理论基础理解起来确实有困难，这就造成了大众对它们的排斥。负性情绪会使接收者拒绝接收。实际上，《西游记》《红楼梦》对于有基础教育背景的接收者来说并不算难读，其情节相当流畅，故事也生动有趣，并不要求接收者一定要读出其内涵意义，仅是外延意义就非常饱满了；但接收者还是对其如此抗拒，这与这些文本被标榜为经典不无关系。畏难情绪直接影响了接收者。接收者如果压抑排斥情绪去读这些文本，也许会对其产生新的认识。

　　这就给文本发送者出了一个难题：如何让文本接收者乐于接收文本，而不是在不了解其真实情况的时候就拒绝接收？文本发送者不仅包含作者，也包含出版社和广告机构，它们需要共同推介文本。现在的广告尤其偏重叙述性广告，甚至将其拍成系列故事，如德芙巧克力和益达口香糖的广告文本，它们需要文本接收者对这个文本产生正性情绪，才更有可能去购买其广告产品。恒源祥羊毛产品曾经做过连续将"恒源祥，羊羊羊"这句广告语复述多遍的广告，有研究者认为就广告传播角度来说，这个广告很成功，因为让人印象深刻；但是很多文本接收者都表示非常厌恶这个广告，而负性情绪会影响接收者对广告产品的接受度。只考虑广告文本的认知效果，而不考虑其情绪效果，是偏颇的。

　　现在的叙述文本，无论是书籍还是电影电视，都以海报、预告片等多种形式进行宣传，打出字数少而内容精简的广告语来吸引接收者。这种宣传方式不但从认知效果上吸引接收者，如提起接收者的好奇情绪，也以视觉、听觉等生理性的形式吸引接收者，如动作电影的预告片会出现一些激烈打斗的镜头，让接收者体验奇观带来的快感，从而去买票看电影。

　　对待两个不同阐释群体，文本吸引他们的认知策略必然是不同的，但其目的是相同的，都是为了让接收者接受这个文本，对其产生正性情绪，愿意进行解读。

三、情绪与叙述文本的感知

阿诺德提出情绪体验有三种输入信息源：一是感官接收到的外部刺激，即刺激因素；二是人根据经验及对当时情景的评价，即认知因素；三是人的生理状态变化，即生理因素。人的情绪体验是这三种信息源的综合。阿诺德将情绪的生理、认知和环境因素结合起来考察，是非常全面的。

对对象文本进行感知，是接收者了解文本的第一步。情绪会影响接收者对文本的注意。人更容易首先注意到引起自己情绪波动的信息，这些信息更容易凸显为图形－背景中的图形。

在叙述文本解读中，首先涉及的是实在世界中文本接收者对文本媒介的感知。这是外界刺激因素，这种因素因为要通过人的感官直接体验，更容易先引发人的生理反应。多媒介文本如电影电视，直接关乎接收者视觉和听觉渠道的感知，这对接收者的生理反应有不可忽视的影响。当然，叙述文本作为一个复杂的感知对象，其认知因素往往占有更重要的部分。

研究证明，颜色能够引起人的生理反应情绪，如红色容易让人暴躁，蓝色容易让人平静，黑色容易引发恐惧。单一色彩容易让人感到单调烦躁，而多种色彩结合又让人目不暇接，一方面容易让人感到杂乱，另一方面也容易抓住人的注意力。电影《红色沙漠》处处充斥着红色，一方面是展示工业污染的结果，另一方面也借助了红色给人带来的焦躁情绪，二者相得益彰地从认知和情绪两个方面结合，揭示了工业化让人产生的躁动感。电影《花样年华》色彩浓烈，人物的服装、妆容和背景颜色互相影响，彼此融合，这种暧昧不明、浓烈饱满的色彩同样会引起人压抑和混淆不清的情绪，有助于为接收者建立一个情绪基调，帮助理解电影故事中人物之间暧昧并暗中来往的感情。当然颜色并不仅仅和生理反应有关，也有社会认知带来的影响，如红色对中国人来说带有热烈、喜庆、庄重等多种情绪，这是社会习俗的影响。电影《红高粱》中红的意义就完全不同于《红色沙漠》的红带来的压抑烦躁，而体现出中国特色的热烈奔放。色彩搭配是电影学的一个重要议题。

形状也会关乎人的情绪反应。人有一种完形倾向，这是完形心理学对心理学研究的重大贡献。人对整齐、完整的构形有一种天生的认同感，而不整齐、不完整的构形既会引发人去将其完形的冲动，又会引发人的不稳定情绪。宽广的构形让人舒缓，而逼仄的构形让人紧张。于是，电影中倾斜的、摇摇欲坠的建筑物让人精神紧张，恐怖电影总是会选择黑暗、封闭、逼仄的场所，人的生理反应就是对其产生恐惧感。有些恐怖电影则发生在荒凉的旷野，这与人的认知因素相关：远离文明、遇到危险无处求救，会引发人的恐惧感。

听觉也同时关乎人的生理因素和认知因素。多媒介的电影电视离不开语音和背景音。人对声音的生理反应非常敏感，舒缓的声音让人放松，尖锐的声音让人紧张。恐怖电影营造气氛在很大程度上要靠声音，尤其是忽然插入巨大尖锐的声音，使人受到惊吓。如果关掉声音看一部恐怖电影，效果就大大不同。人对声音的认知也同样重要。在电影中，开门的时候要有开门声，闹市要有嗡嗡的喧闹声，这些声音看似不起眼，但是如果没有，就会让人感觉非常失真。

人对文字文本的感知主要来自文本的外在，中国古代书籍就非常讲究版式装帧，这往往代表了书籍的时代和出处，是一种认知因素。现代书籍的版式装帧复杂多样，很多书还有腰封，写有简单的书籍评价和名人点评，给接收者提供选择余地。就版式而言，散文类书籍往往行文间距页边都较宽，展现出松散闲适之感，而实用性书籍相对排版紧凑平整，给人严肃之感。就书的封面而言，往往要和书籍内容有所关联：叙述类书籍封面一般都有画作，画作中也往往有人物，也属于叙述类；实用性书籍往往封面简洁，即使有画也多是抽象图形。书籍的直观形式让接收者能够理解书籍的种类。

四、情绪与叙述文本的解读

叙述文本的解读主要靠工作记忆联系知觉和以往的记忆支持思维过程，对文本进行信息加工，从而实现理解。情绪不参与叙述文本的直接理解，但是会对叙述文本理解产生影响。

首先，情绪与记忆的唤起密切相关。与人的情绪关联较深的记忆更容易被唤起。记忆不仅仅是事件，也包括个体的理解，这就会帮助文本接收者对新得到的信息进行判断。心理学研究指出，情绪的唤起会引起较强的行为动机，使接收者对该信息集中更多的注意力，使接收者愿意继续接收文本，而不致中途放弃。叙述文本最常见的办法是在开头部分尽力引起接收者的好奇心，悬念就是以引起接收者好奇情绪为目的的叙述手段。另一种情况是：叙述文本尽力避免进行情绪引导，比如海明威的小说；但这不代表小说不能引起情绪，而是文本将这个权力交给了接收者，使接收者通过认知评价来产生情绪。《老人与海》中的老人面对恶劣环境的坚强不屈，会让接收者觉得十分悲壮。

其次，情绪与信息加工相关。人在理解叙述文本时，也会伴随着对文本中人物情绪的理解。如果人物的情绪反应不符合接收者的经验，接收者就会感到难以接受。文字文本通常会有信息指示其中人物应有的情绪，即使是海明威的冰山写作方式，也能使接收者明白其中弥漫着不轻易表露情绪的坚强情感。而多媒介文本大多数不会专门有旁白来交代人物情绪，接收者对情绪的捕捉主要靠演员的演绎和视觉、听觉媒介的辅助。有时人物表里不一，通常也是在提醒接收者此处信息复杂，需要接收者付出更多的认知努力，来理解人物本该有的情绪，弄清叙述文本到底要表达什么意义。

再者，情绪改变与认知改变是相辅相成的。接收者的认知与情绪的关联不一定与文本中的设定一致。如果接收者的认知情绪关联与文本呈现的不一致，那么接收者便会重新思考，比如接收者本来对肥胖的人抱有嘲笑情绪，但是看了电影《瘦身男女》后，会理解胖人受到歧视的痛苦；看了《胖子的爱情》后，会理解到胖人也能幸福开朗地生活。通过认知的改变，接收者的情绪也会随之改变，以后再遇到肥胖的人，接收者就不会轻易看不起对方，而会善意地对待对方。

五、移情：情绪与认知的合作

（一）移情的心理学相关研究

移情现象在社会交往过程中很常见，能够理解他人的情绪情感体验是人的一项重要心理功能。移情对应的英文词汇是"Empathy"。英文词根-pathy 源于希腊语"Pathos"，意思是感受、感觉。英文中包含此词根的词语多与感受和体验有关，如"Sympathy"的意思是同情，有意图的情绪反应；"Empathy"的意思是通过观点理解他人的情感；"Compathy"的意思是通过共享同一环境理解他人的情感；等等。人们在互动交往中总是能体会他人的情绪情感。

移情是德文"Einfühlung 的"意译，1873 年由德国美学家罗伯特·费肖尔（Robert Visher）在《视觉的形式感》一文中首先提出，意思是指"情感渗透"。德国心理学家利普斯（Theodor Lipps）进一步提出，移情指自我通过内部知觉理解并体验他人的情绪。心理学通过对一些病人的临床研究也展示出大脑不同的脑区结构分别对应移情的认知加工过程和情绪反应过程，实验结果表明移情同时具有认知和情绪两种成分，而且是两个相互独立的加工过程。心理学研究认为人的移情能力和镜像神经元细胞关系密切，使人在视觉、听觉、嗅觉、痛觉等方面能够体验他人所体验的情感。"镜像神经元是折射自我和他人的相关动机、判断、行为意图和动作特征的大脑镜面。这些神经元有助于我们在自己内心再造出别人的经验，体会别人的情感，理解别人的意图，使人类的社会交往、情感思想动作的交流具备大脑的内在认知基础。"[1]

从认知心理学的角度来看，心理学家戴维斯（H. P. Davis）认为移情可以分为两种[2]：一种被称为情绪界定方式，即人对他人情绪的状态或情绪条件的认同，其特征是达到和他人一致的情绪状态；另一种称为认知界定方式，即人对他人情绪或思想的觉知，其特征是把自己置身于他人情境中，来体察他人情绪。前者相当于换位体验，后者相当于角色扮演；前者是一种体验，后者是一种理解；前者是人从已知领域进行感受，后者是人从未知领域进行认知学习后的感受。

心理学家戴维斯认为移情过程包括四个方面：一是角色选择，这是移情的认知界定方式，指人能够设身处地理解他人的思想和情感；二是幻想，这是移情的情绪认定方式，指人能够感受到他人的情绪体验；三是关注，指对他人的关注；四是个体痛感，指人能够通过移情得到的类似的生理感受。

关于移情，心理学还探讨了一些相关层面，如情境和移情的关系、移情对象和移情主体之间的关系、事件内部逻辑关系对移情主体的影响等。

（二）文学艺术文本中的移情策略

1. 两种移情策略

移情现象在文艺理论研究中源远流长。亚里士多德就曾提到过荷马史诗中无生命的事物如何被赋予情绪。近代美学家特别关注移情的作用，他们对移情的讨论主要集中于移情和审美能力的关系。当代叙述学家认为叙述形成的文本

---

[1] 田标《审美移情的神经心理基础及其对诗学的启发》，《马克思主义美学研究》，2010年第1期，第215页。

[2] 梁宁健《应用认知心理学》，上海教育出版社，第267页。

世界为文本接收者提供了理解他人的形式和解构，使人们能够对文本中的人物产生移情。

认知叙事学学者根据心理学研究成果，认为移情中认知成分和情感成分密不可分，二者互相协作活动。学者们对文本接收者在解读文本时产生的情感反应进行了讨论，比如 Levinson 认为，文本接收者必须相信想象对象的存在，才能体验真实的情感；但也有学者认为人们从虚构世界的事物中可以体验到强烈情感，比如看恐怖电影时也会感到害怕，即便人们并不相信现实世界有怪物的存在。Stockwell 认为人在理解和体验虚构世界时感受到的情感和现实世界的体验是一样的，但是在"高级认知层面"上有所不同。比如虚构世界的人物死亡让文本接收者感到伤心，但是现实世界中熟悉的人的死亡显然会让人感到更加伤心和痛苦。这两种情感的认知机制相同，但是体验效果又不同，有虚构世界反而让人体验到了更强烈的情感的情况，也有面对同一个文本，文本接收者在虚构世界和现实世界中的情感体验却不同的情况。这都要取决于文本接收者在文本驱动原则下，在情境的影响下，对文本世界中人物的认同感。

在叙述文本接收中，移情是文本接收者在情感方面对叙述文本的接受和理解。这个过程是伴随认知过程的。根据移情的种类，接收者对叙述文本的情感反应也可以分为两种：一是接收者将自己等同于文本中的某个人物，这一般是由于接收者和该人物的生活经验有一定的重合，比如一个单亲妈妈欣赏一部讲单亲妈妈如何勤劳辛苦地养育孩子的作品，这就使接收者能够设身处地地感受该人物的喜怒哀乐；二是接收者认可某个人物，接收者可能并没有类似经验，比如一个中学生观看一部警匪片，他本身对警察的工作并不了解，但是电影中的警察为了正义和坏人斗争到底的精神让他深受鼓舞，于是接收者通过叙述文本理解了人物的感受，并且深深赞同。当接收者不认可叙述文本中的人物时，就不可能产生移情。

2. 文本中的几种移情方式

根据学者的讨论，我们可以按照前文提到的认知图式进行分析。盖·库克将理解语篇所需的图式分为世界图式（World Schema）、文本图式（Text Schema）和语言图式（Language Schema）。[①] 另外本书拟再设立一种认知能力

---

① Cook, G. *Discourse and Literature*. Shanghai Foreign Language Education Press, 1999, p. 15.

图式，在分析叙述文本的基础上，同时关注文本接收者的认知能力的运用。因此，叙述文本共涉及四种认知图式：世界图式、文本图式、语言媒介图式和认知能力图式。在解读文本的过程中，读者需要有相应的图式知识，才能解读文本，而文本中蕴含的图式知识未必能够和读者的图式知识完全相符，所以文本也会改变读者的图式知识。这四个不同层面的图式决定了我们是否能够接受这个文本以及如何理解这个文本。

世界图式体现了文本中蕴含的知识和接收者所拥有的知识之间的关联，可以分为社会文化背景知识和生活常识。每个文本都浸透着它所产生时代的历史、文化、风俗的烙印，这是理解文本的基础。文本接收者和文本发送者不一定处在同一个时空，所以他们的世界图式必然不同；文本也可能具有自己独特的世界图式，文本接收者是否移情于文本中的人物，取决于文本接收者是否能够接受文本提供的世界图式所构成的语境。它（文学叙述）使我们能够体验不同于我们实际精神状态的各种虚构的精神状态、感受和感觉。叙述有能力让读者站在别人的立场上，比如古代帝王爱情题材剧集中皇帝已经三妻四妾，还要和女主角谈恋爱。文本设置的时空的世界图式中，皇帝妻妾众多是合理的，但我们现在的现实世界图式中，社会文化会认为这是对爱情的一种背叛。有些观众可能会搁置争议，移情于文本去感受其中的爱情，有些观众则会从现实语境出发，拒绝接受这个文本。

文本图式代表了我们对文本序列和结构的期待，包括文本体裁和具体文本中的视角、时空、情节结构等方面。文本体裁使接收者对叙述文本有一个总体期待，而文本中的视角、时空、情节结构等变化会使接收者的期待不断变化。叙述文本有很多文本图式都有唤起文本接收者情感体验的作用。认知心理学认为人具有心理投射的能力，即可以通过想象去体会他人的情感，而文本接收者与移情之人物的情感距离，在很大程度上决定了文本接收者是否会认同人物从而进行移情。Stanzel 认为，文艺作品能使人体验自己没体验过的感受，能使人理解作品中人物的立场；所以，文本对人物的心理塑造越丰富，文本接收者越容易移情该人物。叙述者在引导文本接收者体验人物心理的方面作用很大，比如在张爱玲的小说中，叙述者总是对事件和人物有辛辣而通透的评论，对文本接收者理解人物并移情于人物大有帮助；再比如电影《阳光灿烂的日子》中，叙述者马小军作为画外音却告诉观众画面中年少的自己的故事不是真的：

"我以真诚的愿望开始讲述的故事经过巨大坚韧不拔的努力却变成了谎言。"不可靠叙述者会打断文本接收者理所当然的理解和移情,促使文本接收者产生更多的思考,这并不代表一定会损伤移情效果,也许反而能增强认知界定方式的移情效果。文本接收者虽然不能再进行"人不轻狂枉少年"的移情,但是他们会思考迷乱的青春和真正的成长之间的关系,这就会引发更深刻的移情。文本聚焦中的内聚焦更容易引起观众移情,因为视野一致让文本接收者在心理上更容易和人物重合,更容易体会人物的处境,认可人物的情绪和情感。文本的时空设置也能让文本接收者更加贴近人物处境,增强移情可能性。

语言图式代表接收者的语言理解能力,包括词汇、语法、修辞面;能够理解词汇的含义,尤其是多义词,能够懂得语法的使用规则,是理解文本的基础。修辞手法是使叙述文本富有魅力的重要手段,体会修辞图式的妙处,也是接收者应该具备的能力。广义地看,切合广义叙述学研究实践,可以将语言图式扩展为语言媒介图式,比如电影的构图、景别、剪辑、音乐、打光、色彩等视听语言都能够从生理方面引发文本接收者的移情,当然也能够用认知界定方式引发文本接收者的移情,这些都得到了学者的研究认可。电影构图中对称的画面让观众觉得庄严肃穆;电影中更小的景别能够使观众觉得和影片中人物更接近,也更容易产生移情;音乐、打光和色彩更容易从生理方面引发文本接收者的情绪界定方式移情,因为这些方式主要诉诸人的感官;而剪辑主要采用认知界定方式引发文本接收者移情,因为剪辑更多诉诸人的思考分析。

在解读文本的过程中,读者需要有相应的图式知识才能解读文本,而文本中蕴含的图式知识未必能够和读者的图式认知完全相符,所以文本也会改变读者的图式知识。这三个不同层面的图式知识决定了我们是否能够接受这个文本以及会如何理解这个文本。

库克对叙述文本的认知图式的分析偏重陈述性知识,实际上,图式不仅包括陈述性知识,也包括程序性知识,是静态和动态并存的知识结构。文本接收者在理解叙述文本时,作为一个主体,要有意识地调动、组构各种认知图式,这就涉及程序性知识。为了突出程序性知识,本书拟再设立一种认知能力图式,在分析叙述文本的基础上,同时关注文本接收者的认知能力的运用。

(三)移情的作用

在人类诸多的学习或娱乐方式中,叙述文本占据了相当分量,这正是移情的力量。文本接收者能够通过移情进入幻想的空间,从中去理解和感受在现实中难以轻易碰到的事物。这虽是一种理智的选择,但文本接收者也能从中得到生理性的感受,如戴维斯提到的个体痛感。西方美学理论源远流长的净化说,指的就是人能够跟随悲剧将自己压抑的情绪宣泄出来,从而实现心灵的净化。在解读叙述文本的过程中,情绪始终伴随着文本接收者的认知,二者不可分割。

移情是对他人情绪或情感的一种认同反应,所以移情是一种能够体验他人情绪或情感的能力。移情既可以使人们更好地理解他人,也能更好地被他人理解。美国心理学家霍夫曼的研究认为,对儿童进行移情训练,对儿童的道德发展具有重要作用。[①] 相信每个人作为读者或观众的时候,都有过看了某部作品,情绪或情感上深受触动,从而更新自己的认知,对某类事件有了进一步的看法这样的经历。有学者认为,文本接收者经常回想和反思个人经历能够提高自己的情感感知能力。

当文本接收者遇到文本中出现了和现实生活相似情境的情况时,就可以通过文本中人物的选择、叙述者的干预等设置,来理解面对这种情境下人会怎么做,以及这样做是对是错;尤其是经典文艺作品,总会对人的世界观、人生观、价值引发深刻的思考,对文本接收者来说是个巨大的启发。对文艺作品的观赏,尤其是移情,既能够让文本接收者更深刻地反思现实,又能够启发文本接收者在遇到现实中的相似情境时如何更好地应对。

第三节 从关联理论看叙述文本的接受及有效解读

认知叙述学作为认知科学与叙述学的交叉学科,将源自认知科学(如心理学、人工智能、心理哲学等)的概念、方法与叙述学研究相结合,是后经典叙述学的重要一员。叙述文本如何被接受以及如何被有效解读在传统叙述学研究中往往被忽略,却是认知叙述学关注的文本与文本接收者之间的交际问题。举例来看,19世纪的美国作家麦尔维尔的《白鲸》在1851年出版后,在当年只

---

① Hoffman. M. L. "Altruistic Behavior and the Parent-child Relationship", *Journal of Personality and social Psychology*,1975(31),pp. 937—943.

卖出了五本，令麦尔维尔无比失望。虽然他坚持不懈地创作，然而至临终仍然寂寂无闻。直到20世纪20年代，《白鲸》才被重新发现讨论，被认为是世界顶级杰作之一。《白鲸》为何能从无名走向盛名？叙述文本是如何被接收者接受并且进行阐释的？这是叙述学未曾关注的问题。《白鲸》虽然被认为是传世杰作，但是对《白鲸》的解读历来众说纷纭，叙述文本的意义往往复杂多变，怎样才算是有效的解读？这也是叙述学未曾研究过的问题。认知语用学的关联理论以认知心理学为基础，研究语句意义在语境中的表达和变化，对言语交际具有很强的解释力。关联理论同样也可以创造性地用于意义交际和表达的广义研究。

一、关联理论的交际意图与叙述文本的接受

20世纪以来，随着人工智能的兴起，科学家们发现，计算机虽然已经被输入了关于语法和语篇结构的程序，但很多人类能自然而然理解的话语，计算机却很难理解，所以话语理解的重要之处并不仅仅在于语法和语篇结构。为了解释人如何用语言进行交流，语言学家们提出了两种模式：

一是代码解码模式，该模式认为人们的交际过程是由发送者将信息进行编码形成符号、接收者接受符号并进行解码的过程；编码和解码要遵循代码规则，即语法及一些语用规则。这一模式因过于机械，忽视语境因素，不能有效地解读言语的实际意义而受到批评。代码解码模式主要依据索绪尔符号学，并且仅限于语言分析。皮尔斯符号学的发展已经将符号学推向开放模式。作为意义分析的工具，符号学不但不限于语言分析，也开始关注相关语境分析，还发展出了许多相关学科。认知叙述学就是符号学的下属学科，对叙述文本的讨论也要时常借助符号学理论，这并不是狭义的代码解码模式，特此说明。

二是意图推理模式，该模式强调发送者给自己想表达的意图提供证据，接收者则结合语境分析证据来推理发送者的意图。意图推理模式以发送者和接收者要遵循合作原则为基础，强调了语境，强调信息的"非自然意义"（Nonnatural Meaning），认识到言语的隐含意义的重要性。但该模式的论述过于模糊，未能解释清楚合作原则的层次和标准、自然意义和非自然意义的区别、推理的步骤等。

1986年，法国语言学家丹·斯珀波（Dan Sperber）和英国语言学家迪尔

德利·威尔逊（Deirdre Wilson）在《关联：交际与认知》（*Relevance: Communication and Cognition*）中提出了关联理论（Relevance Theory）。他们针对前两种模式的不足，并综合了二者的长处，从认知科学的角度对语言交际进行了探讨，从"人是认知主体"[①]的前提出发，提出语言交际是按照思维规律进行的认知活动，是一个明示（Ostention）—推理（Inference）过程。这是交际的两个层面，说话者（Communicator）通过策略用明示行为向听话者（Audience）传递自己的信息意图和交际意图，为推理提供证据。听话者根据明示意图和认知语境付出认知努力，对说话者的意图进行推理，也就是在寻找关联。关联是交际的关键，也是交际的基本原则。关联理论的研究基于语用层面，但并不拘于语言研究，也会讨论非言语交际。斯珀波和威尔逊也认为关联理论可以用于文学艺术和文化交际研究，因为关联理论主要是对语言层面的研究，而认知叙述学是对文本层面的研究。所以在以下讨论中，笔者将关联理论的术语说话者（Communicator）和听话者（Audience）替换成适合文本分析的发送者（Addresser）和接收者（Addressee）。

关联理论认为，信息发送者想实现两种意图：信息意图和交际意图[②]，信息意图是发送者想传递给接收者的信息，交际意图是使信息意图对交际双方显明，两者并存且都很重要。最理想的情况是两种意图都能被接收者接受，但是有时也会出现只有交际意图达到而信息意图没有达到的情况，如一个读者读了一本小说，相当于交际意图达到了，但是由于没理解，所以信息意图没有达到。

叙述文本是否被接受解读，即信息意图是否被接受，决定权在接收者手里，但这不代表叙述文本的发送者就无计可施，发送者可以尽力表现其交际意图来引导接收者。关联理论认为，交际意图的一个重要目的在于建立发送者和接收者的互有认知语境，带有意向性。就叙述文本而言，一个文本如果要被接受解读，就必须带有交际意图。19世纪捷克作家卡夫卡临终前委托挚友将其不满意的手稿销毁，然而正是因为这个挚友没有遵从他的遗愿，将他的作品整理出版，才让世界看到了卡夫卡的杰作。交际意图并不取决于作者的意愿，而

[①] 郭鸿《认知符号学与认知语言学》，载《符号与传媒》，2011年第1期，第60页。
[②] 丹·斯珀波、迪埃珏·威尔逊《关联：交际与认知》，蒋严译，中国社会科学出版社，2008年，第218页。

是取决于隐含作者，隐含作者才是叙述文本的发送者。隐含作者是一个"发出者拟主体"①，从认知叙述学的角度来看，是一个由认知图式构成的动态集合；隐含作者要同时具有文本时空和接收者时空的世界图式，而且要具有阐释社群时空能够共享的文本图式和语言图式。

文本发送者即隐含作者的交际意图既有文本本身的因素，又有文本之外的因素。就文本本身而言，其交际意图主要体现在文本图式和语言图式中。叙述文本为了展现其交际意图，常常要精心设计其题目和开头部分，以引起接收者的注意力，使其愿意继续接受这个文本。叙述文本为了追求艺术效果，会采取一些特别的文本结构或语言表达方式，通过延长理解过程来取得陌生化效果；但是陌生化有一个限度，如果超出一定限度，接收者就会因为看不懂而拒绝接受文本。文本的交际意图要设定这个限度，就要考虑接收者的认知能力。从文本外因素来看，叙述文本的接收往往离不开世界图式和媒介的力量。世界图式影响巨大，如《白鲸》的交际意图的世界图式直到小说出版一个世纪后才被接收者接受。这种被重新发现的文本并不在少数，接收者具备足够的认知能力才能接受文本。在文本流传的过程中，不同时空的接收者也会具有不同的认知能力，对文本的解读也会有所不同。媒介也影响了叙述文本的接收，现代媒介的发展使叙述文本的交际方式不断改变，电影拍摄技术、书籍装帧都是表现叙述文本交际意图的重要方面。3D电影技术使接收者能够拥有更逼真的体验，成为接收者乐于接收的对象，增强了其电影文本的交际意图。现代叙述文本也通过广告等方式展现了其交际意图，电影的预告片、书籍的推荐新闻等，都是以引起接收者的交际愿望为目的。

二、关联理论的关联原则与叙述文本的有效解读

关联理论从认知心理学的角度分析了人的信息交流过程：人在进行信息交流时，信息的发送者和接收者都处于特定的认知语境，信息的发送者发出刺激信号，信息接收者接收这个信号，付出认知努力，对其进行推理解读。信息能够得以交际的要点并不在于信息本身，而在于认知语境的影响和接收者的认知努力。

---

① 赵毅衡《广义叙述学》，四川大学出版社，2013年，第221页。

关联理论认为语境"并不是外在的实在语境,而是个体的认知语境。所谓认知语境,就是一整套对交际个体来说能显明的事实和假设,它是个体所处的自然环境和与个体的认知能力相互作用而形成的产物"①。斯珀波和威尔逊指出,语境并非是信息发送者给定的,而是信息接收者选定的,强调了语境的动态性。关联理论的认知语境是接收者的认知心理结构,基本等同于认知叙述学的认知图式,二者只是在分类方式和侧重点上略有不同。关联理论将认知语境分为三个部分:上下文这种语言意义上的语境、即时情景这种物质语境以及接收者的心理语境、社群知识和百科知识等社会共有语境。上下文语境可归属于语言图式和文本图式,社群知识和百科知识语境可归属于世界图式,即时情景和接收者的心理语境也属于世界图式,只是话语交际因其及时性和个别性更强调这一点。而对于叙述文本解读来说,其一般讨论的是阐释社群的较为稳定统一的解读意义,所以不会特别强调接收者的个别情况。

　　关联理论指出,信息接收者接收到发送者传递的信息,会根据已有经验即旧的认知对其进行假设,然后在推理过程中产生新的认知。关联理论的推理是一种非论证性推理,分为假设的构思和假设的证实两个阶段。假设相当于接收者对信息的一个预理解,一个期待视野,然后在推理过程中,接收者会根据实际情况调整自己的理解,这时一般会产生三种情况:一是新的认知与旧的假设相结合产生新的意义;二是新的认知加强了旧的假设;三是新的认知与旧的假设产生了矛盾,并取代旧的假设。关联理论也提出了两种特殊情况:一是新的认知和旧的假设一致,但并没有起到加强作用;二是新的认知虽然和旧的假设抵触,但并不能取代旧的假设,接收者仍然保留旧的假设。接收者对信息完全无法理解的可能性当然也存在,但只要有足够的时间和理解动力,不断扩大认知语境,还是能够取得一定的认知效果。涉及推理的因素有词汇信息、逻辑信息以及百科知识。②这三种因素是斯珀波和威尔逊从语用学的角度对理解语句的认知图式所做的分类。逻辑信息是认知规则,词汇信息是语言形式的表征,百科知识是经过逻辑规则整合的概念表征。三者协同作用使人能够对代码信息进行推理。

---

①　何自然、陈新仁《当代语用学》,外语教学与研究出版社,2004年,第37页。
②　丹·斯珀波、迪埃珏·威尔逊《关联:交际与认知》,蒋严译,中国社会科学出版社,2008年,第114页。

第四章 叙述文本接受的认知过程

斯珀波和威尔逊根据认知语境和认知努力的关系讨论了关联原则:"每一个明示的交际行为都应设想为这个交际行为本身具备最佳的关联性。"① 关联性是从输入到认知过程中符号信息所具有的一种特性,并不限于语言,还可以体现在思想、记忆、行为、声音、情景等特质中。在同等条件下,认知语境效果越大,关联性就越强;在同等条件下,付出的认知努力越大,关联性就越弱。斯珀波和威尔逊区分了最大关联性和最佳关联性。最大关联性指付出最小的认知努力,取得最大的认知效果;而最佳关联性是指付出有效的认知努力获取足够的认知效果。他们也指出,话语交际追求的一般是最佳关联性,这符合人的认知经济原则,但科学研究或小说等文艺文本的解读则倾向追求最大关联性。

为了节约认知资源,人都要追求认知经济原则,无论是追求最大关联性还是追求最佳关联性,人都倾向于在取得足够效果的前提下,尽量付出足够少的认知努力。在人理解叙述文本的过程即进行推理的过程中,同样需要调动认知努力来分析词汇信息、逻辑信息以及百科知识;而对于文本来说,可以进一步将其推广为语言和文本结构信息、逻辑信息以及百科知识。可以看出,这些要素除了包含语言图式、文本图式和世界图式这三种认知图式,关联理论还着重强调了逻辑信息。逻辑信息是从文本接收者的角度强调其认知能力。认知图式是静态的知识结构,而逻辑信息强调的是人具有的一种动态的认知加工能力。从接收者的角度来讨论如何推理理解文本信息,对逻辑信息的关注是非常必要的。叙述文本研究主要关注文学艺术文本,而文学艺术文本的语言和文本结构往往追求新意,这既需要接收者付出更多的认知努力,也需要接收者有更广阔的认知语境,只有合理的逻辑加工能力,才能尽量增强关联性。认知语境有限,又不愿付出太多认知努力的接收者会拒绝接受理解语言表达方式和文本结构复杂的文学文本,比如小说《尤利西斯》,以难读著称,相关的认知语境极其庞大,不但结构凌乱、语言独特,而且旁征博引,涉及不少文学作品、哲学思想,即使高校文学艺术专业的学生中间,也有不少人对阅读这个文本抱有畏难情绪。

---

① 丹·斯珀波、迪埃珏·威尔逊《关联:交际与认知》,蒋严译,中国社会科学出版社,2008年,第155页。

叙述文本要得到有效解读，就要在文本和接收者之间寻找最佳关联，这需要接收者在认知努力和认知语境之间取得平衡。斯珀波和威尔逊也指出，精确测算最佳关联是大脑神经学的课题，是一种物理—化学参数监控，而语用研究是人文研究，研究最佳关联并非寻求科学数值。从人文的角度来看，人不但对关联性有追溯性的直觉，而且对其拥有前瞻性直觉。前瞻性直觉指的是人能够通过一些相关要素，凭直觉预测完成一项任务需要多少认知努力，能取得多少认知效果。这并不神秘，接收者会根据从一个文本得到的初步、片面的信息先建立一个初始语境，即一个假设，并根据以往经验和目前认知语境来判断需要付出多少认知努力，以此决定是否继续接收和理解该文本。这也是叙述文本要在题目和文本开头尽力展现交际意图的缘故。随着媒介的发展，现代的叙述文本还会特别注意封面、片头或预告片等形式，因为接收者在决定是否接收该文本时先触及的往往是这些信息；有时接收者还喜欢先看一下文本结尾，所以一个好结尾也是叙述文本的重要关注对象，这些信息就成了接收者的推理依据。

当然，即使接收者愿意继续接收并解读这个文本，在接收过程中，接收者也在不断推理判断，随时都有可能中断接收。从认知心理学的角度来看，要想让接收者保持接收状态，就要不断吸引接收者的注意力，因为人的注意力是有时限的，一旦超过时限，人就会转移注意力，所以如果不想接收者放弃这个文本，就需要在恰当的时机给接收者一个新的注意力点。好莱坞电影工业出版的不少编剧教程，都在不断强调这个规律，在多少分钟内需要进行一次剧情转折或推进，都是有明确数值规定的。除了注意力规律，接收者也需要新的情绪不断支撑。广义认知心理学认为，情绪是个体遇到的事件导致的心理活动，情绪离不开认知加工，认知往往也会受到情绪的影响，二者密不可分。我们暂且不考虑接收者放弃文本的情况，那么在每一步推理中，接收者都会得出前文提到的新旧假设交锋的五种情况之一。如果接连遇到新的认知和旧的假设一样，但没起到加强作用这种情况，接收者可能会觉得乏味；如果接连遇到新的认知和旧的假设矛盾也会产生这种效果；但是接收者不愿改变旧的假设的情况，接收者可能又会觉得恼怒，甚至是悬疑片中常用的新的认知和旧的假设矛盾，但新的认知取代旧的假设，也可能使有些接收者产生畏难情绪，从而拒绝接收。同样，好莱坞的编剧教程也非常强调剧本情节设计与引发接收者情绪的关系，要注意张弛有度，维持接收者的兴趣。

至于最佳关联和最大关联,两者是因人而异的。一个以读小说为娱乐消遣的普通文化水平读者和一个文艺理论专家,对同一个文本提出的最佳关联是不同的,因为他们的认知语境不同,付出的认知努力程度也不同,追求的认知效果更是不同。叙述文本是复杂的符号集合,往往拥有多层次的丰富意义,不少学者的研究都体现出这一点。有些叙述文本的故事情节非常简单,但是内涵丰富。比如安徒生的童话《皇帝的新装》,对于儿童来说这个故事好玩有趣,是一个关于愚蠢的皇帝和诚实的孩子的故事;而对于成年人来说,这个故事反而会带来一些沉重感,在成年人的理解中,这个文本体现出强烈的虚荣心导致自我迷失这样深刻的人性弱点,让成年人不由得重新思考自己从人生经验中得到的认知图式,所以常有评论者说安徒生的童话其实是写给成年人的童话。普通接收者以理解一个符合逻辑的流畅故事为目的,而专家型接收者以探求文本所蕴含的深刻哲思为目的。对于普通接收者来说,《白鲸》写了亚哈船长因为被白鲸咬伤而追杀白鲸,最后同归于尽的故事;但是对专家型接收者来说,可以采取宗教认知图式认为《白鲸》体现了人与自身的恶斗争的宗教体验,采取历史认知图式也可认为《白鲸》影射了当时的社会历史发展进程,采取哲学认知图式还可以认为《白鲸》展现了人类社会组成的一个缩影……专家型接收者往往并不以最佳关联为最终目的,而是企图寻求最大关联,去穷尽文本所蕴含的所有理解。最大关联原则以最佳关联原则为基础,但最佳关联原则可以有确切目的,最大关联原则却几乎是一场永无尽头的旅程。

三、关联理论与叙述文本的意义连贯

语篇是"以词语编码的,并以言语、书面语或符号传递的语言活动的产物"[①]。叙述文本当然是语篇的一种,而且是复杂的语篇。关联理论从语言学的角度研究了如何将语篇中的信息进行整合理解,也是对叙述文本接受理解的一种有益启发。

语篇连贯被认为是语篇各组成部分在意义上或功能上的连接关系,这关系到文本接收者能否顺畅地理解文本意义。但叙述文本讲究多样的形式,陌生化就是一种专门延迟叙述接受的技巧,不过延迟接收者理解文本并非拒绝接收者

---

① 胡壮麟《语篇的衔接与连贯》,上海外语教育出版社,1998年,第1页。

理解文本，只是希望尽量长久地保持接收者的感受。根据关联理论，叙述文本和文本接收者之间存在关联关系，文本接收者一旦开始阅读或观看文本，就要抱有理解文本的目的。讨论意义连贯的前提是接收者承认关联性，愿意接受并付出努力去理解文本。一旦超出接收者目前的认知能力，就不在意义连贯的讨论范围内了。连贯是通过逻辑推理达到语意连接的基础，关联理论提出的认知努力与认知语境的互动方式揭示了人是如何通过不断分析相关语境和信息的关系来次第推进理解过程的。

语言学家韩礼德和哈桑在论文《英语的衔接》中讨论了语篇衔接，认为这是一种显性衔接，并以小句为单位讨论了小句之间衔接点的类型和衔接方式。这是对语篇连贯的语言功能层面的研究，但有时语言表层的衔接（Cohesion）并非能使语篇的语意连贯（Coherence）。对于话语没有衔接，但是语意衔接的情况，美国哲学家格莱斯（Paul Grice）提出了合作原则（Cooperative Principle），指发话人和听话人双方要有一种默契，遵守一些基本原则。解码模式可以得到话语的明说意义，推理模式可以得出话语的隐含意义。当文本明说意义不能取得连贯效果时，就要考察文本的隐含意义。

关联理论从语境和认知努力的关联来考察文本的意义连贯，提出文本理解要靠文本话语与文本接收者的互动来实现，而通过推理得出的语意有三类：明说（Explicature）、暗含（Implicature）和弱暗含（Weak Implicature）。斯珀波和威尔逊否定了格莱斯的看法，认为明说和暗含的区别不在于解码和推理模式的区别，任何解码都不可能完全脱离推理模式。明说是指发送者的话语与意图之间存在系统的联系，暗含是指二者之间没有直接联系，是一种间接表达，包括暗含前提和暗含结论。发送者的话语暗示了暗含前提，话语意义即暗含结论要靠接收者将话语、暗含前提及认知语境相结合推导而出。弱暗含是一种意义不确定的特殊暗含。要指出的是，暗含是语用角度的讨论，是语义理解层面的理论，并非指文本的内涵意义。

关联理论从话语分析的角度提供了明说的分析机制，"明说是清晰的信息假定，由解码和语境推理出的概念表征组成"[①]，要符合消除歧义、确定指称和充实语义等原则。认知语境的效果越少，明说的意义就越明晰。从叙述文本

---

① 何自然、陈新仁《当代语用学》，外语教学与研究出版社，2004年，第99页。

第四章 叙述文本接受的认知过程

的角度看，明说就是叙述文本的连贯意义，不一定只包括文本的直接意义，也可以包括内涵意义，通过话语信息的明示和接收者通过认知语境进行认知努力而得出。叙述文本作为语篇，远比话语复杂；语用研究以语句为单位，语篇却由很多语句组成，接收者需要随着对文本的理解不断累积认知语境，明说即累积的认知语境之间没有断裂，即使语句之间的认知语境没有直接连贯，也能通过接收者的认知图式予以补足，得出明晰的意义。

"暗含是说话人为了使自己的话语有明显关联而向听话人标明的语境假设或含义"①，分为暗含前提和暗含结论。叙述文本尤其是文学艺术文本，虽然追求艺术效果，但很少会完全按照故事的时空顺序叙述，这就增加了接收者需要付出的认知努力。接收者在对叙述文本的接收中，要不断整合已得的认知语境，如重新整理被打乱的时间顺序，并且可能还要做出修改，如在面对小说中常见的否叙述（讲了一件事，然后又说这件事没发生过）时。这就意味着接收者在接收文本时要面对不连贯的信息，也就需要接收者暂且猜测其暗含前提，并且在接下来的认知过程中进行修改或补充，以得出符合逻辑的暗含结论。

暗含结论不一定都是明确的，弱暗含就专指非确定的暗含结论。因为暗含前提是人按照认知语境推测出来的假设，当发送者的信息不明确时，接收者有可能同时推出几种不同的暗含前提，自然就能得出不同的暗含结论，所以当文本之后的信息也无法给予明确的证据时，无论接收者决定选用哪种暗含结论，都是弱暗含。《红楼梦》第九十八回，黛玉魂归离恨天，临终前说"宝玉，宝玉，你好……"黛玉究竟是想说"宝玉你好狠心"，还是想说"宝玉你好好保重"历来是红学爱好者争论的热点。无论黛玉是想指责宝玉还是彻悟后决定撒手而去，红学爱好者都能讲出有理有据的暗含前提，但是这些暗含都是弱暗含，无法准确地驳倒对方；而"你好……"之中不尽的魅力正在于此。弱暗含的非确定意义并不一定影响接收者对整个文本的理解，弱暗含有时不是意义的断裂或缺失，相反是意义的丰富。

对叙述文本的接受及其如何被有效解读的认知机制研究可以探明文本与接收者之间信息交际的面貌，既能够推进叙述文本创作机制研究，也能够推进接收者的文本接受机制研究，为从接收者这个认知主体出发的认知叙述学建立一

---

① 何自然、陈新仁《当代语用学》，外语教学与研究出版社，2004年，第101页。

个坚实的理论基础。

第四节 元认知：叙述作为认知工具的工具

一、叙述作为认知工具

（一）叙述作为认知活动

有人的地方，就有叙述。叙述文本并不仅仅是人们工作生活之余的消遣，而且是人类文明传承发展的一个必要载体。戴维·赫尔曼指出："人的认知工具分为物质性和精神性两种，叙述属于精神性认知工具。叙述可以提供认知框架，也能够作为具体的信息来源。"①

首先，叙述可以记录发生过的事件，如纪实性叙述。人类的历史由此得以保留，供后来人了解。叙述也可以推测未来可能发生的事件，如虚构性叙述，文本接收者可以暂时突破非虚构框架进入虚构的可能世界里，通过移情模拟体验故事的发展，增加自己的经验或者获得审美享受。

其次，叙述中必然有人物，即有人性的事物。在实在世界中，人不可能透过外在物质了解别人的意识，只能通过交际间接地沟通。叙述文本常常要揭露人物的内心思想和情感，对于文本接收者来说，这也是一种学习和了解，从而能够做到梳理自己的心理。

再者，文本接收者并不仅仅是一个被动的接收者，二次叙述就是指文本接收者在文本的指引下同时成为一个创作者。这种能力非常宝贵，它能够帮助人们建立自己的叙述能力，使人学会构建自己的人生故事。

（二）叙述文本的五种基本认知活动

接收者对叙述文本的解读是一种交流活动，接收者解读叙述文本，就是通过认知策略认知叙述文本。戴维·赫尔曼讨论了叙述作为认知工具的五种情

---

① Herman, D. "Stories as a Tool for Thinking", Herman, D. ed. *Narrative Theory and the Cognitive Sciences*. Stanford: CSLI, 2003, p. 163.

况[①]，他认为叙述可以作为人的认知资源库，可以帮助人从中学到如何运用认知实在世界的操作工具。仔细考察，可知他讨论的其实是人在认知叙述文本时的五种基本认知活动，也可以说叙述训练了人的这五种认知能力。

第一，将经验归块（Chunking Experience）。人在实在世界的经验流（Stream of Experience）是无序的，叙述将其划分为有界限的、可认知的、可用的结构。故事将进程分为开头、中间、结尾等版块，并将其作为知识结构保存起来作为新的认知活动的基础。

第二，在事件间注入因果关联（Imputing Causal Relations Between Events）。故事是有因果时间体系的，时间因果相互联系，即使叙述文本不便于明确说，文本接收者也会认为因在前，果在后。叙述使事件之间带上了因果联系。

第三，处理"典型化"问题（Managing Typification Problem）。这里的典型指的是人的认知心理存在的图式、脚本或认知框架，是一种认知结构。文本接收者在理解文本之前就有一个先存的期待视野，叙述文本既可能符合这个认知框架——典型化过程，也可能打破这个认知框架，为人提供一种处理认知框架的工具。

第四，使行为序列化（Sequencing Behaviors）。叙述行为提供了一个有序的、预定的、由交际者遵守的话语轮次（Turn），叙述文本可以由此表征实在世界的行为序列。

第五，拓展理解能力（Distributing Intelligence）。叙述扩展了人的认知范围，且不但能够扩大其认知环境，也能使人去了解他人的心灵，这就相当于扩大了人的视野。

叙述对人的认知知识和人的认知能力起到的作用很早就受到心理学家和文艺研究者的关注。心理学研究注重的是研究人在叙述自己的故事或其他故事时使用的叙述方式如何体现人的意识，文艺研究者也即认知叙述学注重的是研究叙述带给人什么样的认知知识和认知能力。二者研究的侧重点虽然不同，但是相辅相成。目前在国外认知叙述学研究中，如戴维·赫尔曼编撰的《叙述理论

[①] Herman, D. "Stories as a Tool for Thinking", Herman, D. ed. *Narrative Theory and the Cognitive Sciences*. Stanford: CSLI, 2003, p.172.

与认知科学》,不但探讨了叙述作为认知工具的能力,也将认知叙述学和心理学结合并探讨了心理治疗中叙述治疗的功用。

在叙述文本理解过程中,人不仅仅是在进行认知活动,实际上,人还根据认知叙述文本的活动在不断完善自己的认知能力,叙述不仅是叙述工具,也是创造、改进这些工具的工具。当叙述交流过程影响到人的认知活动,就涉及了元认知。

二、叙述与元认知

顾名思义,元认知就是对认知的认知,是人对自己的认知活动的感知、理解、调节、监控与控制,它不仅是人对自身的意识的内省,而且是对自身认知活动的管理。元认知是一种人在意识层面上的高级认知活动,人同时是观察主体和自己的观察对象,在了解自己认知活动的同时,还能对自己的认知活动做出指导。这也体现在文本接收者理解叙述文本的过程中。叙述文本的信息一般并不是按照因果时间序列排列的,需要接收者在一步步接受文本信息的过程中对其进行整理,并且在整理过程中不断进行判断,随时更正错误的理解,在信息不足时还要暂且提出自己的假设,在进一步接收信息过程中检验自己的假设。在接受理解了整个叙述文本之后,文本接收者还会对整个文本进行整体审视,并进一步将自己认可的信息整合进自己的知识结构,并适当调整自己的认知策略,以服务于日后在生活经验和叙述文本中的认知。可见,文本接收者对叙述文本的解读并不仅仅是看明白故事就完了,而是一个复杂的认知过程。

元认知(Metacognition)最早由美国儿童心理学家弗拉维尔(J. H. Flavell)在其 1976 年出版的《认知发展》一书中提出,实际上,认知发展早已是心理学的研究课题。心理学对认知发展的研究主要从心理学的角度探讨人尤其是儿童是如何掌握外界知识并发展自己认知外界的能力的,这往往需要心理学实验。从叙述的角度研究叙述如何促进认知发展并不会采用心理学实验方法,而是从叙述交流的角度来讨论文本接收者对文本的理解和接受以及和文本的互动。

元认知研究包括元认知知识、元认知管理和元认知体验三个层面。[①] 元认

---

① 邵志芳、刘铎《认知心理学》,开明出版社,2012 年,第 182 页。

知知识是人对自己或他人的认知活动的知识，元认知管理是指人对自己的认知活动进行监控和调节。只有这两个层面互相配合，人才能获得有效的认知发展。元认知体验是指人伴随认知活动所产生的认知体验和情感体验。

元认知和认知都是人的思维活动，但二者还是有区别的：一是二者的认知对象不同，认知的对象是外在的，如理解一个叙述文本，而元认知的对象是自己的认知活动，如理解叙述文本的认知活动，是内在的；二是两种活动的内容不同，认知是对某个对象进行智力操作，如研究人通过什么认知策略叙述文本的信息进行理解，而元认知是对自己认知活动的监控和管理，如研究人为什么和怎样采取这些认知策略；三是作用方式不同，认知是人直接进行认知活动，元认知则是研究人如何进行认知活动，是间接地影响人的认知活动；四是认知是元认知的基础，是元认知的对象。

三、叙述文本理解和元认知的发展

（一）元认知知识与叙述文本的接受

在叙述理解过程中，文本接收者首先要调出已有的元认知知识。弗拉维尔认为元认知知识有三类：

一是个体元认知知识，指人知道自己的知识范围，在叙述文本理解中，即接收者要知道自己的知识范围，这涉及之后要采取的元认知策略。一个儿童之所以会选择看动画片，而不是看关于历史政治的纪录片，是因为他会根据自己的知识范围来选择文本。

二是任务元认知知识，即关于任务的已知信息，包括任务的性质和要求等以及是否有完成这个任务的能力，以便服务于之后的认知策略。在叙述文本理解中，即接收者要知道他面对的大致是一个什么样的文本。接收者在没进行体验之前，自然不可能知道这个文本具体是什么，但是接收者可以根据内容提要、开头或结尾的少数信息、装帧、封面等收集一部分有关这个文本的信息，然后还应知道自己是否有理解这些信息的能力，是否愿意接受这个文本。如果接收者看到一本小说的封面，上边有飞船和星球，就会推测这是一本科幻小说；翻翻文本开头，看到本书讲了很多天文学知识，如果这个接收者平时缺乏对天文知识的理解和爱好，很可能就无法继续读下去了。

三是策略元认知知识，即人对完成任务所需的认知策略的知识。对于叙述文本理解，在接受文本前，文本接收者会去推测需要采取什么认知策略。如果是一个英语文字文本，不懂英语的接收者自然就不会看了。如果文本接收者决定接受一个文本，就会根据上面两项个体元认知知识和任务元认知知识，推测自己是否具备合适的策略元认知知识，从而决定是否继续接受文本。

(二) 叙述文本理解过程及元认知管理、元认知体验

在叙述文本接受以前，元认知知识似乎呈现为一种静态结构，实际上，在叙述文本接受过程中，元认知知识一直会根据实际情况进行动态调整。至于如何调整，就涉及元认知管理和元认知体验的影响。

元认知管理是通过对任务进行情况的监控而对任务的认知策略进行调整的能力。元认知体验看似不直接参与元认知活动，但是它会通过认知体验和情感体验帮助对任务认知过程进行评价，从而对元认知管理产生影响。

在叙述理解过程中，首先，文本接收者根据元认知知识的情况对如何理解叙述文本已经有了一个计划，这就是元认知管理的第一步。这个计划不仅包括需要调集很多已有的静态个体元认知知识，这在叙述学研究中一般叫作期待视野；也包括需要采取什么样认知策略来进行认知，即本书之前提到的文本世界、图形/背景、原型范畴等理论。在文本接收者的接受过程中，不可预先准备好所有需要的认知策略，而是在理解过程中根据信息引发提取条件，从而引导出这些认知策略。对于专家型研究者来说，因为他们具有专业技能，也许很容易就能意识到应该调集什么认知策略，但是对于普通的文本接收者，这个过程很可能是内在的。普通接收者也许不知道文本世界理论的概念，但是这是人的一种认知能力，自然而然就能付诸使用，比如《红楼梦》中贾宝玉梦到了太虚幻境，梦醒后又回到大观园，文本接收者当然理解太虚幻境的梦中世界是另一个与大观园不同的空间。专家型接收者则可能会仔细考察这里涉及的时间、地点、人物指称的转换，从而论证出太虚幻境是另一个次文本世界空间。

在任务解决过程中，即叙述接收者根据文本信息理解文本的过程中，元认知管理一直在监控人的认知活动。当叙述文本的信息没有按照时间因果顺序排列时，接收者需要不断采取认知策略将已知信息进行整合理解；当信息不能整合时，接收者会进行假设暂时补足信息，然后根据情节的发展情况进行修改。如侦探小说常常先写一个受害者，然后侦探根据线索追缉凶手，这就先有了果，却没有因，读者会根据自己的元认知知识认为必然有一个凶手。在侦探调

查的过程中,很难一下子就发现凶手,常常要调查多个嫌疑人。在真相未明之前,读者也会根据自己的元认知知识推测谁才是凶手,且未必和文本中的侦探保持一致看法。这个不断假设、判断、整合的过程,就是在元认知管理的指导下进行的。

接收者在阅读或观看或体验叙述文本的信息时,是有选择性的,且伴随着符合图形/背景规律的认知过程,这是接收者根据元认知知识进行的筛选过程。比如观众看到电影中的人物在街道旁打电话,很可能只会以人物为图形,注意人物的一举一动,而忽视作为背景的街道及周边建筑。在进一步整合信息时,接收者还会再次选择,也许接下来的琐事过多,接收者认为打电话一事并不重要,就不再将其整合进理解文本的信息中。如果后面情节急转直下,人物失踪了,侦探就要调查他失踪前的行踪,接收者这时会意识到那些琐碎的细节都很重要,元认知监控就会让接收者调取之前被忽视的信息。有些信息可能还能够调取,比如人物打了电话、喝了咖啡,有些信息可能已经不能调取,比如人物打电话时后面建筑的门牌号。元认知管理负责调动人的认知活动,为人的认知活动提供指导。

元认知体验伴随元认知管理存在。举例来说,当文本的信息过于散乱时,读者的元认知体验可能会觉得自己的认知活动没有效果,因此产生了烦躁感,从而拒绝继续接收文本,比如很多人在阅读意识流小说时,都会产生这种感觉。再如,要是侦探小说线索过于简单,读者已经根据元认知知识认为自己知道了凶手,而故事中的侦探还在犯糊涂,读者的元认知体验就会觉得自己没有必要再跟着傻瓜侦探继续认知活动,因为感觉没有趣味,从而也拒绝继续接收文本。元认知体验随着人的认知活动不断对文本进行评价,只有当文本接收者带有正面情绪时,才愿意继续下去。

(三)元认知的自身整合

在文本接收者理解文本的过程中和在理解整个文本之后,元认知管理会对认知活动做出检查。这种检查可以是外在的、明确的,也可能是内在的、潜移默化的。文本接收者通过理解文本,得出最终的意义。元认知管理会将所有的信息整合筛选,将其认为有价值的部分补充进元认知知识,比如接收者常会说:"《老人与海》教会了我做人要坚韧不拔。"这些信息有静态的元认知知识,接收者也许通过读《老人与海》学会一些钓鱼方法;也有动态的元认知策略,比如无论遇到什么困难，都要保持坚强乐观的态度。

元认知管理也会总结评价自己接受理解叙述文本的认知策略。比如文本接收者在读不懂意识流小说时，也许会考虑去补充一些关于这类小说的元认知知识，然后再次阅读。又比如文本接收者忽略了人物打电话背后的建筑门牌号，而之后的情节中，这正是一个重要线索，那么文本接收者也许会调整自己的认知策略，以后在读侦探类叙述文本时，不能仅仅以人物为图形/背景的图形，而要格外注意细节。

叙述文本中的人物意识对文本接收者来说是一个重要的认知对象。文本接收者理解文本时，始终要追随着文本中的叙述者或者人物的视角，以移情的方式理解文本透过视角提供的信息。文本接收者不只要检查评价自己的认知活动，而且会检查评价人物的认知活动，这同样能够让文本接收者学习有关认知活动的知识和策略。叙述文本中有一类成长小说，其故事就主要是叙述人物的认知发展过程：人物在经历一次次事件的过程中认识到自己的不足，逐渐改进自己的认知能力，最终成长为一个更优秀的个体。人物在文本世界中的经历很像文本接收者通过解读叙述文本来改进自己的认知能力的过程；人物在文本中亲身经历这些事件，文本接收者则通过移情来模拟经历这些事件。传统文学批评常讲叙述文本有哪些教育意义，在认知叙述学的视野下，其实就是指叙述文本能够为文本接收者提供哪些认知知识，以促进文本接收者的个体发展。

对叙述文本影响元认知的研究可以进一步说明文本接收者解读文本的目的，以及如何更好地促进自己的认知发展。

参考文献

艾柯,等. 诠释与过度诠释 [M]. 王宇根,译. 北京:生活·读书·新知三联书店,2005.

阿尔贝,伊韦尔森,尼尔森,等. 非自然叙事,非自然叙事学:超越模仿模式 [J]. 尚必武,译. 叙事(中国版),2011 (3).

阿尔贝,伊韦尔森,尼尔森,等. 什么是非自然叙事学的非自然?对莫妮卡·弗鲁德尼克的回应 [J]. 尚必武,邓治雪,译. 叙事(中国版),2013 (5).

巴尔. 叙述学:叙事理论导论(第二版) [M]. 谭君强,译. 北京:中国社会科学出版社,2003.

巴克兰德. 电影认知符号学 [M]. 雍青,译. 北京:中国社会科学出版社,2012.

伯格. 通俗文化、媒介和日常生活中的叙事 [M]. 姚媛,译. 南京:南京大学出版社,2006.

布斯. 小说修辞学 [M]. 华明,胡苏晓,周宪,译. 北京:北京大学出版社,1986.

查特曼. 故事与话语:小说和电影的叙事结构 [M]. 徐强,译. 北京:中国人民大学出版社,2013.

陈平原. 中国小说叙事模式的转变 [M]. 北京:北京大学出版社,2010.

陈香兰,申丹. 转喻与语篇:伏应与转喻思维 [J]. 外语与外语教学,2009 (5).

陈沿西. 《微暗的火》诗歌文本中图形—背景理论的认知阐释 [J]. 四川民族学院学报,2012 (6).

程瑜瑜. 奇异空间的想象——《阿丽思镜中奇遇记》的叙述艺术 [J]. 昆明学

院学报，2011（1）.

丹图. 叙述与认识［M］. 周建漳，译. 上海：上海译文出版社，2007.

丁尔苏. 符号学与跨文化研究［M］. 上海：复旦大学出版社，2011.

丁锦红，张钦，郭春彦，等. 认知心理学［M］. 北京：中国人民大学出版社，2010.

范云. 认知诗学理论的渊源与本土化研究［J］. 重庆大学学报，2010（2）.

方小莉. "冤家"姊妹篇中的"孪生隐含作者"——《布鲁特斯街的女人们》与《布鲁特斯街的女人们》中声音的权力［J］. 国外文学，2012（2）.

费伦，拉比诺维茨. 当代叙事理论指南［M］. 申丹，马海良，宁一中，等译. 北京：北京大学出版社，2007.

费伦. 作为修辞的叙事：技巧、读者、伦理、意识形态［M］. 陈永国，译. 北京：北京大学出版社，2002.

费什. 读者反应批评：理论与实践［M］. 文楚安，译. 北京：中国社会科学出版社，1998.

封宗信. 论文学语篇理解的认知心理学研究［J］. 清华大学学报，2002（1）.

伏飞雄. 保罗·利科的叙述哲学——利科对时间问题的"叙述阐释"［M］. 苏州：苏州大学出版社，2011.

弗鲁德尼克. "非自然叙事学"有多自然：什么是非自然叙事学的非自然？［J］. 尚必武，刘春梅，译. 叙事（中国版），2013（5）.

高剑妩，申丹. 另一种认知图式冲突造成的沟通障碍——从新的角度看《奥立安娜》中的人物关系［J］. 外语与外语教学，2013（1）.

戈德罗，若斯特. 什么是电影叙事学［M］. 刘云舟，译. 北京：商务印书馆，2010.

宫英瑞. 叙事语篇人物塑造的认知文体研究［M］. 北京：中国社会科学出版社，2012.

郭鸿. 认知符号学与认知语言学［J］. 符号与传媒，2011（2）.

郭善芳. 典故的认知模式［J］. 贵州大学学报（社会科学版），2005（3）.

郭熙煌. 情感隐喻的动力图示解释［J］. 天津外国语学院学报，2005（2）.

海因策. 论第一人称叙事小说对模仿认知的违背［J］. 金敏娜，译. 叙事（中国版），2011（3）.

何华. 新视野下的认知心理学［M］. 北京：科学出版社，2009.

何自然，陈新仁. 当代语用学［M］. 北京：外语教学与研究出版社，2004.

赫尔曼. 新叙事学［M］. 马海良，译. 北京：北京大学出版社，2002.

赫尔曼. 认知、情感与意识：叙事人物意识的后经典研究方法［J］. 唐伟胜，陶玮婷，译. 叙事（中国版），2009（1）.

胡亚敏. 叙事学［M］. 武汉：华中师范大学出版社，2004.

胡易容. 传媒符号学：后麦克卢汉的理论转向［M］. 苏州：苏州大学出版社，2012.

胡易容，赵毅衡. 符号学—传媒学词典［M］. 南京：南京大学出版社，2012.

胡壮麟. 认知隐喻学［M］. 北京：北京大学出版社，2004.

胡壮麟. 语篇的衔接与连贯［M］. 上海：上海外语教育出版社，1994.

胡壮麟. 认知符号学［J］. 外语学刊，2010（5）.

胡壮麟. 认知文体学及其与相邻学科的异同［J］. 外语教学与研究，2012（2）.

胡壮麟. 我国认知符号学研究的发展［J］. 当代外语研究，2013（2）.

胡壮麟，刘世生. 文体学研究在中国的进展［J］. 山东师大外国语学院学报，2000（3）.

黄卫总. 中华帝国晚期的欲望与小说叙述［M］. 张蕴爽，译. 南京：江苏人民出版社，2010.

黄燕. 身体叙事：认知叙事写作研究［J］. 重庆科技学院学报（社会科学版），2010（21）.

贾国恒. 情境语义学与可能世界语义学比较研究探析［J］. 自然辩证法研究，2006（10）.

蒋勇，祝克懿. 诗篇中的空间映射［J］. 解放军外国语学院学报，2004（5）.

蒋勇军. 第五届中国英语研究专家论坛暨第二届全国认知诗学学术研讨会综述［J］. 外国语文，2011（5）.

蒋勇军. 认知诗学视野下《残诗》意象的视点解读［J］. 英语研究，2012（2）.

蒋勇军. 诗歌感知效果中的"难以言说"——感受意对"言不尽意"的探析［J］. 外国语文，2012（1）.

蒋勇军. 试论认知诗学研究的演进、现状与前景 [J]. 外国语文, 2009 (2).

蒋勇军. 语篇视点与语篇连贯程度关系初探 [J]. 英语研究, 2008 (4).

蒋勇军, 刘春伶. 第四届中国英语研究专家论坛暨首届全国认知诗学学术研讨会综述 [J]. 英语研究, 2009 (1).

金元浦. 文学解释学 [M]. 长春：东北师范大学出版社, 1997.

卡勒. 结构主义诗学 [M]. 盛宁, 译. 北京：中国社会科学出版社, 1991.

柯里. 后现代叙事理论 [M]. 宁一中, 译. 北京：北京大学出版社, 2003.

科布利. 劳特利奇符号学指南 [M]. 周劲松, 赵毅衡, 译. 南京：南京大学出版社, 2013.

莱恩. 文学作品的多重解读 [M]. 赵炎秋, 译. 北京：北京大学出版社, 2006.

蓝纯. 从认知诗学的角度解读唐诗宋词 [J]. 外国语文, 2011 (1).

兰瑟. 虚构的权威：女性作家与叙述声音 [M]. 黄必康, 译. 北京：北京大学出版社, 2002.

李伯利. 认知诗学视角下的心理空间网络体系特征——从《到灯塔去》谈起 [J]. 外国语文, 2012 (6).

李福印. 认知语言学概论 [M]. 北京：北京大学出版社, 2008.

李福印. 意象图式理论 [J]. 四川外语学院学报, 2007 (1).

李金妹. 从认知诗学的角度解读英语诗歌 [J]. 内蒙古农业大学学报（社会科学版）, 2012 (4).

李金妹. 语篇视点和认知诗学在英语诗歌解读中的运用——以《约翰·安德森, 我的爱》为例 [J]. 河北北方学院学报（社会科学版）, 2012 (4).

李金妹, 李社教. 论《古巷道》的文体风格——基于图形—背景理论的视角 [J]. 长沙理工大学学报（社会科学版）, 2013 (01).

李金妹, 邹智勇. 认知诗学视角下前景化与图形/背景的关系 [J]. 黄冈师范学院学报, 2012 (5).

李良彦. 认知诗学视域下的文学阅读 [J]. 东北农业大学学报（社会科学版）, 2012 (5).

李明洁. 元认知和话语的链接结构 [M]. 上海：华东师范大学出版社, 2008.

李森. 论申丹的叙事学研究 [J]. 新疆大学学报（哲学·人文社会科学版）, 2012 (5).

李胜利. 电视剧叙事情节［M］. 北京：中国广播电视出版社，2006.

李显杰. 电影叙事学：理论和实例［M］. 北京：中国电影出版社，2000.

里蒙－凯南. 叙事虚构作品［M］. 姚锦清，黄虹伟，傅浩，等译. 北京：生活·读书·新知三联书店，1989.

梁丽，陈蕊. 图形/背景理论在唐诗中的现实化及其对意境的作用［J］. 外国语（上海外国语大学学报），2008（4）.

梁晓晖. 叙述者的元小说操控：《法国中尉的女人》的认知诗学研究［M］. 北京：北京大学出版社，2012.

梁晓晖，刘世生. 关于文本世界的界定标准［J］. 中国外语，2009（6）.

梁昭，刘代英. 基于图形背景理论的《天净沙·秋思》认知诗学解读［J］. 名作欣赏，2012（3）.

林辰. 明末清初小说述录［M］. 沈阳：春风文艺出版社，1988.

林奇. 城市意象［M］. 方益萍，何晓军，译. 北京：华夏出版社，2013.

刘立华，刘世生. 语言·认知·诗学——《认知诗学实践》评介［J］. 外语教学与研究，2006（1）.

刘世生，庞玉厚. 认知叙事学初探——以电影《美丽心灵》中的文本世界为例［J］. 外语学刊，2011（2）.

刘世生，朱瑞青. 文体学概论［M］. 北京：北京大学出版社，2006.

刘晓力，孟伟. 认知科学前沿中的哲学问题［M］. 北京：金城出版社，2014.

刘文，赵增虎. 认知诗学研究［M］. 北京：中国文史出版社，2014.

刘莹. 叙事文本中的"花园路径句"的认知机制［J］. 外语学刊，2009（5）.

刘宇红. 认知语言学：理论与应用［M］. 北京：中国社会科学出版社，2006.

刘宇红. 可能世界与心理空间［J］. 湘潭大学社会科学学报，2002（5）.

刘月新. 解释学视野中的文学活动研究［M］. 武汉：华中师范大学出版社，2007.

卢蓉. 电视剧叙事艺术［M］. 北京：中国广播电视出版社，2004.

卢特. 小说与电影中的叙事［M］. 徐强，译. 北京：北京大学出版社，2011.

陆正兰. 卡门：西方的"东方女人"和东方的"西方女人"［J］. 外国文学研究，2009（4）.

栾义敏.《安娜贝尔·李》与《江城子》意象图式分析［J］. 湖北第二师范学

院学报，2012（9）.

栾义敏. 王维诗歌及英译的意象图式分析［J］. 鸡西大学学报，2012（8）.

罗钢. 叙事学导论［M］. 昆明：云南人民出版社，1994.

马丁. 当代叙事学［M］. 伍晓明，译. 北京：北京大学出版社，2005.

马菊玲. 认知语篇研究新探索——《文本世界理论导论》评介［J］. 外语教学与研究，2010（1）.

马一波，钟华. 叙事心理学［M］. 上海：上海教育出版社，2006.

麦克卢汉. 理解媒介：论人的延伸［M］. 何道宽，译. 北京：商务印书馆，2000.

孟胜昆. 美在否定的瞬间生成：《青山》的认知诗学解读［J］. 绥化学院学报，2011（3）.

孟胜昆. 认知诗学视阈下的审美阐释［J］. 忻州师范学院学报，2011（4）.

孟胜昆. 认知诗学再思考［J］. 忻州师范学院学报，2012（3）.

米勒. 解读叙事［M］. 申丹，译. 北京：北京大学出版社，2002.

米卫文. 从认知诗学视角看海明威《一个干净、明亮的地方》的主题［J］. 外国语文，2010（5）.

南志刚. 叙述的狂欢和审美的变异——叙事学与中国当代先锋小说［M］. 北京：华夏出版社，2006.

庞玉厚，刘世生. 认知诗学与生态诗学［J］. 外国语文，2009（1）.

彭有明. 从原型效应的视角谈认知语境对言语交际的制约［M］. 武汉：武汉大学出版社，2012.

皮亚杰. 儿童智力的起源［M］. 高如峰，陈丽霞，译. 北京：教育科学出版社，1990.

普林斯. 叙事学：叙事的形式与功能［M］. 徐强，译. 北京：中国人民大学出版社，2013.

普林斯. 叙述学词典［Z］. 乔国强，李孝弟，译. 上海：上海译文出版社，2011.

齐隆壬. 电影符号学［M］. 上海：中国出版集团东方出版中心，2013.

饶芳.《洛丽塔》中的叙述与聚焦——认知诗学视野下的叙事策略［J］. 外国语文，2009（5）.

饶广祥. 解放的形式——赵毅衡形式理论思想争鸣集 [M]. 成都：四川大学出版社，2013.

热奈特. 叙事话语，新叙事话语 [M]. 王文融，译. 北京：中国社会科学出版社，1990.

阮静. 文本世界理论与唐诗的意境的认知学诠释 [J]. 海外英语，2013 (1).

芮渝萍，范谊. 认知发展：成长小说的叙事动力 [J]. 外国文学研究，2007 (6).

萨伽德. 心智：认知科学导论 [M]. 朱菁，陈梦雅，译. 上海：上海辞书出版社，2012.

萨莫瓦约. 互文性研究 [M]. 邵炜，译. 天津：天津人民出版社，2003.

尚必武. 当代西方后经典叙事学研究 [M]. 北京：人民文学出版社，2013.

尚必武.《认知诗学——目标、成就与空白》评介 [J]. 现代外语，2011 (1).

尚必武. 对修辞方法的挑战与整合——"不可靠叙述"研究的认知方法述评 [J]. 国外文学，2010 (1).

尚必武. 巧合·反事实·聚合·离散：评西拉里·丹尼伯格的情节理论 [J]. 外语教学，2011 (3).

尚必武. 叙事学研究的新发展——戴维·赫尔曼访谈录 [J]. 外国文学，2009 (5).

尚必武. 叙述聚焦研究的嬗变与态势 [J]. 天津外国语学院学报，2007 (6).

邵志芳，刘铎. 认知心理学 [M]. 北京：开明出版社，2012.

申丹，韩加明，王丽亚. 英美小说叙事理论研究 [M]. 北京：北京大学出版社，2005.

申丹，王丽亚. 西方叙事学：经典与后经典 [M]. 北京：北京大学出版社，2010.

申丹. 西方文体学的新发展 [M]. 上海：上海外语教育出版社，2008.

申丹. 叙事、文本与潜文本——重读英美经典短篇小说 [M]. 北京：北京大学出版社，2009.

申丹. 叙述学与小说文体学研究 [M]. 北京：北京大学出版社，2004.

申丹. 20世纪90年代以来叙事理论的新发展 [J]. 当代外国文学，2005 (1).

申丹. 从叙述话语的功能看叙事作品的深层意义［J］. 江西社会科学，2011（11）.

申丹. 何为"不可靠叙述"［J］. 外国文学评论，2006（4）.

申丹. 谈关于认知文体学的几个问题［J］. 外国语文，2009（1）.

申丹. 文体学和叙事学：互补与借鉴［J］. 江汉论坛，2006（3）.

申丹. 文学认知：具体语境与规约性语境［J］. 外国文学研究，2010（5）.

申丹. 文学与日常中的规约性认知与个体认知［J］. 外国语文，2012（1）.

申丹. 叙事结构与认知过程——认知叙事学评析［J］. 外语与外语教学，2004（9）.

申丹. 叙事学研究在中国与西方［J］. 外国文学研究，2005（4）.

申丹，杨莉. 语境叙事学与形式叙事学缘何相互依存［J］. 江西社会科学，2006（10）.

沈佳佳，张琦，何春燕. 意象图式理论视域下《天净沙·秋思》不同译文之解析［J］. 齐齐哈尔师范高等专科学校学报，2013（3）.

石毓智. 认知语言学的"功"与"过"［J］. 外国语（上海外国语大学学报），2004（2）.

束定芳. 隐喻学研究［M］. 上海：上海外语教育出版社，2003.

宋其争，黄希庭. 时间认知的理论模型探析［J］. 西南师范大学学报（人文社会科学版），2004（1）.

苏晓军.《复活节翅膀》的认知符号学分析［J］. 外语学刊，2007（1）.

苏晓军. 国外认知诗学研究概观［J］. 外国语文，2009（2）.

苏晓军. 认知文体学研究：选择性述评［J］. 重庆大学学报（社会科学版），2008（1）.

苏晓军. 文学的认知研究史探［J］. 苏州大学学报，2005（5）.

孙亚. 语用和认知概论［M］. 北京：北京大学出版社，2008.

索尔所，麦克林 M，麦克林 H 等. 认知心理学（第7版）［M］. 邵志芳，等译. 上海：上海人民出版社，2012.

谭君强. 叙事学导论：从经典叙事学到后经典叙事学［M］. 北京：高等教育出版社，2008.

唐伟胜. "可然世界"理论及其对"叙事世界"的阐释力［J］. 西安外国语大

学学报，2008（3）.

唐伟胜. "文本"何以成为"世界"？——《文本世界理论入门》评析［J］. 叙事（中国版），2012（4）.

唐伟胜. 认知叙事学视野中的小说人物研究［J］. 叙事（中国版），2009（1）.

唐伟胜. 修辞、逻辑、认知：叙事阅读过程的三种理论取向辨析［J］. 解放军外国语学院学报，2011（4）.

唐伟胜. 修辞、认知与嵌入叙事［J］. 西南农业大学学报（社会科学版），2004（1）.

唐伟胜. 叙事理解的认知理论辨析［J］. 叙事（中国版），2011（3）.

唐伟胜. 叙事研究中的认知取向——《叙事理论与认知科学》评介［J］. 天津外国语学院学报，2005（1）.

唐伟胜. 阅读效果还是心理表征？——修辞叙事学与认知叙事学的分歧与联系［J］. 外国文学评论，2008（4）.

唐伟胜. 错乱的世界 错位的叙述——《大大方方的输家》的叙述层次［J］. 四川外语学院学报，2006（1）.

唐伟胜，黄小明. 叙事性的认知图式及认知基础［J］. 四川外语学院学报，2005（3）.

唐小林，祝东. 符号学诸领域［M］. 成都：四川大学出版社，2012.

瓦努瓦. 书面叙事·电影叙事［M］. 王文融，译. 北京：北京大学出版社，2012.

汪民安. 评申丹的《叙述学与小说文体学研究》［J］. 外国文学，1999（5）.

王铭玉，于鑫. 从索绪尔看当代语言学的发展趋势［J］. 符号与传媒，2014（9）.

王佳. 认知诗学视阈下的视点解读——《献给艾米丽的玫瑰》个案分析［J］. 海外英语，2012（9）.

王进. 隐喻研究的认知论转向［J］. 内蒙古电大学刊，2003（4）.

王先霈. 文艺心理学读本［M］. 武汉：华中师范大学出版社，2009.

王寅. 认知语言学［M］. 上海：上海外语教育出版社，2007.

王寅. 什么是认知语言学［M］. 上海：上海外语教育出版社，2011.

王寅. 认知语言学与语篇分析——Langacker的语篇分析观［J］. 外语教学与

研究，2003（3）．

王寅．语篇连贯的认知世界分析方法——体验哲学和认知语言学对语篇连贯性的解释［J］．外语学刊，2005（4）．

韦勒克，沃伦．文学理论［M］．刘象愚，邢培明，陈圣生，等译．北京：读书·生活·新知三联书店，1984．

魏宣．深入钻研 见解独到——申丹教授的文体学、叙事学与翻译理论研究［J］．北京大学学报（哲学社会科学版），1997（1）．

魏屹东，等．认知科学哲学问题研究［M］．北京：科学出版社，2008．

文旭，徐安泉．认知语言学新视野［M］．北京：中国社会科学出版社，2006．

文旭，匡芳涛．语言空间系统的认知阐释［J］．四川外语学院学报，2004（3）．

文一茗．《红楼梦》叙述中的符号自我［M］．苏州：苏州大学出版社，2011．

吴莉．心理空间理论关照下的语篇分析认知图式解读［J］．外语学刊，2006（3）．

吴为善．认知语言学与汉语研究［M］．上海：复旦大学出版社，2011．

吴显友．他山之石：从陌生化到前景化［J］．河南师范大学学报（哲学社会科学版），200401）．

吴迎君．结构主义电影叙述学［M］．成都：四川大学出版社，2013．

伍茂国．从叙事走向伦理：叙事伦理理论与实践［M］．北京：新华出版社，2013．

伍茂国．现代小说叙事伦理［M］．北京：新华出版社，2008．

肖晶．基于图形—背景理论的《黑人谈河》认知诗学解读［J］．西南石油大学学报（社会科学版），2013（1）．

熊沐清．"从解释到发现"的认知诗学分析方法——以 The Eagle 为例［J］．外语教学与研究，2012（3）．

熊沐清．多样与统一：认知诗学学科理论的难题与解答［J］．外国语文，2011（1）．

熊沐清．故事与认知——简论认知诗学的文学功用观［J］．外国语文，2009（1）．

熊沐清．论语篇视点［J］．外语教学与研究，2001（1）．

熊沐清. 认知诗学的"可能世界理论"与《慈悲》的多重主题 [J]. 当代外国文学，2011（4）.

熊沐清. 试论诗学象似性的涵义与形式 [J]. 外国语文，2012（6）.

熊沐清. 语言学与文学研究的新接面———两本认知诗学著作述评 [J]. 外语教学与研究，2008（4）.

徐岱. 小说叙事学 [M]. 北京：商务印书馆，2010.

亚里士多德，贺拉斯. 诗学 诗艺 [M]. 罗念生，杨周翰，译. 北京：人民文学出版社，2008.

杨谨旖. 认知诗学的发展、意义及前景 [J]. 怀化学院学报，2009（6）.

杨卫东. 全球化视野·中国语境·认知诗学研究——"全国首届认知诗学高层论坛"综述 [J]. 外国语文，2011（1）.

杨义. 中国叙事学 [M]. 北京：人民出版社，1997.

杨颖. 基于图形背景理论的《哈利·波特》认知解读 [J]. 安徽理工大学学报（社会科学版），2009（1）.

姚本标. 第四届中国英语研究专家论坛暨首届全国认知诗学研讨会综述 [J]. 广西师范学院学报（哲学社会科学版），2009（1）.

耀斯. 审美经验与文学解释学 [M]. 顾建光，顾静宇，张乐天，译. 上海：上海译文出版社，1997.

殷晓芳. "叙述动力"：一个认知视域内的小说发生说 [J]. 中国外语，2008（4）.

殷晓芳，张艳敏. 回忆性叙事叙述主体分裂的认知语义暨对话意义分析 [J]. 大连理工大学学报（社会科学版），2008（1）.

岳好平，匡蔷. 动力意象图式理论视域下通感隐喻的意义构建 [J]. 云梦学刊，2011（5）.

岳好平，匡蔷. 基于动力图式理论通感隐喻的认知解读 [J]. 湖南大学学报，2011（01）.

曾凡芬. 可能世界、心理空间理论与语篇的意义建构 [J]. 江西教育学院学报（社会科学版），2006（1）.

曾红霞. 从图形—背景论分析汉语歇后语的理解机制 [J]. 湖南人文科技学院学报，2010（3）.

曾庆敏. 语篇连贯性的多视角研究 [J]. 西南农业大学学报（社会科学版），2013（4）.

张淑华. 认知科学基础 [M]. 北京：科学出版社，2007.

张万敏. 认知叙事学研究 [M]. 北京：中国社会科学出版社，2012.

张万敏. 戴维·赫尔曼的认知叙事学思想 [J]. 长春师范学院学报，2012（5）.

张万敏. 莫妮卡·弗卢德尼克的认知叙事学思想 [J]. 长春师范学院学报，2012（1）.

张万敏. 认知叙事学的引进和文学研究的新拓展 [J]. 思想战线，2011（3）.

张新军. 可能世界叙事学 [M]. 苏州：苏州大学出版社，2011.

张育华. 电视剧叙事话语 [M]. 北京：中国广播电视出版社，2006.

赵秀凤. 语篇视角的语言表达——以"言语场景"为基础的认知构建模式 [J]. 山东外语教学，2006（1）.

赵秀凤，叶楠. 跨文化视域中认知诗学的本土化研究构想 [J]. 外国语文，2012（1）.

赵艳芳. 认知语言学概论 [M]. 上海：上海外语教育出版社，2001.

赵毅衡. 当说者被说的时候：比较叙述学导论 [M]. 成都：四川文艺出版社，2013.

赵毅衡. 符号学：原理与推演 [M]. 南京：南京大学出版社，2011.

赵毅衡. 广义叙述学 [M]. 成都：四川大学出版社，2013.

赵毅衡. 苦恼的叙述者 [M]. 成都：四川文艺出版社，2013.

赵毅衡. 重访新批评 [M]. 成都：四川文艺出版社，2013.

赵毅衡. "叙事"还是"叙述"———一个不能再"权益"下去的术语混乱 [J]. 外国文学评论，2009（1）.

钟海英，郭晓俊. "近山浓抹，远山轻描"的认知理据性 [J]. 安徽文学（下半月），2009（2）.

钟蕾. 概念整合理论对《雨中的猫》的认知解读 [J]. 外国语文，2011（4）.

周淑莉. 认知诗学研究的动态及空白 [J]. 四川教育学院学报，2012（5）.

周燕，闫坤如. 科学认知的哲学探究：观察的理论渗透与科学解释的认知维度 [M]. 北京：人民出版社，2007.

邹智勇，周光明. 认知诗学的图式理论与中国经典诗词意境的文学图式运作范式——以唐诗宋词为语料［J］. 湖北师范学院学报（哲学社会科学版），2012（3）.

邹智勇，薛睿. 中国经典诗词认知诗学研究［M］. 武汉：武汉大学出版社，2014.

ALBER J. Impossible Storyworlds and What to Do with Them［J］. Storyworlds：A Journal of Narrative Studies，2009（1）.

ALBER J.，FLUDERNIK M，eds. Postclassical Narratology：Approaches and Analyses［M］. Columbus：Ohio State University Press，2010.

ALDAMA F. L. Analyzing World Fiction：New Horizons in Narrative Theory［M］. Austin：University of Texas Press，2011.

BJORNSON R. Cognitive Mapping and the Understanding of Literature［J］. SubStance，1981（30）.

BORTOLUSS M.，DIXON，P. Psychonarratology：Foundations for the Empirical Study of Literary Response［M］. Cambridge：Cambridge University Press，2003.

BOOTH W. The Rhetoric of Fiction［M］. Chicago：University of Chicago Press，1983.

CHATMAN S. Story and Discourse［M］. Ithaca：Cornell University Press，1978.

CHEN R. English Inversion：A Ground-Before-Figure Construction［M］. Boston & Berlin：Walter de Gruyter，Mouton，2003.

COOK G. Discourse and Literature［M］. Shanghai：Shanghai Foreign Language Education Press，1994.

COHN D. Transparent Minds Narrative Modes for Presenting Consciousness in fiction［M］. Priceton：Princeton Press，1978.

DIXON P，BORTOLUSSI，M. Text is Not Communication：A Challenge to a Common Assumption［J］. Discourse Processes，2001，31（1）.

DOLEZEL L. Heterocosmica：Fiction and Possible Worlds［M］. Baltimore and London：The Johns Hopkins University Press，1998.

ECO U. The Role of the Reader: Explorationa in the Semiotics of Text [M]. Bloomington: Indiana University Press, 1984.

EVANS V. The Structure of Time: Language, Meaning and Temporal Cognition [M]. Amsterdam: John Benjamins Publishing Co, 2003.

FAUCONNIER G. Mappings in Thought and Language [M]. New York: Cambridge University Press, 1997.

FISH S. Is There a Text in This Class?: The Authority of Interpretive Communities [M]. Cambridge Mass: Havard University Press, 1980.

FLUDERNIK M. Towards a "Natural" Narratology [M]. London & New York: Routledge, 1996.

FLUDERNIK M. An Introduction to Narratology [M]. London & New York: Routledge, 2009.

FOWLER R. Linguistic Criticism [M]. Oxford: Oxford University Press, 1986.

FREDERICK L. A. Towards a Cognitive Theory of Narrative Acts [M]. Austin: University of Texas Press, 2010.

GALLAGHER S. How the Body Shape the Mind [M]. London: Oxford University Press, 2005.

GAVINS J. Text World Theory: An introduction [M]. Edinburgh: Edinburgh University Press, 2007.

GAVINS J. (Re) thinking modality: A text world perspective [J]. Journal of Literary Semantics, 2005 (34).

GAVINS J, STEEN G. Cognitive Poetics in Practice [M]. London & New York: Routledge, 2003.

GEERT B, JEOREN V. Cognitive Poetics Goals, Gains and Gaps [M]. Berlin and New York: Mouton de Gruyter, 2009.

GERRIG R. J. Experiencing Narrative Worlds: On the Psychological Activities of Reading [M]. New Haven: Yale University Press, 1993.

GOODWIN J. Cognitive Storyworlds [J]. Style, 2004, 38 (1).

HEBB D. The Organization of Behavior: A Neuropsychological Theory [M].

New York: Wiley-Interscience, 1949.

HERMAN D. Narratologies: New Perspectives on Narrative Analysis [M]. Ohio: Ohio State University Press, 1999.

HERMAN D. Story Logic: Problems and Possibilities of Narrative [M]. Lincoln: University of Nebraska Press, 2002.

HERMAN D. Narrative Theory and the Cognitive Sciences [M]. Stanford: CSLI Publications, 2003.

HERMAN D, et. al. Routledge Encyclopedia of Narrative Theory [M]. London: Routledge, 2005.

HERMAN D. The Cambridge Companion to Narrative [M]. Cambridge: Cambridge University Press, 2007.

HERMAN D. Hypothetical Focalization [J]. Narrative, 1994, 2 (3).

HERMAN D. Scripts, Sequences, and Stories: Elements of a postclassical Narratology [J]. PMLA, 1997, 112 (5).

HERMAN D. Narrative as Cognitive Science [J]. Imagine & Narrative, 2000, 1 (1).

HERMAN D. Narrative and Cognition in Beowulf [J]. Style, 2003 (37).

HERMAN D. Genette Meets Vygotsky: Narrative Embedding and Distributed Intelligence [J]. Language and Literature, 2006 (15).

HERMAN D. Basic Elements of Narrative [M]. Oxford: Wiley-Blackwell, 2009.

HüHN P, et. al. Point of View, Perspective, and Focalization [M]. Berlin: Walter de Gruyter, 2009.

HüHN P, et. al. Handbook of Narratology [M]. Berlin & New York: Walter de Gruyter, 2009.

JAHN M. Windows of Focalization: Deconstructing and Reconstucting a Narratological Concept [J]. Style, 1996, 30 (2).

JAHN M. Frames, Preferences, and the Reading of Third-Person Narratives: Toward a Cognitive Narratology [J]. Poetics Today, 1997 (18).

JAHN M. The Mechanics of Focalization: Extending the Narratological

Concept [J]. GRATT, 1999 (21).

LAKOFF G. Women, Fire, and Dangerous Things: What Categories Reveal about the Mind [M]. Chicago: The University of Chicago Press, 1987.

LAKOFF G, JOHNSON, M. Metaphors We Live by [M]. Chicago: The University of Chicago Press, 1980.

LAKOFF G, JOHNSON, M. Philosophy in the Flesh: The Embodied Mind and Its Challenge to Western Thought [M]. New York: Basic Books, 1999.

LAKOFF G, TURNER M. More Than Cool Reason: A Field Guide to Poetic Metaphor [M]. Chicago: The University of Chicago Press, 1996.

LANGACKER R. W. Foundations of Cognitive Grammar [M]. Stanford: Stanford University Press, 1980.

LANSER S. The Narrative Act: Point of View in Prose Fiction [M]. New Jersey: Princeton University Press, 1981.

LANSER S. The Implied Author: An Agnostic Manifesto [J]. Style, 2011, 45 (1).

MANDLER J. M. Stories, Scripts, and Scenes: Aspects of Schema Theory [M]. Hillsdale: Lawrence Erlbaum, 1984.

NORMAN D, ed. Perspective on Cognitive Science [M]. New Jersey: Ablex, 1981.

NÜNNING V. Unreliable Narration and the Historical Variability of Values and Norms: The "Vicar of Wakefield" as a Test Case of a Cultural-Historical Narratology [J]. Style, 2004 (38).

PALMER A. Fiction Minds [M]. Lincoln and London: University of Nebraska Press, 2004.

PSRSONS T. Nonexistent Objects [M]. New Haven and London: Yale University Press, 1980.

PAVEL T. G. Fiction Worlds [M]. Cambridge: Harvard University Press, 1986.

PHELAN J. Living to Tell about It [M]. Ithaca: Cornell University

Press,2005.

PHELAN J,RABINOWITZ P. J. Blackwell Companion to Narrative Theory [M]. Malden: Blackwell Publishing,2005.

PHELAN J,RABINOWITZ P. J. A Companion to Narrative Theory [M]. Malden: Blackwell Publishing,2005.

PRINCE G. Dictionary of Narratology [M]. Lincoln: University of Nebraska Press,1987.

RICHARDSON B, ed. Narrative Dynamics: Essays on Time, Plot, Closure and Frames [M]. Columbus: Ohio State University Press,2002.

RIMMON-KENAN S. Narrative Fiction: Contemporary Poetics [M]. New York: Methuen,1983.

RYAN M. L. Possible Worlds, Artificial Intelligence, and Narrative Theory [M]. Bloomington: Indiana University Press,1991.

RYAN M. L. On the Window Structure of Narrative Discourse [J]. Semiotica,1987,64 (1/2).

SCHANK R. Dynamic Memory Revisited [M]. Cambridge: Cambridge University Press,1999.

SCHNEIDER R. Towards a Cognitive Theory of Literary Character: the Dynamics of Mental Model Construction [J]. Style,2001 (35).

SEMINO E, CULPEPER J. Cognitive Stylistics: Language and Cognition in Text Analysis [M]. Amsterdam : John Benjamins Publishing Company,2002.

SHANK R, ABELSON R. Scripts, Plans, Goals and Understanding [M]. New Jersey: Lawrence Erlbaum,1977.

SHEN D. How Stylisticians Draw on Narratology: Approaches, Advantages and Disadvantages [J]. Style,2005,39 (4).

STOCKWELL P. Cognitive Poetics: An Introduction [M]. London and New York: Routledge,2002.

TALMY L. Towards a Cogitive Semantics [M]. Cambridge Mass: The MIT Press,2000.

TURNER M. Reading Minds: The Study of English in the Age of Cognitive

Science [M]. Princeton: Princeton University Press, 1991.

TURNER M. The Literary Mind [M]. Oxford : Oxford University Press, 1996.

TSUR R. Toward a Theory of Cognitive Poetics [M]. Brighton/Portland: Sussex Academic Press, 2008.

UNGERER F, SCHMID H. J. An Introduction to Cognitive Linguistics [M]. London: Longman, 1996.

WHEELER M. Reconstructing the Cognitive World [M]. Cambridge Mass: The MIT Press, 2005.

WERTH P. Text Worlds: Representing Conceptual Space in Discourse [M]. London: Longman, 1999.

YACOBI T. Fictional Reliability as a Communicative Problem [J]. Poetics Today, 1981 (2).

ZUSHINE L. Why We Read Fiction: Theory of Mind and the Novel [M]. Columbus: Ohio State University Press, 2006.

后 记

叙述的魅力可以穿越时空，穿透灵魂，洞察无形，它以可能世界的形式承载着人类的文明，并演算着人类的过去和未来。能够研究"认知叙述学"这个课题，我要感谢我的博士导师赵毅衡老师的指点，帮助我从观者的角度进一步研究叙述的形成和内涵，解读叙述的奥秘。我也要感谢我人生中的诸位师长、朋友和亲人，他们或在我思维枯竭时给予我启示，或在生活中给予我陪伴帮助，让这本小书能够最终成型。

在这本书写就的过程中，我渐渐理解了"学得越多，懂得越少"的深刻含义，一个问题的解决常常会延伸出新的问题。这本小书还有很多不足，而且它只是一个小小的开端，预示着后面还有更广阔的学术领域。

唯有继续努力。

云 燕
2020 年 7 月